「私……死なない？
皆と一緒に、これからも
過ごしていけるの……？」
「うん。私がシェリを
死なせない、絶対」
謁見の間にいた皆が、息を呑んだ。
シェリも小さな頃からずっと、
この先自分が生きていけるのか、
不安だったのだろう。
ただ、自分を心配している人たちを思い、
それを口に出さなかっただけ。

フォルト（フォルト・カルセルク）
公爵家の次男で、
学園生ながらも王子の側近魔法騎士。
めったに表情を崩さないため、
学園では〝氷の騎士様〟と呼ばれている。
カーバンクル
額に宝石を持つ聖獣。
不思議な力を持ち、
なぜかアリスに
懐いてしまう。
アリス（アリスティア・マーク）
侯爵家の末っ子で、
小動物的雰囲気が特徴の庶民派令嬢。
少々天然ボケながらも
実は凄い魔力を秘めていて、
なんと前世の知識にまで目覚め済み!?
一見ほわっとしているが、
実は〝やるときはやる〟タイプ！
Characters

ユーグ（ユーグ・エタリオル）
見た目は温和で
人当りもいい王子様。
シェリを溺愛ぎみ。
実は腹黒で
計算高い一面も!?
シェリ（シェリーナ・カルセルク）
アリスの親友。フォルトの妹で、
ユーグの婚約者候補でもある。
知的で穏やかな清楚系美人で、
学園では皆に慕われる憧れの存在。
ルネ（ルネ・バタナーシュ）
女好きを公言している
チャラ男系貴公子。
学園でもアリスに何かと
ちょっかいをかけてくるが、
どこか飄々としていて憎めない。

「〜〜っ？」
「落ち着け。ここで暴れられたら落としかねない」
はて、と思いながら見上げれば、風魔法を纏《まと》って宙に浮いているフォルト様によって、私はギュッと抱えられていたのだった。

vol.1
希結 Kiyu
illust.
雲屋ゆきお
万能魔力の愛され令嬢は、
魔法石細工を極めたいっ！
Bannou Maryoku no Aisare Reijou ha,
Mahouseki Zaiku wo Kiwametai !
こっそり魔道具作りに励んでいたら、なぜか氷の騎士様が寄ってくるのですが？

口絵・本文イラスト　雲屋ゆきお

contents

第一章●四属性持ちって本当ですか!? 005
第二章●マーク家の古書 013
第三章●前世の記憶と親友の体質 024
第四章●謁見《えっけん》後 ～フォルト視点～ 037
第五章●ルルクナイツ魔法学園 042
第六章●カフェテリアには出会いがいっぱい 049
第七章●規格外でした、すみません 060
第八章●初めての魔法石学 072
第九章●天然石の一粒ブレスレット 082
第十章●これが私のオリジナル……杖っ!? 086
第十一章●魔力過多と魔力枯渇コンビ 099
第十二章●聖獣って可愛いな 107
第十三章●見習い騎士様、応援します! 119
第十四章●放課後の騎士訓練 ～フォルト視点～ 128
第十五章●不穏な朝の始まり 131
第十六章●頑張りたい女子たち 141
第十七章●甘党の騎士様 149
第十八章●回復アイテム、出来ちゃいました 161
第十九章●休日……デート!? 172
第二十章●あげたい気持ち 178
第二十一章●夏休みは大忙し 188
第二十二章●チャリティーバザーに参加します! 196
第二十三章●アイスココアと夏の夜 206
第二十四章●それは突然に 213
第二十五章●騎士と王子、時々猫 225
第二十六章●事情聴取 234
第二十七章●事情聴取後 ～フォルト視点～ 244
第二十八章●魔石、トライアゲイン 249
第二十九章●秘密の道を抜けて 253
第三十章●スパイ疑似体験!? 260
第三十一章●滞在延長戦です! 267
第三十二章●疾風のイヤーカフ 278
第三十三章●THE 御令嬢《ごれいじょう》 287
第三十四章●夏の校外学習 293
第三十五章●四属性魔法を願うなら 304
第三十六章●地底湖に眠るタンザナイト 314
第三十七章●舞踏会の妖精 319
第三十八章●貴方の瞳は藍色 330
第三十九章●最後の一人 340

第一章

四属性持ちって本当ですか⁉

chapter.1

前世の私には、大好きな親友がいた。

難病指定の持病があり、二週間に一回の通院は、親友の変わらない日常。そんな親友の定期通院の回数が増え、入院するようになったのは、いつからだっただろうか。

私は病院に足を運び、時間が許す限りたわいもない会話をして、趣味《しゅみ》だったハンドメイドのアクセサリーを折り鶴《づる》の代わりに届けたりして、親友を元気づけていた。だけど、完治する治療法《ちりょうほう》が見つからないまま、親友は帰らぬ人となってしまったのだ。

若くして亡《な》くなった親友の綺麗《きれい》な寝顔《ねがお》と、永遠の眠《ねむ》りにつく最期《さいご》までつけてくれていた私の作った指輪。

その思い出が今、私の脳内に再び思い起こされたのはもしかして、運命ってやつなのかな——

「…………あれ？」

「アリスっ、どこか痛むのか⁉」

父様の慌《あわ》てた声が聞こえて周りを見渡《みわた》せば、ぼやけた視界には心配そうに覗《のぞ》き込《こ》む家族の姿が映った。

頬《ほお》に手を添《そ》えると濡《ぬ》れている。目が覚めた私は、どうやら涙《なみだ》を流していたらしい。

「覚えてる？　大神殿《だいしんでん》での魔《ま》法《ほう》適性検査の時に倒《たお》れたんだよ？」

「ええと……うん、覚えてるみたい」

兄様に問いかけられて、慌てて返事をした。一気に蘇《よみがえ》った前世の記《き》憶《おく》と、ちょっと信じがたい魔法適性検査の結果に、私の頭はパンク寸前である。願わくば一旦《いったん》、現実逃避《とうひ》して眠りたい。

ゆっくりとベッドから起き上がれば、どこも痛い所はなく、問題なさそうだ。目に映る見慣れた景色に、自分が自室のベッドに寝《ね》かされていたのだと分かった。

自分の中で、二つの記憶がゆっくりと混ざっていく感覚がする。やっぱり私が見たのは前世の記憶で、自分はいわゆる異世界に転生したのだろうと。

だってここは、魔法が存在するファンタジーな世界。

その中に存在するのが、今の私の生まれた国でもある大国、エタリオル王国だ。豊かな資源や鉱石に恵《めぐ》まれたこの土地は、気候も比《ひ》較《かく》的《てき》温暖で、非常に住みやすいと評判の国である。

この国の子どもは十五歳《さい》になる年の春に大神殿へ行き、魔法属性検査をして自分の属性と魔力量《まりょく》を知る事になる。属性がある者は貴族・平民問わず魔法学園へ入学する事となるのだ。そして私はその検査の際に、思いっきり倒れたらしい。

「検査の時に側にいた神殿長《しんでん》が、すぐにアリスの状態を光魔法で確認《かくにん》してくださってな。身体は目立った外傷もなく、気を失っているだけだという事で、家に連れて帰って来たんだ」

「ひ、ひぇ……貴重な光魔法を私の失神なんかに使っていただくなんて、申し訳なさすぎる……！」

父様の言葉に私は頭を抱《かか》えた。次に神殿長にお会いした際には、丁寧《ていねい》にお礼を申し上げよう、そうしよう。

魔法は四大基礎《きそ》属性の火・水・風・土と、特殊《とくしゅ》属性の光・闇《やみ》からなり、貴族に生まれた者は、このいずれかの属性を持つと言われている。持つ属性や魔力量は人によって様々で、一属性持ちもいれば、複数持ちとなる者もいるそうだ。その中でも、特殊属性持ちは稀《まれ》で、更《さら》にいえば〝四大基礎属性全部持ち〟が現れる事は、もっともっと稀なのだとか。

……そのようです。ええ、そのようですとも。事前知識として勉強していたから、勿論《もちろん》知ってますとも。

絶賛混乱中の私、アリスティア・マークは、今年十五歳になる侯爵家《こうしゃくけ》の、三兄妹《きょうだい》の末っ子だ。

明るい茶色の髪《かみ》は、毛先だけ自然に緩《ゆる》くウェーブしている。トパーズ色のパッチリした瞳《ひとみ》に、背はやや小さめの一五七センチメートル。

自分を客観的に見て言えば、一応それなりには整った見た目……なはず。そう思えるのは、美形な両親や姉、兄に囲まれて、その遺伝を少なからず受け継《つ》いでいるからだ。

「それから……何だか神妙《しんみょう》な面持《おもも》ちの神殿長から伺《うかが》ったのだが……アリス、魔法属性が複数確認されたというのは本当なのか？」

「うん、風と……」

「おぉ、いいじゃないか。マーク家は風の属性が強く出るみたいだからな」

「それから水……」

「あら、私の方の遺伝かしら？　嬉《うれ》しいわね！　二つも属性があったなんて、盛大《せいだい》にお祝いしなくちゃだわ！」

「……ちょっと待って？　何だか歯切れが悪いけど……もしかしてアリス、まだあるの？」

父様と母様は、私が自分と同じ属性を発現させた事に喜んでいて気が付いていなかったようだけど、私の煮《に》え切らない言い方に、兄様がピンと来たようだった。おぉう、流石《さすが》は兄様。

「……火と、土も……アリマシタ」

──一瞬《いっしゅん》にして、部屋が静寂《せいじゃく》に包まれる。

「つ、つつつつまり、基礎属性を全部……？　よっ、四属性持ちって事かっ……⁉」

私が神妙な面持ちでこくりと頷《うなず》けば、ふるふると震《ふる》えていた父様はガバッと勢いよく私に抱《だ》き着いてきた。

「うぉぉぉぉぉ、アリスは天才さんだぁぁぁぁ！！！」

「ぐぇっ」

「父上、アリスが天才で可愛《かわい》いのは否定しませんが、潰《つぶ》れてしまいますから、その辺でやめてあげてください。アリスが四属性持ちという事なら、するべき事は沢山《たくさん》ありますし」

「そうよ、貴方《あなた》。アリスはほっとけない愛らしさのある天才だけど、王家に報告する義務だってあるわ。早い内に謁見《えっけん》できるように申し入れをしておかないと」

「う、うむ？　そ、そうだな？」

冷静なようで冷静でない兄様と母様のツッコミを受けて、父様はコホンと咳払《せきばら》いを一つしてから、ようやく私を解放してくれた。

「にしてもアリスが四属性持ちか……カルセルク家のシェリちゃんといい、今年はすごい年だなぁ……」

「え？　シェリがどうかしたの？」

カルセルク公爵家《こうしゃくけ》の長女、シェリーナは私と同い年。父親同士が王宮で働く大臣職という事もあって、小さい頃《ころ》からの長い付き合いである。

サラリと腰《こし》まで伸《の》びた銀髪《ぎんぱつ》に、紫色《むらさきいろ》の瞳のザ・美少女。才色兼備《さいしょくけんび》であり、尚且《なおか》つその容姿と性格で、この国の王太子であるユーグ殿下《でんか》の婚約者《こんやくしゃ》候補に選ばれている。

本人は生まれつき身体が弱い事を、候補者として難点だと気にしているみたいだけど……私にとって自慢《じまん》の幼なじみであり、親友なのだ。

「ふむ。まだ内密にとの事で一部の人間しか知らされていないのだが、アリスはシェリちゃんと特別仲が良いし、早めに知っていた方がいいだろうからな……アリス、シェリちゃんは先日の属性検査で、特殊属性の光属性持ちだと判明したんだ。しかも属性は強くないみたいだが、水属性もだ」

「……ひかっ……!?　もごごごご……」

驚《おどろ》きで叫《さけ》びそうになったところを、兄様に口を塞《ふさ》がれた。

「今は防音石を発動させてないんだから、いくら家でもシェリーナ嬢《じょう》の件を叫んじゃダメだよ」

「ご、ごめん兄様、思わず……でも光属性って、この国でも一桁《けた》くらいしかいない希少な属性なんだよね？　しかも水属性もって……」

「うん。同じ特殊属性の闇よりもかなり少ないって話だね。でもアリス、自分の事を棚《たな》に上げてるけど、四属性持ちはそれよりも珍《めずら》しいんだからね？　王家の方でさえ多くても三属性なんだから……」

がくぶる。なんで庶民的《しょみんてき》な私が四属性という大層レアな属性持ちになってしまったのだろうか。前世の記憶が何か干渉《かんしょう》したとか？

でも、前世の自分と今の自分の性格は、不思議と変わらないように思えた。しいていえば、前世の方が手先が器用だった事くらいかな。ハンドメイドが得意だった前世を思い出したからか、今は不器用で定評のある私だけど、不思議とハンドメイドの知識がポポンと頭の中に浮《う》かんできた。折角《せっかく》だし、お菓子《かし》とかアクセサリー……作ってみようかな？

「マーク家に四属性持ちが生まれる可能性は……実はずっとあったんだが、それがアリスだったとはなぁ……となれば、アリスに必ず渡《わた》さねばならない物があるんだ。ちょっとだけ待っていてくれ」

「？　はぁい……」

渡さなきゃいけない物って何だろう？　不思議に思いつつも、慌ただしく出て行く父様の姿を眺《なが》めていた私なのだった。

少しして戻《もど》ってきた父様が手に抱えていたのは、一冊の古い本だった。

「アリスならきっと、マーク家に代々伝わるこの古書が読めると思う」

「え？　私ならってどういう……？」

「ここに書かれている……かも分からんのだが、これは今まで誰《だれ》も読む事が出来なかった古書なんだ。マーク家の先祖に一度だけ、四属性持ちの人間が現れた事があるらしくてな……先祖代々言い伝えられているのは、読めるのは四属性持ちで、特別な人間だけだと。恐《おそ》らく、四属性持ちだけが読める特別な魔法がかかっているのだろうと解釈《かいしゃく》したそうだ」

「でも、特別って？　私が当てはまるとは思えないけど……」

兄様は、私のベッドに腰かけると、安心させるようにニコリと笑った。

「ダメ元でめくってみたらいいんじゃないか？　僕《ぼく》も属性検査の後にやった事があるけど、どのページを開いても真っ白だったんだ」

「う、うん……」

もしも読めなかったらどうしよう。なんて、ドキドキしながらベッド脇の机に座り直して本を開いた、私の目に入ってきたのは――……

【☆四属性持ち&前世の記憶を持ったマイ子孫へ☆】

「……ゆるっ」

四属性持ちっていうか……いや、それも関係しているのかもしれないけど、そもそもこれ、思いっきり日本語で書かれてるじゃん……！　だからずっと読める人がいなかったのでは？

【日本語が読める子孫が現れたのはいつになったんだろうね！　読める人間の条件として、前世の記憶持ちっていうのは、特別な人ってぼかしておいたから、好きなようにしてオケ！　ていうかさ、何かあれっぽいよね、十年後の私へ、みたいなw　ま、オープニングトークはこの辺にして、私と同じ境遇《きょうぐう》にいる子に私の知識をお届けしちゃいま～す！　ずっと魔法属性について研究を続けてきたんだけど、この研究、思ったよりも奥《おく》が深くて終わりそうにないんだよね。まぁ、つまりはマイ子孫に託《たく》した！　ってコト。あ、別に強制とかじゃないけど、何か役立つ事があるかもしれないから、よかったら見てってね～って感じだから。そんな先祖パワハラはしないから安心してください☆】

私は一旦、パタリと静かに古書を閉じた。……ダメだ、やっぱりゆるい。

すっごい昔の人なんだろうと思うけど、何故《なぜ》に現代っ子感があるんだ。不思議なくらいにゆるい。もっと厳《おごそ》かな感じをイメージしていた私はガックリと肩《かた》の力が抜《ぬ》けた。

「おぉ？　その様子だと、無事に読めたみたいだな」

「でもなんか……アリス、変な顔してない……？　ね、どんな事が書かれていたの？」

「えぇっと、ご先祖様が研究していた事を途中《とちゅう》までまとめた物みたい……？　参考にしてもいいよって書いてあるから、マーク家の人間なら自由に使っていいっぽい、のかな？」

よかったら見て、とフレンドリーに書かれているくらいだし、悪用しなければいいのではと私が告げれば、魔法研究所に勤めている兄様は、嬉しそうに瞳を輝《かがや》かせている。

気を取り直して目次が書かれているページに移ると、意外にもそれ以降の文章は至って真面目だった。

「これ……」

私は研究内容について箇条書《かじょうが》きにされている、その内の一つに瞳が吸い寄せられた。

【四属性魔法と光属性の関係】

私とシェリに当てはまる気がする。なんだか強く惹《ひ》かれて、私は該当《がいとう》するページをめくっていた。

「……兄様、ここのページ、光属性について書かれてるんだけど……光の代償《だいしょう》って何の事だろう」

「光の代償……？　物騒《ぶっそう》な単語だね……」

【光の代償：光属性を持つ人間には稀に、その力が身体に馴染《なじ》まず、慢性的《まんせいてき》な体調不良を引き起こす事がある。魔力減少も体調不良と深く関連しており、魔力量の少ない人間であれば尚更《なおさら》その症状《しょうじょう》が顕著《けんちょ》にみられる】

もしかして……今までのシェリの症状に当てはまるのでは……？

頭に浮かんできたのは、現世の数年前の記憶だった。

「アリスちゃん、折角来てくれたのにごめんなさいね」

「いいえ、私は全然構わないです。シェリ……大丈夫《だいじょうぶ》？」

返事なく、高熱にうなされながら眠る親友が心配で、思わずベッドへ駆《か》け寄った。当時カルセルク家に遊びに行くと、半分程《ほど》の確率でシェリは体調を崩《くず》していた。

「せめて原因が分かればね……」

優秀《ゆうしゅう》なお医者様でも、シェリの病弱体質の原因が突《つ》き止《と》められていないらしい。シェリが目を覚ますまで、屋敷内《やしきない》の図書室をフラフラさせてもらっていた私は、机に座《すわ》り難しい顔をしているお医者様の姿を見つけた。

声を掛《か》けようとしたその時、私はお医者様の小さな呟《つぶや》きを拾ってしまったのだ。

「このままだと……長く生きられないかもしれない……将来有望なお嬢様《じょうさま》なのに、酷《こく》なことだ……」

私はヒュッと息を呑《の》んだ。

シェリが幼い頃からユーグ殿下を慕《した》い、身体が弱いというハンデを抱えつつも、婚約者候補として頑張《がんば》ってきた事を知っている。だからきっとシェリの夢は、王妃《おうひ》となって殿下とともに国を支えたい、なのだろう。

「それが、叶《かな》わないかもしれない……?」

そんなの、絶対に嫌《いや》だ。私はいても立ってもいられなくなり、シェリの部屋へと走った。

「アリス、来てくれてたのね。……どうしたの？　顔色が悪いわ」

何か話せば涙が零《こぼ》れてきそうで、くしゃりと顔を歪《ゆが》めた私に、それ以上何か問う事なく、シェリはギュッと抱きしめてくれた。まるで何もかも分かっているかのように。

「私、こんな体質だけど、幸せよ。大切に想《おも》ってくれる家族がいて、大好きな人がいて……大事な親友がいて。これ以上望んだら、きっと罰《ばち》が当たってしまうわ。だから、アリスだけはずっと側にいてね」

そう語る、静かで優《やさ》しい声に、こくりと頷く事しか出来なかった。

私は少し長い回想を終えて、意識を戻した。古書にちょっと目を通しただけじゃ、詳《くわ》しい事はまだ分からない。そもそも魔法学園に通う前の私の魔法知識なんて、研究者に比べたらほんのひとつまみ程度しかないのだ。

うわん。私の頭が良ければ、もっと理解が早かったかもしれないのに……！

「と、父様。この古書が大事な書物だって分かってるけど……数日、私の部屋で預かっていてもいい……？」

おずおずと父様を見上げれば、優しく微笑《ほほえ》まれ、私の頭にポンと大きな手のひらが乗った。

「いいに決まってるよ。貴重な物だが、これはアリスにしか読めない物だしな。シェリちゃんの事も含《ふく》めて、何か思うところがあるんだろう？」

「うん。色々と整理する時間がほしい、かな。私だけじゃ難しいかもだから、兄様も手伝ってくれたりする……？」

「勿論。分かる範囲《はんい》であれば答えるから、どんどん聞いて」

「ありがとう……！」

私は古書をぎゅっと抱え込む。私の四属性と、前世の記憶。シェリの光属性と、原因不明のままだった病弱体質。上手《うま》くピースがはまれば、もしかしたらシェリを助ける事が出来るかもしれない。

「今度こそ、助けたいよ……」

だってもう二度と、親友を失いたくないから。私は時間が許す限り、古書を読み込んだのだった。

それから私は数日かけて、兄様の助けを借りながら、四属性と光属性の関係について書かれている章を何とか読み終えた。専門的な事（兄様でも難しいと話していた）も多く書かれていて、勿論全てが理解できたという訳ではないのだけれど。

慢性的な体調不良を引き起こすという、光属性持ちに稀にみられる特異体質を治すには、どうやら四属性の新魔法と、それに適応する宝石が必要らしい。

「四属性の、しかも新魔法……どういう魔法なのか、何か手がかりになる事がどこかに載《の》ってたりしないかなぁ……」

王宮での謁見を翌日に控《ひか》えた私は、就寝《しゅうしん》前に一人自室で、四属性と光属性の章をもう一度読み直していた。章の最後までページを捲《めく》った時。そこには見覚えのあるポップな文字が再び並んでいた。

【章読了《どくりょう》おめ！　ここまで読んでくれてありがと～！　って事で、初回限定特別プレゼントを配布しちゃいま～す。次ページへＧＯ！】

「……アプリゲームかなんかなのかな？」

本なのに……と、呆気《あっけ》にとられながらポツリとツッコんだ私にもお構いなしに、真っ白だった次のページが、手のひらの形に淡《あわ》く光り始めた。まるでここに手を置いてねと言わんばかりに、だ。

恐る恐る手を乗せると、キラキラした光がどんどん増していき、手のひらを伝って私の身体を覆《おお》った。

「うわわっ……！　な、なにこれ⁉」

私の脳内に、謎《なぞ》の回路盤《かいろばん》のような物が勝手に浮かんできたかと思うと、すぐに消えてしまった。どうしたらいいのか分からず、助けを求めるかのように、慌てて次ページを見る。

【今、貴方の頭の中に直接語り掛けています……な～んてね。今脳内に一瞬だけ流《なが》れ込んできたと思うけど、それは四属性持ち専用の魔力回路盤で～す。ご先祖ハンドメイドで～す】

「えぇ……？」

気が付けば、私の身体を包み込んでいた謎の光も、いつの間にか消えていた。

【四属性魔法を扱《あつか》うのって、ほんと色々とややこしいんよ。あ、ちなこれ経験談ね？　自分がめっちゃ苦労したから、子孫には困らないように少しでもサポートしてあげたかったんだよね〜】

ありがとうございますと言いたい所だけど、もう少し詳しい説明をしてもらってから授《さず》かってもよかった気もする。

【四属性魔法がっていうか、複属性魔法自体、そもそも発動させるのが難しいんだよ〜属性をイメージする時の色があるじゃん？　その色をこう……絵の具みたいにぐるぐる〜って混ぜて、ちょうどいい感じに属性の魔力をミックスする事で、複合魔法は成功するんだけど、複合する属性の数が、多ければ多い程むっずいの】

ご先祖様の言わんとする事、何となく伝わってはくるけど、理解が出来たかと問われると、それはそれでまた、難しい話である。

【でも〜、それってめっちゃ匙加減《さじかげん》むずくない？　そう思ったマイ子孫に朗報っ！　この魔力回路盤は、なんとそのアシストをしてくれる優《すぐ》れ物なのだ！　頭の中で六角形のレーダーチャートみたいなのが見えたと思うんだけど、それが特定の複属性魔法を発動させるのに必要な、各属性魔力のバランスを直接イメージで見せてくれるのであるっ☆】

「……つまり、普通《ふつう》なら見えない魔力のバランスを、魔力回路盤が教えてくれるって事？」

ほうほう。それってかなりのチートだけど、なるべく早く四属性魔法を使えるようになるには、ご先祖様の力をお借りするのも、やぶさかではないのかもしれない。

折角だし、ありがたく活用させていただこうかな……？　そう思いながら続きを読み進めていくと、最後に気になる一言が添えてあった。

【ただね～？　高性能が故《ゆえ》の弊害《へいがい》か、なーんか発動率がイマイチっていうね、ちょっぴり残念仕様だから……どうにか上手く使えるように試行錯誤《しこうさくご》してみてね、マイ子孫！】

「ご、ご先祖様……もしかしてこの魔力回路盤も研究途中だった的な……？　え？　じゃ、じゃあ、使いたい時はどうやって発動させたらいいんですかねっ……!?」

めっちゃ肝心《かんじん》な事を伝えそびれてるよ、ご先祖様……！

私はずしゃりと古書の上に突っ伏《ぷ》した。この魔力回路盤とやらを、上手く使いこなせる日は来るんだろうか。

第三章

前世の記憶と親友の体質

chapter.3

王宮での謁見日は、なるべく早くと日程調整がされたらしい。父様曰《いわ》く、私とシェリの属性については、早急《さっきゅう》に話をまとめておくべきとの判断があったそうだ。

「シェリっ！」

謁見の間へ行く前、控室《ひかえしつ》のような部屋に通された私は、そこに親友の姿を見つけて駆け寄った。

「アリス」

「シェリ、体調はどう？　シェリの件は事前に父様から聞いたけど、私の事も聞いてる？」

「昨日まで咳《せき》が続いていたのだけど、今は大丈夫よ。ええ、お互《たが》いびっくりしたわね……」

「ね。でも私、シェリと同じような境遇で、正直ホッとしたかも……一人だったら心細すぎるもん。魔法が使えるっていってもまだ実践《じっせん》もしてないし。本当に四つも使いこなせるかは、そもそも私の力量の問題だし」

「私だって魔法の原理や歴史を家庭教師の方からそれなりには学んだけれど、実践は学園でっていう決まりだから、皆《みな》スタートは一緒《いっしょ》よ。アリスもきっと大丈夫」

優しいシェリの言葉に励《はげ》まされて、私は不安が緩和《かんわ》され、顔が綻《ほころ》んだ。持つべき者は、理解のある優しい友人である。

そんな中、シェリは頰に手をついてため息を一つ零した。

「光なんて、それこそ私が扱えるようになるのか心配よ。でもアリスも同じように心配してるのが分かったから……私もホッとしたわ」

「うん！　複数属性持ちなら同じクラスになれる可能性も高いし、一緒に頑張ろ！　私もシェリが一緒ならって思ったら、気が楽になったよ」

幾分《いくぶん》か緊張《きんちょう》が解《ほぐ》れ、へにゃりと笑っていると控室の扉《とびら》がノックされた。

「シェリ、アリスティア」

声と同時に、開いた扉から顔を覗かせたのは、シェリの兄であるフォルト様だった。

「あら？　フォルトお兄様、今日は一日ユーグ様とご一緒じゃなかったの？」

「……ユーグが、お前が来るなら自分も謁見に参加すると言ってきかなくて。王家の方が謁見の間に入られたから、二人を迎《むか》えにきた」

シェリーナの兄、フォルト様はカルセルク公爵家次男で、殿下と同い年の十七歳である。同い年で友人という事もあって、側近の魔法騎士《まほうきし》として、学園や王宮で殿下に付き添っているのだ。お二人は春から魔法学園の三年生なので、もしかしたらこれからは今よりもお会いする機会が増えるかもしれない。

サラサラの銀髪は、襟足《えりあし》の一部を尻尾《しっぽ》のように伸ばされているのが特徴的《とくちょうてき》で、瞳は綺麗な透《す》き通った藍色《あいいろ》。十七歳にして、既《すで》に身長一八〇センチメートル近くはあると推測される、美青年である。

整ったお顔を持ちながらも滅多《めった》に笑わない事と、水属性持ちで、その中でも氷魔法が得意な事から別名『氷の騎士様《きし》』と巷《ちまた》では呼ばれている。ご令嬢達《れいじょうたち》にはそのクールさが大人気で、『氷の騎士様』と呼ぶファンが絶えない。

本人は女性嫌《ぎら》いなのか、婚約者の話も聞いた事がないので、不思議に思っている。縁談《えんだん》自体はひっきりなしに来ているのよ、とシェリもついこの前話していたし。ご令嬢がよりどりみどりなのに不思議だ。

よくファンのご令嬢達に、フォルト様との関係を疑われるけれど、私は昔からほっとけない妹ポジションだしな……と、しみじみしながら一人、脳内回想を終える。

そんな私を、訝《いぶか》しげにフォルト様は見つめていたけれど、私はその視線に全く気づいていなかった。

「うぅ……久《ひさ》し振《ぶ》りの王宮が、まさか自分の事の報告になるなんて……」

元々そういう場での立ち振る舞《ふま》いは得意じゃなかったけれど、前世の庶民《しょみん》感がひょっこり記憶から出てくるから、お偉《えら》い方に会うのはさすがに緊張が増す……あ、お腹《なか》痛くなってきたかも。

「アリス、大丈夫よ。私も一緒だし、そもそも何も怒《おこ》られるような事してないわ。むしろお褒《ほ》めいただけると思うし、安心して」

「ありがとうぅ……」

私が覚悟《かくご》を決めて椅子《いす》から立ち上がった時、ふと視線を感じて振り向けば、フォルト様とパチリと目が合った。冷たい目線が素敵《すてき》、なんてよく言われているけど、私には優しくて綺麗な瞳にしか見えないから不思議だ。

「……ユーグもアリスティアの四属性について『喜ばしい事だ』と話していたから、そんなに気負う事ない。勿論シェリについても同じだ。二人とも安心しろ」

なんだかんだ励ましてくれるフォルト様は、皆が言う程冷たくなくて優しいし、妹大好きな方なんだよね。それに便乗してついつい甘《あま》えちゃう私も私だが、心強い二人のおかげで謁見も頑張れそうだ。そう思うと、自然と笑《え》みが溢《あふ》れる。

「フォルト様、ありがとうございます」

「……あぁ、行くぞ」

ふいに笑った私に、ほんのちょっとだけ目を見開いたフォルト様なのだった。

謁見の間に入り、王座の近くまでゆっくりと進む。フォルト様を先頭にして、私とシェリはその後ろに並んでピッとお辞儀《じぎ》をした。この体勢、意外と筋肉を使うのだ……。

「なに、三人とも顔を上げなさい。今日は公の場ではないのだから、そんなに堅苦《かたくる》しくせんでよいぞ」

ふっと顔を上げると王座では国王陛下が微笑んでいた。フォルト様が私達《わたしたち》の後ろへと下がる。人払《ひとばら》いを済ませてあるらしいこの場には、私達三人の他に陛下と王妃様、ユーグ殿下、宰相《さいしょう》、カルセルク家当主でフォルト様とシェリのお父様である公爵、それから父様しか居なかった。

「それにしても、アリスティア嬢は久しいな。少し見ない内にすっかり綺麗になって」

ナイスミドルの陛下に、社交辞令でも褒めてもらえると嬉しいものだ。さっきまでの緊張は何処《どこ》へやら、ついついニコニコしてしまうから私も現金なものである。

「陛下、アリスは生まれたときから可愛いです」

父様の親バカ発言で、私の顔が一瞬でスンッと真顔に戻る。お願いだから父様はちょっと黙《だま》っていてほしい。室内には、生温《なまぬる》ーい何とも言えない空気が漂《ただよ》っていた。

「……ええとだな、此度《こたび》の属性検査結果について、カルセルク家とマーク家から報告を受けた。シェリーナ嬢は特殊属性の光と基礎属性の水の二つが発現。アリスティア嬢は基礎属性四つの発現があったというが……二人とも間違《まちが》いないな？」

「はい、陛下」

私とシェリは揃《そろ》って頷いた。

「光属性持ちに、四属性持ちが現れるとは。素晴《すば》らしいな……」

ほう、と陛下は感嘆《かんたん》のため息をもらす。

「しかしながら陛下、手放しには喜べません。光属性や四属性持ちは希少が故に、外部から狙《ねら》われる危険もあり得ます。シェリーナ嬢はユーグ殿下の婚約者候補に名を連ねておりますし、アリスティア嬢も侯爵家の宝と言われたご令嬢。学園でも身の安全を確保しないと、安心して魔法を学べないかと」

宰相様が心配そうに陛下へ進言してくださる。数十年前に隣国《りんごく》との戦争を終えた我《わ》が王国は、現在隣国と条約を結んでから友好的な関係を保っている。だけど、そのわだかまりが完全に解《と》け切ったとは、中々言えないのが現状だ。

それに他国も、希少価値のある特殊属性持ちや複数属性持ちを是非《ぜひ》とも自国にと、内心では思っているのだろう。

うむ、と陛下が厳《おごそ》かに頷かれた。

「無論、二人の身の安全が第一だ。王家としても二人を事実上、王家の保護下に置く事を決めた。特にシェリーナ嬢の光属性については、国としても隠《かく》す事は得策とは言えん。秘《ひ》匿《とく》にしても情報は漏《も》れるだろうし、これぱっかりはシェリーナ嬢には申し訳ないが、王家から公表という形を取ろうと思うが……」

「私は陛下の提案に異論はございません。保護下に置いていただけるならば、とても有難《ありがた》い事です。体調の事もありますので、光を上手く使いこなせるようになるかは分かりませんが……学園で学び、日々励みたいと思っております」

シェリはそう言って微笑んだ。公爵様とフォルト様も、その姿を見て頷いていた。

「さすがはカルセルク公爵家の娘《むすめ》だな。だが、ユーグの事ももっと頼《たよ》ってやってくれよ？くれぐれも無理はせんように」

「ありがとうございます」

「そして、アリスティア嬢は今回、折り入って話したい事があるのだったな？」

陛下に話を振られ、緊張でびくりと身体が震えた。ここで言いたい事が言えないようじゃ、これから話す大それた目標は、きっと達成できないだろう。

私は深呼吸をしてから、陛下の目を真《ま》っ直《す》ぐ見つめて、続けてこう言った。

「はい。私は四属性が発現してから、自分には何が出来るのか考え、そして目標ができました。四属性魔法を学んで、その力を使ってシェリの体質を治してあげたいんです」

「ア、アリス……？　どういう事……？」

私の突然《とつぜん》の発言に困惑《こんわく》した様子のシェリに、心配しないでという思いを込めて微笑んだ。

シェリのような、心の澄《す》んだ強くて優しい人に、王妃になってもらいたい。私はポンコツでドンくさいけれど、自分の人を見る目は間違っていないと思うのだ。

それに、シェリの事をずっと近くで見守っていたから知っている。シェリが殿下を心からお慕いしている事も。

私は父様から、預けていた古書を受け取った。

「アリスティア嬢、それは……」

「陛下。父から話を聞いていて既にご存じかもしれませんが、マーク家代々伝わる、四属性持ちの人間のみが読む事が出来る古書です。中身は四属性持ちだった先祖が、途中まで行っていた研究のレポートのようなものでした。まだ数日しか読めておりませんが、兄の力も借りて、その中に書かれていた【光の代償】という研究内容についてお話させてください」

古書を受け取ってから数日、私は兄様とともに必死になって読み解いた。

光属性持ちに稀に現れる特異体質を治す為《ため》には、四属性魔法《まほう》に対応する特別な宝石と、四属性の新魔法が必要な事が分かった。

魔法に対応する石というのは、宝石や天然石など、実に様々な種類がある。そういった石から、二種類の石を作る事が出来る。魔力強化効果などのある、属性魔力を込《こ》めて作る魔石《ませき》。実際に魔法が込められていて、自在に発動可能となる魔法石。つまり、特別な宝石に四属性の新魔法を込めて魔法石を作れという事なのだろうと、私と兄様は解釈したのだ。

ただ、研究は途中で終わってしまっていた為、魔法石となる宝石の種類や、魔法などの情報はほとんど記載《きさい》されていなかった。

「書かれている情報の信憑性《しんぴょうせい》があるのかどうかも、実際のところまだ分かりません。だけど私は、可能性が一パーセントでもあるのなら、それに懸《か》けてみたいんです」

「シェリーナ嬢は生まれつき身体が弱かったのだよな？　アリスティア嬢の報告の通り、光属性である事と魔力量が体調不良に関係しているのだとしたら……今まで医者が病名をつけられなかったのも、原因に気づけなかったのも辻褄《つじつま》があうかもな……」

陛下が落ち着いた声で見解を述べている間、マーク家以外の他の人々は酷《ひど》く驚き、声を発する事なく固まっていた。

「宝石と魔法の特定をして、私が魔法石作りを成功させれば、治るかもしれないの、シェリ……！」

私が隣《となり》で立ち尽《つ》くすシェリの手を握《にぎ》りしめれば、ハッとしたシェリの紫色の瞳から、ぽとりと涙《なみだ》がこぼれ落ちた。

「私……死なない？　皆と一緒に、これからも過ごしていけるの……？」

謁見の間にいた皆が、息を呑んだ。

シェリも小さな頃からずっと、この先自分が生きていけるのか、不安だったのだろう。ただ、自分を心配している人たちを思い、それを口に出さなかっただけ。

「うん。私がシェリを死なせない、絶対」

「……アリスティア嬢」

いつの間にかシェリのお父様である公爵様が、私達の近くに来ていた。フォルト様に似た冷徹《れいてつ》な表情のままだったけれど、発せられた声は僅《わず》かに震えていた。

「君が、今までずっとシェリの側にいてくれた事、とても感謝していた。それだけでも親として、本当に嬉しく思っているのに、君は……その貴重な力でシェリの命まで救おうとしてくれている。感謝してもし足りない……」

公爵様に頭を深く下げられてしまい、私はあわわと慌《あわ》てて声をかけた。

「あ、頭を上げてくださいっ！　私にとって、シェリにしてあげられる事があるなら、それをするのは当たり前の感覚なんです。それに私、魔法についてまだひよっこなので、カルセルク家にも助けを求めると思いますっ」

「そうだな。この件についてマーク家・カルセルク家の両家は、アリスティア嬢への助力を惜《お》しまぬように。勿論《もちろん》、王家としても最大限の力添《ちからぞ》えをしよう」

陛下からのお言葉に、父様と公爵様が揃って力強く肯定《こうてい》の意を示して礼をとる。

「さて……そんなアリスティア嬢の四属性についてなんだが、こちらは公表はどうしたものかと、ちと悩《なや》み所でな……」

陛下が少し困ったような表情で私を見つめた。

「あの……出来る事ならば、四属性持ちという事はひとまず隠しておきたいのですが、難しいでしょうか？」

ふむ、と陛下は顎《あご》に手を当てて、少し考《かんが》え込む。

「それは構わんのだが、隠しておくとなれば、学園での授業に支障をきたさないか？」

「学園では三属性という事にして、水属性だけを隠そうかと。水魔法《みずまほう》ならシェリと一緒に、個人的に勉強出来るかなとも勝手に思っていて……」

「なるほどな。それでアリスティア嬢の危険が少しでも減るならば、その方が得策か……？」

「ありがとうございます。私自身も目立つ事は得意ではないので、四属性持ちを隠せるのは有り難《がた》いです。それに、四属性持ちである事は厄介《やっかい》な事案を生むから、自分の身を守れるくらい上達するまでは隠した方がいいって、この古書にも書かれていたので……」

そこまで一気に話すと、私はようやく息をつけた気がした。

「アアアリスゥゥゥ！！！　父様は感動したぞぉぉぉ！！！」

「んぐぇ」

父様、涙流しながらアタックしてこないでください。抱《だ》きしめられて苦しひ。そんな私の姿に、陛下は苦笑いである。

「アリスティア嬢。真っすぐな君の掲《かか》げたその目標、しかと聞き入れた。友の為に魔法を学ぶ事を頑張るのも、きっと自身の成長に大きく繋《つな》がるだろう。だが、無理は禁物だぞ？」

「はいっ！」

モソモソと父様の腕《うで》からひょっこり顔を出し、パァッと笑顔《えがお》で返事をした。その後ようやく父様から離脱《りだつ》できた。

私にとっては、自分の為より大事な人の為だと思えば、頑張る意欲も更《さら》に湧《わ》いてくるものだ。うむ、魔法の勉強も頑張りますとも！

第四章

謁見《えっけん》後

～フォルト視点～

chapter. 4

俺《おれ》、フォルト・カルセルクは、ひとまずの謁見を終えて、ユーグと並んで彼《かれ》の政務室へと足を向けた。帰宅する妹のシェリと、その友人であるアリスティアと別れてから、部屋に足を踏《ふ》み入れるや、俺はやれやれとばかりに、この案外したたかな王子に話しかける。

「とりあえず、シェリの光属性については予定していた通りに話は進んだな」

「その点はよかったかな。それにしても……私がシェリを死なせない……か。アリスティア嬢《じょう》、かっこよかったね？　普段《ふだん》は小動物みたいな感じなのになぁ」

思い出し笑いをしているユーグの脳内には、きっと走り回る小リスが浮《う》かんでいる事だろう。

毛先に癖《くせ》のある黒髪《くろかみ》に、輝く金目。ユーグは父親である陛下と全く同じ色を持っていて、王家の遺伝を感じさせる。そしてこのキラキラした王子の微笑みとやらは、凄《すさ》まじい攻撃《こうげき》力《りょく》を持つらしい。

王子の微笑みは基本作り物なのだが、大半の令嬢はそれに当てられてポーッとしてしまうのだから、かなりの人たらしである。尚且《なおか》つ、それを分かってやっているのだから、たちが悪い。アリスティアが以前「あざといブラック王子様……」と呟いていたのに同意する。本人曰く、シェリに対しては、いつも二〇〇パーセントの大盤振《おおばんぶ》る舞いをしているそうだが。

「貴族っぽくない令嬢だとは常々思ってたけどさ？　四属性なんて高ステータスを手に入れたら、前面に出して目立ちたいと思わない？　まさか隠したいなんて言い出すとはね」

マーク侯爵家《こうしゃくけ》ってやっぱり変わってるなぁ、としみじみしている。

「まぁ、アリスティア嬢の身の安全を取るならいい判断だよね。今のところ属性数について知ってるのは家族と王家、身近な人間と神殿長《しんでん》くらいだし、今ならまだ隠せると思う」

「……自分の事より、シェリの事ばかりだったな」

妹を気に掛けてくれる事はとても嬉《うれ》しいが、アリスティアはもう少し自分の事を心配してほしい。これだから目が離《はな》せないんだと、苦虫を噛《か》み潰《つぶ》したような表情に自分がなっているのが、何となく分かった。

俺がアリスティアと出会ったのは、それこそ物心つく前だ。初めて会った時の印象は、天真爛漫《てんしんらんまん》で人懐《ひとなつ》っこい。笑顔が一番似合う、まさに自分と正反対な子だと思った。

会えば怖《こわ》がられるだろうと思っていたのに、滅多に笑わない俺と顔を合わせても、アリスティアは態度を変えなかった。ありのままの自分を慕ってくれるアリスティアに、最初はシェリと同じ妹のように接していたと思う。

だけど、自分の気持ちを意図せず自覚したのは数年前。アリスティアが屋敷《やしき》を訪《おとず》れた際に、シェリの病気が治る見込《みこ》みがない事を、偶然《ぐうぜん》聞いてしまった時だ。

実はあの場に俺も居合わせたのだが、恐《おそ》らくアリスティアは気が付いていないと思う。泣きそうな顔をして走り出したアリスティアを、抱きしめてあげたい。そんな衝動《しょうどう》に駆られて伸《の》ばそうとした手を、俺はいつの間にか自ら押さえていた。

いつから特別に想っていたかと問われれば、正確には分からない。でも、もしかしたら……初めて出会った時にはもう既に、俺はアリスティアに惹かれていたんじゃないだろうか。


「――フォルト、聞いてる？　お前も二人の事を頼《たの》むよ？　名目上は僕《ぼく》の側近騎士だけど、学園内ではそこに固執《こしつ》しなくてもいいから。僕には影《かげ》の護衛も付いてるし。まぁ、そもそも魔法で僕にかなうやつが学園にいるとは思えないけどね」

「……言われなくとも。無論お前の護衛としても手は抜かないつもりだが。ユーグ、お前はシェリから目を離すなよ。今回の件で、シェリが婚約者《こんやくしゃ》候補から正式な婚約者に近づくと勘《かん》ぐる人間が出てくるのも、時間の問題だろう」

「シェリの事は任せて。全く……だとしたら氷の騎士は、一体誰《だれ》を一番に守るつもりなんだろうねぇ。肝心のお姫様《ひめさま》は、氷の騎士様の溺愛《できあい》に気が付いてないみたいだし。そんなスローペースで大丈夫なの？」

含み笑《わら》いをしながら、からかい交じりに問いかけてくるユーグをチラリと横目で見て、俺はしれっと黙ったままを貫《つらぬ》いた。

これからは学園で接する機会も増えるだろうし、打てる手は既に打ってある。俺が卒業するまでの一年で、アリスティアには俺の事を意識してもらえるようになればいい。

「さてさて、それじゃ学園が始まる前に色々と準備をしておく？　個人的にシェリには影の護衛を付けるけど、それとは別に、見える護衛もいた方がいいんだよな……でも男を近づけるのもちょっとね。でも背に腹は代えられないか……フォルト、誰か信頼《しんらい》できる優秀な騎士希望の子とか、噂《うわさ》で聞いた事ない？」

「……ナースズ辺境伯《はく》の長女は？　確か今回の検査で火属性のみの発現だったそうだが、魔力量《まりょく》が秀《ひい》でていたとかで話題に挙がっていたような気がする」

ユーグの脳内人物辞典がヒットしたようだ。

「ナースズ辺境伯……あ〜、あそこの家ってたしか、実力主義で有名だよね。確か名前はサラ嬢だったかな？　兄弟に交じって対等に剣《けん》を学んでるって聞いたし……相当の実力持ちなんじゃない？」

「……俺の勘だが、俺達《おれたち》が何か助言をしなくても、アリスティアはサラ嬢と友人になりそうな気がする。しかも一緒にシェリを守ろうと、勧誘《かんゆう》し出すような気もする」

ユーグはピンときた様で、プハッと思わず吹《ふ》き出した。

「そうか、アリスティア嬢もサラ嬢も普通の令嬢っぽくないからな。……シェリはいい友人に恵《めぐ》まれそうだな」

「お前は本当に……良くも悪くもシェリの事ばかりだな」

呆《あき》れた目線を送れば、フォルトだって人の事言えないでしょ、と言い返されたのだった。

第五章
ルルクナイツ魔法学園
chapter. 5

ルルクナイツ魔法学園はエタリオル王国の首都にある、巨大《きょだい》な魔法学園である。

学園は全寮制《ぜんりょうせい》。クラスは貴族優秀生《ゆうしゅうせい》と平民特待生のみが入る事が出来る「特A」と、その下にBからKまでの十クラスがあり、人数は一クラス大体三〇名前後となっている。BからKまでのクラス分けについては、身分は問わず学力や属性数、魔力量などを加味して、バランス重視で決定するそうだ。

尚《なお》、平民特待生は施設費《しせつひ》や授業料等、学園内の費用が全額免除《めんじょ》対象である。

学園のカリキュラムは大まかに、一年でまず基本的な科目【魔法学・歴史学・語学・魔法石学・魔法薬学】を学び、実践を徐々《じょじょ》に行なっていく。その後、二年からは自分の能力や将来に合わせて、四つの科【魔法騎士科・魔法師科・魔法研究科・魔法薬学科】に分かれていくスタイルとなっている。


無事に入学式を終えた私とシェリは、講堂を出て、クラスが貼《は》り出されている掲示板《けいじばん》の確認《かくにん》に行った。十一クラスもあるからか、掲示板が設置されている渡《わた》り廊下《ろうか》は大混雑していた。ちなみに渡り廊下を通り過ぎると、そのまま教室棟《とう》に繋がっているらしい。

「自分のクラスの確認が終わった者は速《すみ》やかに移動をしなさい」

「名前が見つけられなかった者は、名簿《めいぼ》で確認するからこちらに！」

先生方が新入生達にこういった声を適宜《てきぎ》、忙《せわ》しなく掛《か》けている。

「ほら、アリスの名前もあるじゃない」

「あ、本当だ。よかった～！」

背伸《せの》びしながらクラス表を覗《のぞ》き込むと、私も無事、シェリと同じ特Aクラスだった。ホッと安心していると、少し離れた所で先生に詰《つ》め寄っている女子生徒が目に入った。

「信じられませんわっ！　どうして私《わたくし》がBクラスなんですのっ⁉」

「まぁ……レベッカ様だわ」

ユーグ殿下《でんか》の婚約者候補の一人で、シェリと同じ公爵令嬢《こうしやくれいじよう》であるレベッカ様。金髪《きんぱつ》で毛先を縦ロール巻きにした髪型《かみがた》に、強めのつり目美人。ザ・令嬢といった感じの見た目である。向こうは昔から私達（何故《なぜ》か私も）の事を敵視している。

会う度にケンカ腰《ごし》の人とは正直関わりたくないので、シェリと無言で頷《うなず》き合い、見つからないように退散する事にした。

……同じクラスじゃなくてよかったなんて、思ってないですよ？

「皆、席に着いてる？　ホームルームを始めるわよ。そうは言っても、今日はもうメインの入学式も済んだし、大方終わったようなものだけどね。特Aクラスの担任になったニコラ・メイエよ。今日から一年間、アンタ達の授業全般《ぜんぱん》を担当する事になるわ」

艶《あで》やかな紫色《むらさきいろ》のロングウェーブ髪《かみ》に、スラリとした高身長。美魔女《びまじょ》っぽい見た目の先生である。三十代前半くらいに見えるけど、実年齢《じつねんれい》は何歳《なんさい》なんだろう。

「趣味《しゅみ》は女装と美容全般……あとは見目のいい生徒を眺《なが》める事かしら。こういう話し方をしてるけど、これはアタシの通常運転だから慣れてちょうだいな。年齢《ねんれい》は秘密。ご想像にお任せするわ」

妖艶《ようえん》な微笑《ほほえ》みとともに、この先生は一体何を言っているのだろう……？　つまり先生は男性だけど、女装がデフォって事でおけ……？

クラス内がやや困惑した雰囲気《ふんいき》に包まれつつも、先生の指示で席順に簡単な自己紹介《しょうかい》をしていく。その後は先生から今後についてや、準備する物の説明、時間割や配布物などが配られた。説明によると、今日はひとまずこれで終了《しゅうりょう》し、明日から本格的に授業が開始となるそうだ。

「……という事で、今日はこれで解散。この後は各々《おのおの》自由にしていいわ。寮《りょう》に戻《もど》ってゆっくりしても構わないわよ。寮生活《りょうせいかつ》になって学園内だから大丈夫《だいじょうぶ》だと安心しないようにね。寝坊《ねぼう》しないように気を付けなさいよ」

寝坊、というワードに私はピャッと背筋が伸びた。朝は弱い方だし、方向は音痴《おんち》だし、気をつけねば……

「そうそう、分かってるとは思うけど、この学園内では身分は関係なくなるわ。身分と魔法の力は比例しないから、きちんと自分の能力を伸ばす努力をするのよ。あと、先生の事はきちんと敬いなさいね？」

先生こう見えて超強《ちょうつよ》いのよ、と妖艶に笑う美魔女（？）なのだった。強者のオーラがすごいです、先生。

先生が教室から出て行った後、周りの皆はガヤガヤと話しながら、思い思いに帰り支度《じたく》を始めた。私もシェリと一緒に寮へ戻ろうかなと、荷物をまとめていく。

「……？　廊下が騒《さわ》がしいけど、なんだろう？」

その賑《にぎ》やかな声は、段々とこっちに近づいてくるように感じた。教室の扉が開き、そこから現れた人物を見て、あぁ……と納得《なっとく》した。そう、アイドル殿下の登場である。

「シェリ、迎えに来たよ。案内も兼《か》ねて寮まで送らせて？」

「きゃあああああっ！」

シェリに向けた、殿下のキラキラ王子様スマイルを直視した教室内の女子達は、黄色い悲鳴を上げた。新入生にはちょっと刺激《しげき》が強かったようだ。しかも殿下と共にフォルト様も来たものだから、皆さらに大騒《おおさわ》ぎなのだった。

「うわぁ……あの氷の騎士様も一緒だぞ……！　こんな間近でお顔を見られるなんて……」

フォルト様に憧《あこが》れているらしい男子生徒達も、恐れ多い、と恐縮《きょうしゅく》しっぱなしの様子である。

一気に盛り上がった教室内を見渡《みわた》すと、羨望《せんぼう》や嫉妬《しっと》の目でシェリを見つめている子もいた。令嬢たちの中には、殿下の事を諦《あきら》めてない子もいるのだろう。ひぃ、女の子の嫉妬は怖い。

はたと気がつけば、殿下から少し離れて後ろに控《ひか》えていたフォルト様が、私の横にいた。腕を組んで、殿下とシェリをジッと見つめている。あれ、いつの間に？

「フォルト様、こんにちは」

私の挨拶《あいさつ》に、フォルト様はチラリとこちらに目を向けたかと思うと、また視線を殿下達《でんかたち》に戻して、話し続けた。

「ん。クラスはどうだ？　馴染《なじ》めそうか？」

「はい。シェリとも同じクラスになれて嬉しいです」

ふふ、と口元を手で押《お》さえて笑っていると、頭上でふ、と小さく笑う声が聞こえた。

「そうか、一緒でよかったな」

フォルト様は皆が気づかないくらい、ほんの少しだけ微笑んでいる。

そんな表情のフォルト様を見たら、私はそれだけで不思議と、心がホッと癒《いや》された気持ちになったのだった。

「いやー、騒がしくしてごめんね。どうしても初日は迎えに行きたいと思ってさ」

シェリとともに私達のそばに寄ってきた殿下は、いい笑顔を浮かべながらそう話した。

「アリスティア嬢も、よかったら一緒に寮に戻らない？」

私は殿下のお誘《さそ》いを有り難く受ける事にした。方向音痴の私が一人で寮に戻れる自信は、正直言って全くないのだ。

殿下とシェリは二人並んで、仲睦《むつ》まじい様子で会話をしながら歩き、私はフォルト様とその少し後ろを歩いていた。

そんな私達が教室棟を出て、中庭を通り過ぎようとした時。

「……ん？」

ふとなんだか不思議な視線を感じ、私は一人立ち止まって後ろを振り返った。

「アリスティア？」

「あ、今行きます！」

フォルト様に声をかけられ、慌てて返事をする。視線を感じた場所をもう一度見つめるけれど、誰も、何もいなかった。

「……んんん？　何か猫《ねこ》みたいな視線を感じた気がしたんだけどなぁ……」

首を傾《かし》げつつも、先を歩く皆の後を、てでっと追いかけた私なのだった。

「……あれ？　あの子ってそんなに勘、鋭《するど》かったっけか？」

そう小さく呟《つぶや》かれた声は、私の耳には届かなかった。

第六章 カフェテリアには出会いがいっぱい

chapter. 6

入学二日目。座学の授業も無事に終わり、お昼ごはんだ～！　と内心ウキウキしながら机の上を片付け、シェリの席へと向かった。

「午後の実践、楽しみだねぇ。上手《うま》く出来るかはともかくとして」

「そうね。アリスは属性数が多いから、その分魔法の幅《はば》が広がるし、試《ため》すのが楽しみでしょう？」

「う……持ってはいるけど、宝の持ち腐《ぐさ》れにならないかは心配だよ？　さっきの座学の授業で、先行きが不安にはなったもん。が、頑張《がんば》るつもりだけどもっ……！」

私はへにゃんとした顔になりながらも、とにかくまずはご飯を食べて、鋭気《えいき》を養おうと気持ちを切り替《か》えたのだった。

カフェテリアのある飲食棟に着き、入り口にあるメニューのサンプルを眺めながら、何を食べようかと話していると、後ろから声を掛けられた。

「あら。カルセルクさんとマークさんじゃない」

うわ、また会っちゃったと声に出さなかった私、偉い。

恐る恐る振り向くと、そこには昨日も見かけたレベッカ様が、仁王《におう》立ちよろしく堂々と立っていた。取り巻きの女の子も何人か連れている。

「ごきげんよう」

シェリは流石《さすが》のポーカーフェイスで、レベッカ様に軽く微笑みながら、当たり障《さわ》りのない挨拶を交《か》わす。

「小耳に挟《はさ》んだのですけれど、貴方《あなた》……光魔法の適性があったらしいわね？　だから特Aクラスなのかしら」

でも……と、レベッカ様は勿体《もったい》ぶって、言いかけた言葉を途中《とちゅう》で止めた。

何か、嫌《いや》な感じ。私がそんな風に思っているのも分かった上でか、レベッカ様は頰《ほお》に片手を当てて、見下すようにこちらをチラリと見た。

「貴重な属性を持っていても、身体が弱くて使えなければ意味がないんじゃなくて？　相変わらずお身体も治ってらっしゃらないみたいですし……王家の婚約者に相応《ふさわ》しいのは、どういう女性なのかしらね」

隣にいるシェリが、ほんの少し強《こわ》ばった雰囲気を纏《まと》った気がした。

暗にレベッカ様は、健康じゃないシェリが王家に嫁《とつ》ぐのは不可能だと言っているのだろう。ていうか、他の人も大勢いるような場所でシェリを悪く言って、自分の評判も下げているのが分からないのかな？

これ以上黙って聞いているのに嫌気《いやけ》がさして、私が意を決して一歩前に踏み出そうとした時。

私の前に、綺麗《きれい》な金髪を一つ結びにした男の子が。シェリの前には、赤髪のポニーテールの女の子が、まるで庇《かば》ってくれるかのように颯爽《さっそう》と現れたのだ。

私とシェリがぽかんとしていると、金髪の男の子の方が、レベッカ様に向かって口を開いた。

「君さ～、そんな嫌みなんか言わない方が、女の子は可愛《かわい》いと思うよ～？」

「な、何よっ？　いきなり会話に割《わ》り込んできて失礼ねっ。貴方……見かけない顔だけど、どこの家の人間でして？」

「あぁ……お隣のリバーヘン帝国《ていこく》から来ましたぁ、留学生のルネ・パタナーシュで～す」

「てっ、帝国のっ……!?」

「やだなぁ、そんなに驚《おどろ》かなくてもいいじゃ～ん。ね、アリスちゃん」

振り向きざまに、ニッコリと人好きな笑みを浮かべる美男子と目が合った。

あ、この人見た事ある。同じクラスの人だ。でも……一度も話した事もないし、名前に

ちゃん付けされるような関係じゃないんですけども……？

私が会話についていけずにいると、横にいた二人の会話が聞こえてきて、ついそっちに意識が向いた。

「シェリーナ嬢、大丈夫か？　顔色があんまりよくない」

「ありがとう……貴方は同じクラスの……サラ様？」

「覚えてくれてたのか。サラでいいよ」

ニッと爽《さわ》やかに笑う赤髪の女の子は、たしかナースズ辺境伯の長女で、王宮騎士《きし》を目指してると自己紹介の時に言っていたような。

戦う女の子、かっこいい。私は運動神経がすこぶる悪いので、そういうのにすごく憧れる。これは是非ともお友達になりたい案件である。

「あの……ナースズ様、ですよね？　アリスティア・マークと申します。よかったら仲良くしてくださいっ」

「勿論。サラって呼んでくれ。私も二人の事はアリスとシェリって呼ぶから、よろしくな」

「う、うんっ！」

爽やかに笑うサラに、不覚にもときめいてしまう。サラは見た目も中身もイケメンだなんて……反則じゃないか。

「ねぇ。ずいぶん騒がしいみたいだけど、何かあったのかな？」

いつの間にか見物人が沢山《たくさん》集まっていたようで、その一言でガヤガヤとしていた廊下が一気に静まりかえる。

やけに綺麗すぎるいい笑顔で現れたのは、ユーグ殿下だった。無論、フォルト様も一緒《いっしょ》である。昨日から思ってるけど、何でか私達《わたしたち》の動向をよく知ってるんだよな、この人達……

「いっ、いえ！　私《わたくし》、急用を思い出しましたので、失礼しますわ！」

さっきまでの威勢《いせい》はどこへやら。分が悪いと感じたのか、レベッカ様はそう言って、そそくさと去って行った。殿下とフォルト様に満面の笑《え》みで挨拶をする事だけは、バッチリしていきましたけども。あんなに冷めた目でこっちを見ていたのに、切り替えの早さが怖い。

「全く……レベッカ嬢は学園でも大人しくしていられないようだね」

無表情でその後ろ姿を見送っていた殿下は、サラへと目を向けて、あれ？　っという顔をした。

「君は…もしかしてナースズ嬢？」

「？　そうですが……？」

「……ふぅん、ナースズ嬢は二人ともう知り合ったんだね？　ほんとフォルトってすごいな」

殿下に話を振《ふ》られた当のフォルト様は、澄ました顔をしていて、ダンマリを決めこんでいるようだった。

「？」

私達三人は、何の事やらさっぱりだ。

「……そうかそうか。じゃあ僕からもお願いしとこうかな？　シェリと是非仲良くしてあげてね？」

なんだか一人で納得している殿下が、サラにそう話しかけていたけれど、殿下のニッコリ笑顔が黒く見えるのは、私だけのエフェクトなのかな……？

しかし殿下は本当ブレないな。このシェリ一筋な様子を見てると、もう婚約者候補じゃなくて、婚約者に確定してるのでは……と、私は薄々《うすうす》感じている。まぁ女好きで、色んな女の子にフラフラしちゃうような王子じゃなくてよかったとは思いますけど。


ようやく入れたカフェテリアでは、日替《ひが》わりランチセットを注文した。ゆったりとしたテーブル席に着いて、モグモグとサンドイッチを頬張《ほおば》っていると、そんな私の様子を隣の席で眺めていたサラが、少し意外そうにしていた。

「アリスは小柄《こがら》だけど、思ったよりもしっかり食べるんだな」

「朝から座学で頭を使ったから、すっかりお腹《なか》が空《す》いちゃって……」

私はえへへ、と照れながら返す。

「いや、沢山食べる令嬢《れいじょう》が新鮮《しんせん》だっただけだ。私はいいと思うぞ」

サラに微笑まれて、頭をポフッとされた。ふふ、褒《ほ》められると嬉しい私、自分で言うのもあれだけど、実に単純である。

「ねぇ、そういえばサラは火属性持ちなのよね？　検査の時に魔力量がすごく多かったって、噂になってたわ」

シェリの問いかけに、うん、とサラが頷く。

「魔力量が多いのは、騎士として攻撃《こうげき》手段が増えるから嬉しいな。どうにか剣と魔法を両立できるようにしたいと思ってる」

ほわ……剣と魔法の二刀流、かっこいいな……

「シェリは光の他に、水があるんだったか？　水はいいとしても、光についての情報が少な過ぎるよな」

そうねぇ……と、シェリは困った顔をして頬に手を当てた。

「先生にも相談したけれど、本当に独学になってしまうかもしれないわね……まずは図書館で文献《ぶんけん》を探してみる事から始めてみるわ」

私とサラは、探すの手伝うからね、とシェリを励《はげ》ましたのだった。

「あ。ルネ様にも後で、きちんとお礼を言わないとだなぁ……」

私は少し離れたテーブルで、女子生徒に囲まれながらランチをしているルネ様を見つけて呟いた。さっき「クラスメイトなんだから、ルネでいいよ～」と軽く言われ、それもそうかと納得した私は、早速《さっそく》ルネ様呼びに切り替えている。決して苗字《みょうじ》が長くて言いにくかったからではない。

「あいつ、アリスの事をちゃん付けしてたな」

何の気なしに呟いたサラの一言で、なんだかテーブルの周辺がひんやりした気がする。春先はまだちょっと冷えるもんね……？　ただよう冷気に、ぶるっと小さく肩《かた》を震《ふる》わせて、テーブルの向かい側へ目を向けると。

「ちゃん付け……？」

訝《いぶか》しげに顔をしかめるフォルト様である。

「まぁまぁ、助けてくれたみたいだし、大目に見たら？」

そう言って、くくっと笑う殿下。殿下の笑いのツボはたまによく分からない所にある。そんなにルネ様のちゃん呼びが面白《おもしろ》かったのかな……？

昼食も食べ終わり、食後のお茶を飲みながらのんびりしていると、殿下が隣に座《すわ》るシェリに話しかけていた。

「シェリ、王宮での緊急《きんきゅう》の用事がない限り、なるべく一緒に昼食を取りたいと思ってるんだ。明日から教室に迎《むか》えに行ってもいいかな？」

「……っ！　毎日お忙《いそが》しいのに、よろしいんですか？　それに、レベッカ様が知ったらあまりいい顔をされないと思いますが……」

「あぁ……まぁ、彼女《かのじょ》は僕以外にも気になる人が多いみたいだから、大丈夫じゃないかな。そこまで気が回るタイプでもないし」

レベッカ様が男好きでちょっと頭が弱いのは、私も何となく噂で知ってますけども。さり気なくディスってますよね、殿下。一応貴方の婚約者候補の一人ですよ？

「それにアリスティア嬢やサラ嬢も一緒なら、少しはシェリにだけ矛先《ほこさき》が行く事も避《さ》けられると思うんだけど……アリスティア嬢はどう思う？」

「はへっ⁉　ソ、ソウデスネ……？」

「うんうん。だよね」

いつの間にか私とサラも一緒にって事になってる⁉　満足げな殿下と、それを冷めた目で見るフォルト様である。

優《やさ》しいシェリは殿下の言葉に驚き、少し返事に困っていた様子だったけれど、最終的には小さく微笑みながら頷いた。

「……皆《みな》と一緒にいられるのは、嬉しいです。わざわざありがとうございます、ユーグ様」

「うん。シェリに一日一回は必ず会えるよう、公務も頑張ろうと思う」

あ、ごちそうさまです。

これは暫《しばら》くお昼時になると、教室が騒がしくなるパターンですね？　クラスの子には殿下達の登場に慣れてもらうしかなさそうだ。

話がひと段落したところで、フォルト様が時計をチラリと見た。

「そろそろ出るか。三人は午後、初めての魔法実践《まほうじっせん》だろう」

「そっか。初めは緊張《きんちょう》すると思うけど、大丈夫。上手くできるようになれば楽しくなると思うよ」

殿下直々に有り難いエールをいただいた。

フォルト様からは、無理しないようにと一言だけ。口数は少ないけれど、優しさが伝わってきた。

魔法実践……なるようになるはずだし、頑張ってみよう……！

第七章

規格外でした、すみません

chapter. 7

　魔法実践の授業を受ける室内実技場内は、巨大なドーム型になっていて、とにかく広かった。敷地《しきち》も広ければ天井《てんじょう》も高い。

　チャイムが鳴るのとほぼ同時に、先生がグラウンドに現れた。

「さーて、始めるわよ。午前中に学んだ魔法《まほう》の原理はしっかり覚えてるかしら？　いい？　魔法は三段階だと覚えておいて。①自分の魔力を覚醒《かくせい》させて身体に巡《めぐ》らせる、②紡《つむ》ぎ言葉で魔力を身体の一点に固めて、③魔法古語で魔法を発動よ」

　先生は指を折り数えながら、そう話す。

「だけど、属性が発現したばかりの一年生は、自分の力だけでは魔力を身体の一点に固める事はすぐに出来ないの。そこでこの杖《つえ》を学園から一人一本、支給するわ。いわゆる魔力を引き出す補助をしてくれるアイテムってとこね」

　順番に名前を呼ばれて、先生から杖を受け取っていく。各々の属性に対応するように、杖には魔石《ませき》が埋《う》め込《こ》まれているようで、私の手元には、三つの魔石が埋め込まれた杖が渡された。

「アンタのはパッと見は魔石が一つ足りてないけど、中に埋め込んであるから」

「は、はい！」

受け取る際に、耳元でこっそりと告げられる。先生は私の属性の件で、学園長以外に学園内で事情を知っている、唯一《ゆいいつ》の先生なのだ。自分専用の杖をそっと握《にぎ》りしめると、魔法《まほう》使《つか》いっぽくてちょっとわくわくした。

「ま、百聞は一見にしかずよね。一回魔法をやって見せるわ。今からあの防御壁《ぼうぎょへき》に向かって魔法発動させるから、後ろからよーく見てなさい」

先生は片腕《かたうで》を前に伸ばして指先を突《つ》き出し、銃《じゅう》のような構えをする。途端《とたん》に魔力の雰囲気を感じた。

『狙撃《そげき》せよ　火花拳銃《スパークハンドガン》』

すると指先から火花が散るように、炎《ほのお》の玉が防御壁に向かって、パァン！　と音をたてて弾《はじ》け飛んでいった。乾《かわ》いた爆発音《ばくはつおん》に驚いた女子たちが悲鳴を上げる中、男子たちはかなり盛り上がっている。

おぉ……先生って火属性持ちの、ザ・攻撃タイプなんですね。いや、絶対そうだろうなとは予想してた。

「こんなものかしら。まずアンタたちが挑戦《ちょうせん》するのは、①の自分の魔力を覚醒させて、身体に巡らせる事よ。自分の属性の代表的な色をイメージしながら、それがモヤみたいに体内を巡っていると考えてみて。あくまで自分の脳内で、の想像よ。その方が属性が一つの子は特にイメージしやすいと思うわ」

そう、属性の色というものがある。大半の理由は連想しやすいという理由でだが、火↓赤　水↓青　風↓緑　土↓黄　光↓白　闇《やみ》↓黒　とざっくりイメージがされているのだ。

自分の属性の色となると、本当は四色だから、えぇと……混ぜたら……待って、すっごいカラフルじゃん……？

赤青緑黄……緑黄色野菜……あ、ダメダメ。それじゃ青が仲間外れになる。

うんうんと悩《なや》んでいると、ルネ様が私の近くへとやって来た。

「ねぇねぇ、アリスちゃんって超《ちょう》レアな三属性持ちなんだよね？　このクラスでも二人しかいないって聞いていたけど、まさかアリスちゃんと俺だったとはびっくり～」

「ルネ様……あんまり驚いてる感が伝わってこないんですけども……？」

「え～？　ホントに驚いてるのにぃ。ね、三属性のイメージ、結構難しくない？」

「ですね。三属性のイメージ、何度もしてみてはいるんですけど、赤緑黄のものって正直、野菜くらいしか思《おも》い浮かばなくて」

「あ～、アリスちゃんは水以外なのか。俺《おれ》は土以外の三属性なの。赤青緑………あれ？ 出来ちゃった」

えへ、と笑うルネ様に、私は衝撃《しょうげき》のあまり絶句した。

「……えっ⁉ 突然《とつぜん》の裏切り⁉ 今、一緒に頑張ろうって感じになってたのに……⁉」

酷《ひど》い……もう信じない……と、ルネ様を恨《うら》みがましい目で見てしまうのは仕方ないだろう。

「ごめんって～！ 俺だってまさか出来るとは思わなかったよ？ 参考になるか分からないけど、どうやったか教えてあげるから～」

「ポンコツなんで、なるべく分かりやすくお願いします……」

「え？ アリスちゃんってポンコツなの？ それを自分で言うなんて面白いね～？ んーと俺はね、血液の流れをイメージしてみたの。血液も身体の中を巡ってるでしょ？ その流れを意識して、そこに属性の色を足して一緒に流す感じ」

「なるほど……？」

体内を巡るものと一緒にイメージすればいいのかな。でも血液は何かちょっとゾワッとするから、呼吸を意識してみよう。

私はふ～、と出来るだけリラックスした状態を心がけて、目を閉じた。お腹に力を入れて、空気とともに属性の色のオーラを吸《す》い込んだイメージをした。空気に色をつけた感じ……なんなら雲に色をつけた感じ……あぁ、綿あめが食べたくなってきた……

「……お？」

何回目かの挑戦で、身体の中心になんだかポカポカしたオーラのような物を感じる事が出来た、と思う。これが私の魔力なのかな……!?

私が自分の魔力を実感できた頃《ころ》、シェリやサラもコツを掴《つか》めたようだった。

「あら、さすが特Aクラスに選ばれているだけあるわね。皆センスあるじゃない。そうしたら、次の②と③の工程はまとめていくわね」

皆の様子を見て回っていた先生は、クラス全員の魔力循環《まりょくじゅんかん》の成功を確認し、次のステップへの説明を始めた。

「②の紡ぎ言葉と③の魔法古語が二つで一つみたいな所があるのは、もう座学で学んだわよね？　魔法を発動させる時に、魔力量が重要になってくるの。属性検査の時に言われた自分の魔力量を覚えてる？　あれを大体の目安にして、今後は自分で魔力量を把握《はあく》していくのよ」

まぁ体感するのが一番かしら、とにかく実践《じっせん》よねと言いながら、先生は私達を見渡して、にんまりと笑った。

「アタシが横で付き添《そ》うから、一人ずつ魔法発動に挑戦していくわよ。使ってみたい魔法がある子は、それを試しても構わないけれど、魔力量の少ない子は無茶《むちゃ》しないように。魔力がゼロになると数時間は倒《たお》れて動けないから、疲労困憊《ひろうこんぱい》ぐらいのギリギリを攻《せ》めていきなさいよ～？」

「……先生って、結構スパルタ……」

しかも、なんならちょっとイキイキしてますよね……？

「美魔女先生ったら、サディスティック～」

私の独り言が聞こえたようで、ルネ様の呑気《のんき》な声が返ってきた。

「あと、複数属性持ちは、まずは一つの属性魔法からスタートするようにしなさいね。応用魔法といって、複数の属性を組み合わせた魔法もあるけど、それは難易度が高いから。もう少し学んでからじゃないと無理ね」

先生は、持っていたバインダーの名簿らしき物をペラペラとめくりながら話し、最後にそう忠告した。

「じゃあやる順番は……席順でいいかしら。あ、それから魔法を発動させる時は、必ずあの防御壁に向かってよ。絶対に杖を人へ向けないでね」

五十メートル程先にある、先生がさっき魔法を放った防御壁は、壊《こわ》れず、しかもヒビ一つ入っていないみたいだ。どうやらこの防御壁は、魔法石でそういう仕様にしている特別な訓練用の物らしい。

「シェリはやっぱり、まず水魔法《みずまほう》に挑戦？」

私は隣《となり》にいたシェリに聞いてみた。

「そうね、水魔法で発動のコツを掴みたいわ。アリスはどの属性魔法にするの？」

「どうしようかなぁ……目に見えて分かりやすいのは、先生みたいに火魔法だよね。でもあんな風に攻撃的《こうげきてき》なやつ、出来る気がしない……」

そう話している内に、シェリの名前が呼ばれた。シェリは防御壁の前にさっと立つ。魔《ま》力《りょく》をまとい、杖を前にそっとかざして、少し小さな声で言葉を紡いだ。魔法が発動するかどうか分からないのだから、さすがのシェリも不安に思っているだろう。

『降りしきれ　恵みの雨《グレイスレイン》』

シェリは、防御壁を上から囲うように雨を降らせる事に無事成功。私はやったね！　という思いを込めて、シェリに向けて皆と一緒にパチパチと拍手《はくしゅ》を送った。

「よし、カルセルクも問題ないわね。発動はきちんと出来ているし、このまま少しずつ水魔法の練習を進めてみて。体調に支障をきたさないようにしながら、慣れてきたら光魔法に挑戦していったらいいと思うわ」

先生からもお褒めの言葉をいただき、シェリもホッとした様子で頷いた。

その後、サラの順番が来た。サラは背筋をピンと伸《の》ばし、落ち着いた様子で杖を構えた。凛《りん》とした立ち方に惚《ほ》れ惚《ぼ》れしてしまう。

『狙撃せよ　火炎狙撃銃《フレイムスナイパーライフル》』

パンッパンッパンッパンと数発連続で、勢いよく火の玉が防御壁に向かって飛んでいった。クラスの皆も、その威力《いりょく》に驚いた様子で、サラに注目が集まる。

「シェリ、あれって、そこそこ魔力量を消費するって教科書に載《の》ってたやつじゃない……？」

「ええ。杖の補助ありだけど、楽々とこなしてるわね……すごい……」

しかもこの火魔法……先生と同じ種類の火魔法？　しかも先生が発動した火魔法より上の、恐《おそ》らく中級レベルのやつだ。先生は頬《ほお》をヒクつかせている。

「ナースズ……アンタ、中々いい性格してるわね……」

サラは、そんな先生の言葉を特に気にしていない様子で、しれっとしていた。戦闘力《せんとうりょく》だけでなく精神力も強いとは、恐れ入ります。

その後も順番は巡り、皆思い思いの属性魔法を試している様子である。ルネ様は風魔法《かぜまほう》を試していたようだった。

「次はマーク。ほら、前の人と場所を交代して」

いよいよ私の番である。私は先生に促《うなが》されて、前に立った。

私がやってみたい魔法……綺麗で、目を奪《うば》われるようなのが理想ではある。それが現実的に出来るかと言われると、何とも言えないのが私の悲しい所なんだけど……

ふぅ、と息をついて集中する。身体の魔力の巡りは感じ取れた。あとは、ご先祖様から貰《もら》った魔力回路盤《かいろばん》の発動が出来れば……有難《ありがた》いんだけど。うんうんと一生懸命《いっしょうけんめい》念じてみても、魔力回路盤は全く浮《う》かんでこなかった。

うう、致《いた》し方《かた》なしか……私は諦めて閉じていた瞼《まぶた》を開き、魔法のイメージを固める事に集中した。土魔法に魔力を定めて、自分の心に語りかける。

準備はいい？　創り出すよ、私の好きな、春の花咲《はなさ》く美しい木を。

『そびえ立て』

『崇高なるマグノリア《グランドマグノリア》よ！』

私の紡いだ言葉の一音一音が、自身の魔力と共鳴する。杖の先から、ぶわりとマグノリアの香りが広がる。身体全体が魔力を帯びたような、不思議な感覚がした。

これが魔法……やったぁ、成功したんだ……！

そう感じたのと同時に、私の手元からぷしゅんっと鈍《にぶ》い音がした。

「えっ？　ええっ……!?」

前に突き出していた杖から、モクモクと煙《けむり》が上がる。先生の慌《あわ》てた声が聞こえた。

「マーク！　それっ、早くポイってしなさいっ！」

「ひゃいっ！」

周辺に漂っていた甘《あま》い香りは消え、一気に焦げ臭《くさ》い煙が広がった。

それがようやく空気中に散り、私は地面に転がした杖に、恐る恐る目を向ける。

あぁ、悲しきかな、杖はプスプスと小さく音を立てたまま、先端《せんたん》部分から全体の半分程までが、見るも無残な真っ黒焦げになっていた。

やけに静まり返っている空気が怖《こわ》くて、そろ～りと後ろを振り向く。少し離《はな》れた所にいたクラスメイトは、呆気《あっけ》にとられたような、ポカンとした表情を浮かべていた。

「え、え～と、先生……これ、どうしましょう……？　弁償《べんしょう》ですかね……？」

困り果てた私が先生へと視線を向ければ、流石は先生である。皆よりも一足先に意識が戻ったらしい。私を見てハッとしたかと思えば、口をへの字にして、なんだかとってもしょっぱい顔をしている。綺麗なお顔が台無しだ。

「マーク……確認《かくにん》だけどアンタ、今初めて魔法を使ったのよね……？」

「勿論《もちろん》です」

「……杖が壊れるなんて……発動はほぼ出来ていたのに？　属性……？　ううん。それよりも魔力……？　規格外って事……？」

「……せ、先生？」

「ゴホン。あー、魔法発動自体は途中まで問題なかったわ。でも、アンタは魔力コントロールが致命的《ちめいてき》に下手だわ」

「チメイテキニヘタ」

私は先生の言葉をカタコトに繰《く》り返した。え、それって普通《ふつう》に問題なのでは？

「そう。事前に聞き取りしたデータは確認してあったけど、アンタは魔力量がそこそこ……はっ？」

持っていたバインダーをすごい顔で凝視《ぎょうし》している。怖い怖い。

「あれがそこそこな訳……『かなり』の間違《まちが》いでしょ……？　あー、とにかく多いのよね？　それをコントロールできるようにならないと、毎回授業で杖を暴発させる事になるわよ……」

先生は可哀想《かわいそう》な子を見るかのように私を見つめた。

「で、ですよねぇ……」

「とりあえずアンタは当面の間、自主練禁止よっ！」

「えぇぇっ⁉」

それじゃあ、こっそりしようと思っていた水魔法の練習もできないって事⁉　私は鼻先にビシィっと指を差され、その場で固まってしまったのだった。

第八章　初めての魔法石学

chapter. 8

「ようやく元気になったみたいだな、アリス」

「サラ……ありがとう……心配かけてごめんね。今日は待ちに待った魔法石学の授業だし、だいぶメンタルは回復したから、もう大丈夫《だいじょうぶ》っ！」

教室移動をしている時にサラからそう声を掛《か》けられ、私は胸の前で握り拳《こぶし》を作った。

先日の暴発事件で落ち込んではいたけど、今日の私はやる気満々なのだ。なんてったって、一番学びたかったといっても過言ではない、魔法石学の授業だから。

あれから再度支給された、当分の相棒となる杖二号は、私のもう片方の腕《うで》の中にぎゅっと抱《かか》え込まれている。そのうち三号になってしまうかもしれないので、出来る限り慎重《しんちょう》に使ってあげたい。また焦げ焦げにしちゃったらごめんね……

魔法石学の教室である加工室は、工房《こうぼう》のような造りになっていた。そのまま石の加工も出来るようになっているらしい。それ以外にも様々な魔道具が作れる環境《かんきょう》が整っているそうで、学園内の設備は本当に凄いと、改めて実感したのだった。

「今日は初めての魔法石学の授業ね。代表的な生活用具である灯石《あかりせき》を実際に持ってきたから、見た事がない人は動かしてごらんなさい。スイッチはこの下の部分。ここを右に引けば点灯。消したい時は左に戻《もど》せば大丈夫よ」

先生は、灯石が中に組《く》み込まれている手持ちランタンを、一番前の席の子に手渡《てわた》した。

アンティーク調の装飾《そうしょく》がされたランタン、可愛いな。クラスの大半の子は魔法石グッズに触《さわ》った事があるだろうけれど、皆お洒落《しゃれ》なランタンに興味津々《きょうみしんしん》のようだった。

「魔法石の制作方法は、わりとシンプルよ。天然石や宝石に魔力を込めつつ魔法をかける、それだけ。でも石と魔法の相性《あいしょう》もあるから、それを見極《みきわ》めて見合った魔力量、魔法の種類を選ばなきゃいけないの。そこが難しい点かしら。これを読み誤ると、石は砕《くだ》けて失敗よ」

「先生、硬《かた》い宝石も砕けちゃうんですか？」

「そう……高価な宝石も……見事にバラッバラになるのよ……」

先生はもの凄ーく遠い目をしていた。

あぁ、お高い宝石で失敗をなさった事があるんですね……先生、ドンマイです……

「……そもそも、魔法石に込められる魔法の数は少ないわ。研究が続けられているけど、教科書に載っている表を見た通りよ。つまり、強力な魔法を使えるようにと思って、大量の魔力を注いでも、魔力に耐《た》えきれず、石が壊れてしまうの。魔法石作りを専門にしている魔法石術士でも、失敗は多いのよ。だから好きな魔法で魔法石を作れる訳ではないって事を、まずは覚えておいて」

そう話すと、先生は気を取り直した様子で微笑《ほほえ》んだ。

「じゃ、難しい事は一旦《いったん》置いておいて、とりあえず実践よ！　まずは大量に出回っている安価な天然石で練習しましょ。これは皆、最初に必ず割るものだから、安心していいわよ」

先日の杖みたいに、ボロボロにしたらどうしよう。そんな私の考えを、先生は汲《く》み取ってくれたかのように先回りして話してくれた。なんだかんだ言って優しいサド美魔女《びまじょ》である。

「天然の物だから、石の色味って結構バラバラなのよね。各々《おのおの》、自分の属性に対応している色の石を一つ取りなさい。魔法はそうねぇ……どの属性でも出来る、簡単な防御魔法《ぼうぎょまほう》にしましょ」

私は赤みのある、ピンク色の石を手に取った。恐る恐る杖の先をちょん、と石に触《ふ》れさせる。

えぇと、魔石はただ属性魔力を込めて作るのに対して、魔法石は魔法そのものをイメージしながら呪文《じゅもん》を唱えつつ魔力を込めて作るから、成功率も低くて難しいんだよね。よし、大丈夫。魔石と魔法石作りの違《ちが》いは、きちんと頭に入っているようである。

『魔法防御《マジック・ディフェンス》　炎の護《まも》り』

自信のなさからか、私は小声で魔法を唱えていた。

防御魔法のイメージが伴《ともな》った魔力が、杖を通して石へと伝っていった。魔力を取り込んだ石は、どんどん透《す》き通っていく。小さな石だからか、想像していたよりも早いペースで魔力が溜《た》まっている気がした。

……っ、ここまで！

不思議と石の魔力限界値を感じて、無意識に石から杖をパッと離した。

……何で私、石の魔力限界値が分かったんだろう？　これも、ご先祖様から貰ったあの魔力回路盤が関係しているのかな……？

自分でも気が付かないうちに、息まで止めて集中していたらしい。ほぅ、と息を吐《は》き出すと、ようやく気持ちが落ち着いたように感じた。

「すごい……！　アリスの石、壊れてないわ！」

シェリの声にハッとする。気が付けば、周りの皆も興味津々な様子で、私の手元に視線を向けていた。ちらりと他の人の机を見ると、先生が話していた通り、石は砕けているみたいだ。

「これって、やっぱり成功したって事でいいのかな？」

「いいんじゃないか？　ほら、私が魔力を込めた石は、粉々になったぞ？」

サラの机の上には、石だった物が見るも無残に散っていた。……あれ、こんな砂みたいに細かくなる物なのかな……？

「魔法石って、ほんとに綺麗……」

キラキラ度が増した石を摘《つ》まんで、日の光にかざしてまじまじと観察していると、その手首をガシリと掴まれた。

「せ、先生っ⁉」

「……ちょっとそれ、アタシに貸しなさい」

鬼《おに》の形相で言われるものだから、拒否権《きょひけん》も何もない。どうぞ、と大人しく先生に手渡した。

「魔力コントロール自体がそもそも出来ないんだから、石に魔力を移すのも無理かと思ってたけど……何でこんなちっちゃい石に、適正量ぴったりの魔力を移せんのよ……」

「さ、さぁ～、なんででしょうね……？　た、対象物があると分かりやすくていい、のかも？　です？　あと先生、顔がすっごく近いです」

「あら、ごめんなさい。アンタは杖をぶっ壊した前科があるから心配してたけど、こっちは問題なさそうだわ」

「ザックザクと容赦《ようしゃ》なく生徒の心の傷を抉《えぐ》ってきますね……？」

先生は私の手のひらに魔法石を戻すと、加工室内を見渡《みわた》した。

「マークの他に魔法石作りを成功させた子はいる？」

誰《だれ》も挙手しない様子を見て、先生は軽く頷《うなず》くと、私に視線を戻して私の頭をポンと撫《な》でた。私は思わずきょとんとした顔で、先生を見上げてしまった。

「初めての授業で、石を壊さずに魔法石を完成させたのは、私が見てきた中ではアンタが初めてよ。魔法石作りの才能があるかもしれないわね」

「先生……意外と手、おっきいんですね」

「人が褒めてんのに、アンタは呑気に何言ってんのよ」

「ふぎゃ」

頭の上に乗っていた優しかった手のひらは、指に力が込められて、そのままぐわしと掴まれた。握力《あくりよく》強い、痛い。

「その魔法石はアンタの物よ。好きに使いなさい」

「い、いいんですかっ⁉」

「難易度の高い魔法石作りを一発で成功させたご褒美《ほうび》よ」

皆が一通り魔法石チャレンジを終えたのを見計らって、先生は机の上を片付けるように指示を出したのだった。

「あぁ、マーク。アンタはこの後ちょっと残って」

「うえ？」

魔法石作りを成功させたのに……まさかの居残り？　せっかく褒められたのにと、しょぼんとした気持ちで、教卓《きょうたく》に立つ先生の元へ向かった。

「今日アンタの魔法石作りの才能を見て、閃《ひらめ》いた事があるの。アンタの杖の件を学園長に相談したら、アタシがもう一回作ってみるようにって言われてたんだけど……アタシよりアンタが自分でやった方がいいと思って」

「……私が杖を、ですか!?　いや、あの、杖なんて作った事ありませんけど……！」

「大丈夫。アンタが作るってなったら、特別な魔法石アイテムの力を借りるから大丈夫よ」

「魔法石アイテム……？」

「そ。それを使えば、杖の製作ド素人《しろうと》でも、特別な技術は要《い》らないはずよ。そもそも四属性持ちで規格外のアンタの杖を、普通に作った事自体が間違いだったのよね～。クラス全員分の杖を作るのって、ぶっちゃけ地味に大変だし、三属性も四属性もあんまり変わらないかって、深く考えずに作っちゃったのよ」

先生はポカンとしたままの私をそっちのけで、一人納得《なっとく》している。

「……って訳で、そうと決まれば早めに製作にかかりましょ。学園長もアンタの事情はよく知ってるし、その魔法石アイテムの使用許可はすぐ下りると思うわ」

「いやいやいや、私やりますって言ってないですし、決まってもいないんですけど……？」

「最悪アンタが失敗しても、自主練禁止期間が長引くだけだし、ダメ元でやってみましょうよ」

「そこは成功した場合を提示してくださいよぅ……」

結局先生に押《お》し切られる形で、明日の放課後にと約束をしてから、やっといつもの教室に戻ってこれた。

「さすがに疲《つか》れたぁ……」

色んな事がありすぎて、ちょっとグッタリである。魔法石学はシェリの事もあるし、変に肩の力が入ってしまっていたのかもしれない。そこへ更《さら》に突然マイ杖作りを提案されれば、こんな風にもなるだろう。

「アリスちゃん、大丈夫～？」

「大丈夫だよ～、頭を使ったから、ちょっとお腹が空いただけ……」

ルネ様が机に突っ伏《ぷ》してヘロヘロになっていた私を覗《のぞ》き込む。私はふにゃっと笑いながら、ルネ様に気力で返事をした。

そんな私を見かねてか、ルネ様が私の口に何かを放《ほう》り込んだ。

「えい」

「んんっ⁉　……あ。ピーチキャンディだ、おいひい」

「疲れた時には甘い物だよね～」

何かと思ったけれど、口の中に広がるのは甘酸《あまず》っぱくて優しい味だった。私はころころと口の中でキャンディを転がした。甘い物は正義である……と思いながら、ふふっと自然と顔を綻《ほころ》ばせる。

「ありがと、ルネ様」

「……うっ！」

「うん？」

教室の何処《どこ》かから、苦しそうな声が聞こえたけど、どうしたんだろう。声が聞こえたルネ様の後ろへひょこっと顔を向けると、胸を押さえて赤くなっている男子が数名いた。

「ぐ、具合でも悪いのかな……？」

「……アリスちゃんは鈍感《どんかん》なところも、可愛《かわい》くて推《お》せるな～」

「な、何が？」

私を楽しそうにからかうルネ様の発言は、たまに理解が出来なくて難しい。

第九章　天然石の一粒ブレスレット

chapter. 9

夜、私の部屋の机の上には、今日の授業で出来た魔法石がちょこんと置かれていた。じっと眺《なが》めていると、じわじわと顔がにやけてくる。ふへへ、嬉《うれ》しいな。

「先生が持って帰っていいって言ってくれたから、有難くいただいてきちゃったんだよね……」

私は家から持ってきていた、小さなアンティーク調のトランクケースを開けた。そこには一人でも出来る、アクセサリー作りに必要なパーツや道具、装飾用のビーズなどが入っているのだ。

とはいえ、これらのグッズだけだと簡単な物しか出来ない。今後もっと凝《こ》った物が作りたくなったら、学園の加工室に行けば大丈夫だろう。現に私は加工室で、魔法石に紐《ひも》が通せる位の穴を専用の機械で開けてもらってきていた。

記念すべき、初めての自分で作った魔法石。せっかくなら、アクセサリーにしてみようかと思ったのである。材料は魔法石と組み紐用の糸、ブレスレット用の基本の金属パーツと、ちょっとした装飾パーツだ。

「石がピンク色だから、組み紐の色はどうしようかな」

あまり派手な感じにもしたくないなと思い、悩んだけれど色味の違うピンク色二本と白一本を組み合わせて編む事にした。三本の編み方なら簡単だし、ブランクがあっても出来る気がする。

「うん……？　やっぱり手先が器用になってる気がする」

前世の記憶《きおく》が、身体を無意識に動かしているのだろうか。自分でも驚《おどろ》くくらい、ひょいひょいとテンポよく三本の糸を編んでいく。今までの私ならもっと不器用だったのになと、一人苦笑いを浮かべた。

でも……何よりこういう、ちまちました作業がすごく楽しいと思えたのが、一番の変化かもしれない。元々嫌いな訳じゃなかったけど、不器用すぎて手が出せなかったのだ。

「よーし、この調子で編み切っちゃおうっと」

組み紐自体は、一度やり方を覚えてしまえば簡単だ。本数を増やすと、それだけ難易度も上がっていくが、編み方を凝ったものにすれば三本編みでも十分可愛い。繰り返しの単調な作業だし、もっと慣れてくれれば、その内スピードを上げて編めるようにもなるだろう。

「うん。シンプルだけど、中々可愛いのでは？」

出来上がった組み紐にさっそく魔法石を通す。続けて魔法石の両端《りょうたん》には金色の装飾パーツを一つずつつけて、ズレないように固定する。あとは組み紐の両端にブレスレットの留め具をくっつければ完成だ。

「……よし、出来たっ！　初めてのハンドメイド魔法石アクセサリー」

いそいそと手首にはめて、ランタンの光に照らしてみた。

ピンク系の柔《やわ》らかな色味で統一したブレスレットは、天然石とピッタリの雰囲気《ふんいき》である。角度を変えて何度か光に照らせば、魔法石はキラキラと反射していた。

「……綺麗《きれい》」

嬉しくて、笑《え》みが零《こぼ》れた。魔法の効果はほんの少ししかないけれど、一生の宝物にしよう。

出来上がったブレスレットをそっと優《やさ》しく外して、アクセサリーボックスにしまった。

使っていたハンドメイド用のパーツたちは、トランクケースの中へと戻していく。

「あ、そうだ。先生は何も言ってなかったけど……明日用に一応、石を何個か持っていこうかな？」

魔法石の練習用に、家から色んなサイズ、カラーの天然石も、沢山《たくさん》持ってきていたのである。

小さな巾着《きんちゃく》に詰《つ》め込《こ》んで、忘れないようにと今日の内にカバンへと入れたところで、ふと気が付いた。

「ご先祖様の古書も持ってきたんだよね。杖《つえ》作りの参考になる事が書いてあったら有難いんだけど……」

古書を手に取り、そのままベッドにごろんと横になる。

ぺらぺらとページを捲《めく》って、魔法石《まほうせき》アイテムのアイディアや設計図が色々と載っている章で手を止めた。こんなに沢山のアイディアがあったなんて、ご先祖様の発想力って本当にすごかったんだなぁ……

「杖杖《つえつえ》っと………ん？　【お手軽☆魔力補助杖製作用☆マジックボックス】ってもしかして、学園で支給されてる杖に関係ある感じ……？」

そこには冒険《ぼうけん》ゲームでよく見るような宝箱のイラストとともに、複雑そうな設計図や説明が載っていた。

「あ、これダメだ。難しくてよく分かんない……」

解読不可能を早々に悟《さと》った私は、目を閉じて夢の世界へ逃《に》げたのだった。

そのページの最後に【魔力回路盤が上手《うま》く脳内発動出来ない→魔力回路盤を具現化する？自分で杖を作るといい？】と走り書きがされていた事に私が気が付いたのは、かなり後の話である。

第十章　これが私のオリジナル……杖っ!?

chapter.10

翌日の放課後、私は加工室の中にある個室で、こっそりと水魔法の魔法石作りに励《はげ》んでいた。個室は学園の生徒なら自由に借りる事が出来、内鍵《うちかぎ》も付いていて防音だったりと、プライバシー配慮《はいりょ》がばっちりなのだ。

『冷却《れいきやく》を継続《けいぞく》せよ　時間短縮《タイムショートニング》』

私は青や水色など、青みのある石に、ゆっくりと正確に魔法をかけていく。これは水の冷却魔法《れいきやくまほう》をアレンジしたとされる魔法だ。小さな冷却の効果を繰り返して継続させる事で、その分時間を短縮する事が出来るというものである。

この魔法を初めて知った時に「これってクッキー作りとかの時短になるのでは？」と思ったのだ。

クッキー作りの工程の一つに、生地《きじ》を一定時間冷やす、というのがある。それは生地がまとまりやすくなったり、生地の水分量を均一にしてサクサク感をアップ出来たりと、クッキー作りには欠かせない事なのだ。その工程を省略できるのであれば、使わない手はない。

小さい石なので、魔力を込めた杖が触れるのは、ほんの少しの時間だけ。石の色だけでなく、性質や硬さによっても魔力を取り込む時間は変わるから、魔法石作りはその見極めがとても難しいらしい。それでもなぜか私は石にヒビを入れる事もなく、現段階で一度も失敗をしていないのだった。

「才能を全振《ぜんふ》りしちゃったのかな……」

それはそれで困るのだけども。

「……にしても、先生遅《おそ》いなぁ」

壁掛《かべか》けの時計を眺めると、約束の時間はかなり過ぎていた。どうりで魔法石がこんなに沢山出来上がっている訳である。そろそろ終わりにしよう。私は魔法石をまとめて巾着に入れ、個室から出る事にした。

「あのー……こういう小さな魔法石を散りばめたボウルを作る事って、出来ますか？」

私は巾着から魔法石を一粒だけ取り出して、加工室に常駐《じょうちゅう》している加工専門の職員に尋《たず》ねてみた。

使い切れないくらい余らせてしまうなら、無駄《むだ》にするよりも便利な物へと変化させる努力をする方がいい気がする。魔法石の有効活用法について、そう自分なりに考えたのだ。

「面白《おもしろ》い事を考えるなぁ……ふむ」

「難しいですかね……？」

「いやいや、生徒の自由な創作意欲は大切にって、学園長からも頼《たの》まれているからね。勿論協力するよ。ボウルの素材は、ガラスとステンレスだったらどっちがいいんだい？」

「えぇっと、お菓子《かし》作り用にしたくて。初めて作るので、少し小さめサイズのガラス製にしたいです」

「なるほどね。ガラスなら耐熱《たいねつ》だし、色々と都合がいいと思うよ。そうだなぁ……この大きさの物だと、何回かで魔法石の効果は切れてしまうと思うけど、いいのかい？」

「はい。とりあえずお試《ため》しって感じなので、そのまま埋《う》め込んじゃいます」

そう告げると、思い切りがあっていいねと、豪快《ごうかい》に笑われてしまった。

ガラス加工を待っている間は、展示されているガラス細工の綺麗な色味にうっとりと見入っていた。魔法石を細かく砕いて、金属やガラスに混ぜ込んでみるのもいいなぁ……と、色々なイメージが膨《ふく》らむ。

「まだすごく熱いから直接触れないように注意してね。これくらいの大きさ、厚さでどうかな？」

直径二十センチメートル程《ほど》で、ふちの部分の少し厚めの感じが、ぽってりとしていて可愛い。

「ばっちりです！」

耐熱効果《たいねつこうか》のある魔法手袋《まほうてぶくろ》と専用の器具を借りて、魔法石を一粒ずつ摘まみ、バランスを考えながら埋め込んでいく。

「へぇ。ビーズみたいに小さいのもあるのか。色味も綺麗だし……作った人はすごい才能があるんだね」

私の手元を覗き込みながら、そんな風に褒《ほ》めてもらえると、何だか照れくさかった。もちろん私は水魔法が使えないという事になっているので、職員さんには家族から貰ったものだと説明してある。クリス兄様、勝手に名前を借りてごめんなさい。

あとの加工は任せてと言ってもらえたので、お言葉に甘えてお願いする。ふぅ、と一息つけば、程よい疲労《ひろう》感が身体に広がった。短時間で魔法石作りに集中していたからだろうか。魔力量もいつもより減っているように感じていると、後ろの扉《とびら》が勢いよく開いた。

「お待たせ～！　ごめんなさいね、学園長と話してたら遅くなっちゃったわ。あ、奥《おく》の特別個室を借りるわね」

先生は鍵《かぎ》をシャラリと振《ふ》りながら職員に一声かけると、私の腕をぐわしと掴《つか》んだ。先生、謝《あやま》ってくれてはいるけど、申し訳ないっていう気持ちが全然感じられません。

「おっ、奥にもまだ個室があるんですか？」

「ええ、貴重な魔法石アイテムが使用できる、特別な加工室がね。鍵は学園長管理で、使用する際は、学園長の許可が必ずいるの」

そう話しながら、先生はカチャリと鍵穴《かぎあな》に鍵を差し込んだ。

「何でも昔、学園に在籍《ざいせき》していた規格外の天才って呼ばれた人物がいたらしいわ。その人が在学中に色々と魔法石アイテムを作ってて、それをそのまま学園に寄付して卒業していったそうよ」

私の中で「もしかして……？」という予感がじんわりとしたけど、いやいやまさかね……と、すぐに頭から振り払《はら》っておく。

鍵の開いた加工室の中は、窓のない一室だった。大小様々な魔法石アイテムが、備えつけられた棚《たな》や箱の中に、埃《ほこり》が被《かぶ》らないよう丁寧《ていねい》に収納されていた。

「これが魔力《まりょく》補助杖製作の、ええと何て名称《めいしょう》だったかしら……あぁ！　マジックボックスって呼ばれるものよ」

はいそれ、古書で見たやつ――……！

思わず指差して、叫《さけ》びそうになった。宝箱の見た目をしたそれは、紛《まぎ》れもなく昨夜見た、ご先祖様お手製魔法石アイテムの一つだ。

「詳《くわ》しい事は分からないけど、この箱の外装と内部には魔法石がいくつもはめ込まれていて、杖に石を装着させる作業が短縮できるんですって。なんというか……変わった魔法石アイテムよね。作業効率はいいかもしれないけど、これだけ高価で使用制限がある物って、結局のところ普段使《ふだんづか》いなんて出来ないじゃない？」

　先生曰《いわ》く、マジックボックスの構造が複雑なのもだけど、使われている魔法石がとても貴重な物らしく、かなり高価なアイテムが故《ゆえ》、厳しい使用制限があるそうな。

「た、確かに。なんか段々、便利なのかよく分からなくなってきました……」

　ご先祖様は何で杖を作るアイテムを、かなりのコストをかけてわざわざ作ったんだろう？

「まぁ、規格外の天才が考える事は普通じゃないって事かしらね？　私は使った事ないんだけど、びっくりするくらい杖の作製が簡単らしいのよ。使い方は、加工済の杖の素材と、自分の属性に対応する魔石《ませき》をこの箱に入れるだけ、なんだけど……アンタの場合は予《あらかじ》め、魔石を自分の魔力で作って、魔力を流しておいた方がいいと思うの」

「どうしてですか？」

「杖に魔力を流す事で、装着した魔石に魔力が伝わって、持ち主の魔力コントロールを補助してくれる役割になるでしょう？　アンタはその魔力が規格外だから、魔石を通して杖自体にもアンタの魔力を馴染《なじ》ませてみたらいいかなと思ったのよ。その馴染んだ状態でも杖が無事に完成したなら、実際に使う時も、暴発が防げるかなってね」

先生が意外と真面目に考えてくれていた事に、ちょっぴり驚いた私である。

「そうそう。石は学園の方で用意したから大丈夫よ。普段《ふだん》の杖作りで使う物よりも、かなり品質のいいやつにしたし、魔力を沢山蓄《たくさんたくわ》えられると思うわ」

「あ、ありがとうございます……！」

先生の指示に従って、私は魔力を入れ過ぎないように気を付けながら、一つずつ少量の魔力を流して、魔力の容量を残した状態の魔石を完成させた。

箱の中の指定された場所に材料をセットして、蓋《ふた》を閉める。発動スイッチとなるらしい鍵をカチッとかけた所で、私は肝心《かんじん》な事に気が付いた。

「あれ？　そういえば先生。水属性の石も一緒《いっしょ》に入れちゃいましたけど、どうやって杖の中に埋め込まれる仕組みなんですかね？」

「……あ」

「もしかしてその事……完全に忘れてました……？」

「ま、まぁ、今のはとりあえずお試しって事でもいいじゃない？　貴重なアイテムといえど、一回二回くらいは大目に見てくれるでしょっ。ほら、もう完成したわよ」

「は、早いですねぇ……」

ぱかりと宝箱を開けて、先生と一緒に中を覗き込んだ。

「……うん？」

宝箱の中の杖は、私の知っている杖の形をしていなかった。

いや、握《にぎ》る部分は至って普通の杖だ。問題は杖の先端《せんたん》である。本来魔石はシンプルにそのままの形状で、杖にはめ込まれているはず。

なのに、完成した杖の先端には何故《なぜ》か、私が入れた四つの魔石以外にも、勝手に白と黒の魔石が追加されている。その魔石が、杖の先端にある六角形のパーツを囲い……カラフルな宝石の花みたいな形になっていた。

「うわぁ……すっごい目立ちそうな杖が出来ちゃった……」

「今までどの教師がマジックボックスを使っても、杖の形は一定だったって記録があるんだけど……？　アンタの魔力がよっぽど変わってんのかしら……？」

「って事はこれ、失敗作になっちゃうんですかね？　でも、これならデザインはともかく……属性数はバレないで済むかなって思ったんですけど……」

私は杖の先端にもう一度目を向ける。六つの魔石が付いた事で、逆に私の属性数は特定できなくなったと言ってもいいだろう。つまり、四属性持ちを上手く隠《かく》せるのだ。特殊《とくしゅ》属性を含《ふく》む六つの属性が全部ある人なんて聞いた事がないし……事情を知らない人がこの杖を見たら、六つの全属性に憧《あこが》れているちょっと痛い子に見られてしまうかもしれないけど、ある意味、目くらましの杖はきちんと完成していた。……目立ちたくないのに、杖で目立つというデメリット付きですけども。

え、もしかしてご先祖様、諸々《もろもろ》を見越《みこ》してこういうカモフラージュ杖も作れるように、魔法具を設計してくれてあった感じですか？　だとしたらいよいよ世紀の大天才なのでは……。

「確かにその問題は……奇跡的《きせきてき》に解決したわね……？」

先生は額に手を当てて、唸《うな》り声のようなものを発したかと思うと、仕方ないといったように顔を上げた。

「……とりあえず一旦預かって、学園長に報告と……この杖が使用可能か確認《かくにん》しとくわ。ちょっと時間はかかるわよ」

「……ハイ、オネガイシマス」

結果的には成功したし、有難《ありがた》かったけども、私の杖だけこんなにオリジナル感を満載《まんさい》にしてくれなくてもよかったんですよ、ご先祖様……？

加工室を出ると、廊下《ろうか》はすっかり薄暗《うすぐら》くなっていた。早く戻らないと、寮《りょう》の門限の時間になりそうだ。

「しっかし……アンタといると可笑《おか》しな事ばっかり起こるから、飽《あ》きないわよねぇ。まぁ、その分対処するのが大変なんだけど。これが愛されるポンコツちゃんってやつなのかしら」

私の隣《となり》を歩く先生から、大きな独り言が聞こえてきた。聞き流せない単語が聞こえてきたんですけども？

「な、何ですか？　その愛されるポンコツちゃんって……」

「アンタがヘマをしても、愛されてるって話よ。杖を壊《こわ》した時の、クラスメイト達《たち》の反応がそれじゃない。驚いてはいたけど、別に軽蔑《けいべつ》されたりしなかったでしょ？」

「そうですね……あの後も、皆《みな》変わらず接してくれました」

なんなら話した事がない子からも話しかけられ、元気づけてくれた。杖を壊したという衝撃的《しょうげきてき》な出来事は、いい事も運んできてくれたんだなと思うと、うるっとしてしまったのは内緒《ないしょ》である。

「普通《ふつう》、三属性持ちだって知れ渡《わた》れば、騒《さわ》がれもするし、やっかみだったり色々と生まれるもんよ。その点はアンタもパタナーシュも世渡《よわた》り上手ね」

「あ～……確かにルネ様はコミュニケーション力も高いですよね。エタリオル語も全然問題なく使えてますし。帝国《ていこく》の留学生だって事、たまに忘れそうになりますもん」

そう言いながら、何気なく窓の向こうの景色を見た瞬間《しゅんかん》。

「ん？」

入学式の日に中庭で感じた謎《なぞ》の視線を、再び感じたのだ。

「どうしたの？」

「えと……前にもあったんですけど、学園に来てから変な視線を感じる事があって」

先生ならもしかして知っているかも？　と、少し期待して問いかけた。

「先生、私に監視《かんし》とかつけてないですよね……？」

「は？　そんな事に使う人件費がある訳ないでしょ」

「あの視線……人じゃなくても、なんていうか……あっ！　先生って猫飼《ねこか》ってたりします？」

「なんでアタシが飼《か》い猫にアンタを見張らせてんのよ……その変な思考に行き着いた訳でも聞こうかしらぁ……？」

「いえっ、あの……敵意というよりも、猫みたいな瞳《ひとみ》で見つめられているような気がしてですねっ……！」

私は窓の外をもう一度ジッと眺めた。先日同様、気づいた時にはもう気配もないし、何もいないのだけど。

「……猫だってのは譲《ゆず》らないのね。学園内にある飼育場でも猫は飼ってはいなかったと思うけど」

「入学式の日も猫みたいな視線を感じてた事があるんです。私、猫の観察対象になってる気分なんです……ぅぅ、猫の霊《れい》とかじゃないですよね……？」

もしそうなら、光魔法でお祈《いの》りとかがあれば、いつかシェリにしてもらいたいと割と本気で思っている私だった。

「そうねぇ……さすがに霊はいないと思うし、学園内じゃ猫系の魔獣《まじゅう》って可能性も低いと思うけど。ま、その内ばったり出会えるんじゃない？　どうしても気になるなら、アンタがその猫とやらが現れる規則性でも探してみたら？　猫って頭がいいから、考えて歩き回ってるかもしれないじゃない？」

先生は少し思案していたが、最終的にそんなアドバイスをくれた。

「自分の身に害はないので、危険とかそういう面では怖《こわ》くないんですけど……姿が見えないからちょっと不安になっちゃって。ありがとうございます、また気配を感じたら考えてみます」

私はぺこりとお辞儀《じぎ》をして、先生にお礼を告げたのだった。

第十一章　魔力過多と魔力枯渇コンビ

chapter. 11

「今日は五人くらいに分かれて、グループ練習よ。何個かある防御壁《ぼうぎょへき》を交代で使って、自分の魔力量と相談しながら、もう少し魔法を試してみなさい。アタシは巡回《じゅんかい》しとくから、その都度質問があれば聞いて」

よし、と小さく意気込《いきご》んだ私の肩《かた》に、ポンと手が乗せられた。振り向くと、ルネ様がにこやかに微笑《ほほえ》んでいる。んん？　なんだか胡散臭《うさんくさ》いぞ……？

「先生から伝言～。アリスちゃんの新しい杖の使用についてはまだ検討中だから、今日はグループ練習を見学してなさい、だってさ～」

「ぐっ……はぁい……」

先日一応完成した奇抜《きばつ》な杖の方は、相変わらず先生預かりとなっている。あれを皆の前でお披露目《ひろめ》するのは、まだちょっと勇気がいるのも事実だし……今日は我慢《がまん》しよう。

「ちなみに俺《おれ》、アリスちゃんと同じグループね。俺の魔法を使う姿、いっぱい見つめてくれてもいいよ～？」

覗き込むように顔を近づけられたかと思えば、にんまりと意地悪な顔をしている。

「……ルネ様、からかって楽しんでるんでしょ……」

自主練が禁止されている今、魔力量のコントロールを練習出来るのは、授業でだけなのに。ぐぎぎ。

私達（シェリ・サラ・ルネ様と私）以外のメンバーで、ラウル・ポトリー君という、平民特待生の子も一緒のグループになった。

「よっ、よろしくお願いいたしますっ！」

ぴょこんとお辞儀をすると、ピンク色のくるくるした天然パーマの髪《かみ》の毛が、ふわりと揺《ゆ》れた。とっても可愛らしくて、まるで天使のような男の子である。隣に並んだら、身長も私とほとんど変わらないみたいだ。

こうやって面と向かって会話するのは初めてだったけど、仲良くなれそうでよかった。

「さてと。自己紹介《しょうかい》も済んだ事だし、自分たちの魔力量と相談しながらやっていくか」

「サラ嬢《じょう》とアリスちゃんの魔力量が多いってのは知ってるけど、皆どんな感じなの～？俺は普通より少し多いくらい～」

「私は大体ですけれど……二属性持ちの標準量かしら」

シェリが少し考えながら答えているのは、光属性持ちで、不可解な点がまだあるからなのだろう。

「僕《ぼく》はお恥《は》ずかしながら、魔力量もそんなに多くないんです。なので少ない魔力で、持続性のある可愛い動物を生み出せるようにしたいと思っていますっ！」

「ふふ、可愛くて強かったら最強ね」

シェリはラウル君の意気込んだ様子を、微笑ましく見つめていた。

「ラウル君は動物の事になると、ちょっと人が変わるよね～？　んじゃ俺は火の初級魔法で魔力制御《まりよくせいぎよ》の練習しよっかな～？」

「お、じゃあルネがやる時に、私も隣で同じ魔法を発動させようか。威力《いりよく》の比較《ひかく》になるだろう？」

「あ～、それ面白そうじゃん～？　いいねぇ～」

サラの提案に、ハイハ～イと、意気揚々《いきようよう》と手を挙げるルネ様である。軽くてゆるい。でもそれが今はすごく羨《うらや》ましい。シェリはそんな二人の掛《か》け合いを見て、思わずといったようにクスクスと笑っていた。

「それは画期的ね？　私も水の初級魔法で、ひとまず慣れる事から始めようかしら」

「ううう……やっぱり羨ましい……」

「そりゃアリスだって練習したいよなぁ……」

しょげている私を見て、サラも眉《まゆ》を八の字に下げて共感してくれた。

「私達の魔法発動を見て、何かヒントになる所が見つかればいいんだが……」

「うん。だいじょぶ……ちゃんと我慢しとく……」

偉《えら》い偉いと、皆から頭を撫《な》でられた。特にラウル君の背伸《せの》びした状態でのなでなでは、とっても尊い気持ちになれたので、かなり心が浄化《じょうか》されたような気がする。

あちこちで練習が始まった。ラウル君は両手で包み込むように杖を握り、そのままの状態で腕《うで》を真《ま》っ直《す》ぐ伸《の》ばして、言葉を発した。

『創造　錬金羊《シープオブレプリカ》』

「わぁ……可愛い……！」

杖から土で出来た羊が生まれたかと思うと、防御壁に向かって駆《か》け出し、消えていきましたとさ。羊のクオリティが高いのは、きっとラウル君の動物好きが脳内イメージに干《かん》渉《しょう》しているからなんだろうな。

「……ラウルはなんだ、あれだな……動物のクオリティが高いんだな……？」

初めて見たタイプの魔法だったようで、サラがちょっと驚きながら笑っている。

それからラウル君はうう～ん、と悩《なや》みながら、羊以外にもヤギやモルモットなどを創り出す練習を繰《く》り返していた。動物のクオリティに情熱を注ぐって、ちょっと変わってはいるけど、すごいと思った。

「……にしてもラウル君は集中力もあるんだなぁ」

そういえば、魔力量が少ないって話してたよね？　私が休憩《きゅうけい》したら？　と声を掛けようかと迷っていたら、その内にラウル君はフラフラ～っとし始めた。ぺしゃんと床《ゆか》に座《すわ》り込んで、そのまま突然《とつぜん》ばたーんと後ろに倒《たお》れこんだのだ。

「わーっ⁉　だ、大丈夫《だいじょうぶ》っ⁉」

「アリス、多分だけど、ただ寝《ね》てるだけみたいだぞ？」

「ほんとに……？」

恐《おそ》る恐る覗き込むと、確かに「スヤァ……」と寝息《ねいき》が聞こえてきそうなくらい、穏《おだ》やかな顔で眠《ねむ》っていた。

「先生～、ラウル君が魔力枯渇したっぽいで～す」

ルネ様がは～いと手を挙げて、先生を呼ぶ。どれどれ、と先生は特に焦《あせ》った様子もなく、のんびりとやって来た。

「あらま。最初の魔力枯渇はポトリーだったわね。まぁ、魔力が少ないタイプなのに、あれだけ魔法を連発してたら倒れもするわよ。起きたら倒れる程の無茶《むちゃ》はしちゃダメだって言わないとだわ」

「ラウル様はすぐに目を覚ますんでしょうか？」

心配そうに問いかけたシェリに、先生は大丈夫よと、からりと笑った。

「魔力量が少ない分、他の人より回復は早いはず。三十分も寝たら自然と目を覚ますから大丈夫だと思うわよ。ちょうどいいわ、マーク。アンタ授業が終わるまで、横に付き添《そ》ってあげといて」

「は、はいっ！」

先生は体育の授業で使うようなマットを準備し、ルネ様にラウル君を少し離《はな》れた場所まで運ぶように、てきぱきと指示していた。なんだかんだ言っても先生は頼《たよ》りになる。

私はラウル君が眠っているマットの端《はし》っこをお借りして、ちょこんと体育座りをした。

「体育の授業を見学してる気分だなぁ……」

練習風景を見ながら暫《しばら》く過ごしていると、隣で身じろぎをした気配がして、視線を向けた。

「あれ……アリス様？」

「目が覚めた？　立ち眩《くら》みがあると思うから、すぐに起き上がらない方がいいって先生が言ってたよ」

「うぅ、魔力枯渇しちゃったんですね……ご迷惑《めいわく》をおかけしてすみません」

ラウル君はぺしょりと項垂《うなだ》れ、落ち込んでいるようだった。

「僕、小さい頃《ころ》から動物が大好きなんです。土属性の適性があると分かってから、将来は動物と関わる仕事が出来たらなって思っていて……」

「動物創造魔法をよく練習しているのって、それが理由だったんだ」

「はい。動物の生態や体の作りを、きちんと自分の頭の中で理解できているか、確認も兼《か》ねているんです。でも、せっかくの属性なのに魔力が少ないので、無理をすると倒れてしまうのは情けないですね……」

「そんな事ないよ……！　私なんか、魔力が人より多くても、それを上手にコントロールできていないもん。そこまで考えて魔法を練習できるのって、本当にすごいと思う……！」

私がグッと前のめりになって興奮気味に話していると、ラウル君は目をまん丸くさせてから、照れた様子でありがとうございますと、はにかんだ。

「私も動物は一通り好きだけど、直接見たり触《さわ》ったりした事って、あんまりないかもなぁ……？」

「……アリス様も、動物がお好きですか……？」

「えっ？　うん、もふもふしてる子が特に好きだよ？」

「じゃあっ、飼育場の見学に来ませんかっ⁉」

「飼育場に?」

期待に満ちたきらきらの天使の瞳に誘《さそ》われれば、私も断る理由なんてないのだった。

とある日の特Aクラス内にて、実にほのぼのとしたやり取りが行われていた。

「今日こそは！　飼育場に！　行こうと思います！」

「はいっ！　付き添い、よろしくお願いします！」

私はラウル君と、目を合わせて強く頷《うなず》き合った。そんな私達をクラスメイトが微笑ましく見守っていたとはつゆ知らず。

楽しみにしていた飼育場見学に、やっと行ける事になったのだ。嬉《うれ》しくて、自然と笑顔《えがお》が溢《あふ》れる。一日中私がソワソワしながら過ごしていたのは、もはや言うまでもないだろう。

終業のチャイムが鳴ってからすぐに、私とラウル君は教室から飛び出した。ちなみにシエリは少し体調が優《すぐ》れず寮の部屋で休んでおり、サラは騎士《きし》訓練に参加するそうで、放課後は別行動である。

「ラウル君はもう何度か行ってるんだよね？」

「はい。先生にも許可をいただいて、空《あ》いた時間にお手伝いもさせてもらっているんです」

「動物好きなのは知ってたけど、進んで手伝いに行くなんて、本当に動物が好きなんだねえ……」

楽しみだなぁ……飼育場の存在は知っていたけど、どんな動物がいるんだろう。

そういえば前世の私も動物が好きで、犬も猫も飼ってたんだよねと、ふと思い出して懐《なつ》かしくなった。

私達は教室棟《とう》を出て、ハーブ園と畑を通り抜《ぬ》けながら、道を進んでいく。森の小道を抜ければ、飼育場に到着《とうちゃく》した。

「わぁ……モフモフパラダイス……！」

ちょうど飼育場の放牧エリアには、羊にヤギ、ウサギ、プレーリードッグなどのモフモフたちがのんびりとしていた。

……えーと、プレーリードッグ？

ちょっと自分の目を疑って、くしくしと擦《こす》ってから再び見つめてみるけれど、やっぱり本物のようだった。これは一体誰《だれ》の好みなのだろうか……？

「……何でちょっと変わった動物がいるんだろう？」

思わず口から疑問を漏《も》らさずにはいられなかった。

「学園長の好みですかね？　ここも専門の職員さんが飼育を担当されているので、色んな動物を、とか、そういう方針とかがあるんでしょうか……？」

はて、とラウル君も首を傾《かし》げた。

放牧エリアの柵《さく》の外からの入口はないので、こっちから入りましょう、と私はラウル君に案内される。室内飼育場の方にお邪魔《じゃま》すると、そこにはつなぎの服を着た職員の方が、清掃《せいそう》作業をしているところだった。

「おっ、ラウル君の友達か？」

「はいっ！　以前から見学したいと言ってくれていた、同じクラスのお友達です！」

「こんにちは。見学の許可、ありがとうございます」

私はペコリとお辞儀をした。貴族令嬢《れいじょう》と言えど、前世の記憶《きおく》もあってか、ペコペコする癖《くせ》は中々抜けない。まぁ、歳上《としうえ》の方への敬意は忘れちゃいけないから、これはこれでいいのだ。

「あんまり女の子はここに来ないから嬉しいねぇ。是非《ぜひ》ゆっくり見学して行ってくれ」

キョロキョロと辺りを見渡《みわた》すと、個室になっているスペースでは、また別の飼育員の方が、動物のお世話をしている様子だった。

「飼育員さんって結構沢山《たくさん》いらっしゃるんですね」

「そうだなぁ、ここだけに限らず、学園内では魔法《まほう》が使えない俺みたいな奴《やつ》も意外と働いてるんだよ。学園運営側の事務員とか飼育員、あと食堂関係とかな。裏方仕事が結構多いけど、魔法が使えない分、武道だったり別の能力に長《た》けてる奴もいるんだ。おじさんもこう見えて、いざとなったら斧《おのふ》振り回しちゃうからね！」

そう言って、いい笑顔で去っていく飼育員さんである。私は「わぁ、猟奇的《りょうきてき》ぃ……」と、心の中で呟《つぶや》いたのだった。

「アリス様っ！　まずはどの動物が見たいですか？」

ふむ。聞いた話によると、動物の種類は両手で数え切れない位、それはそれは沢山いるらしい。どうしようかな……と悩んでいると、少し離れたところから、小さな動物の様なシルエットがこっちに向かってきているようだった。

「んん？」

私とラウル君は、何だろうと目を凝《こ》らす。

ばびゅーんと、軽快にこっちに向かって飛んできたのは……

「……ウ、ウサギ？」

でも、私の知っているウサギとはちょっと違《ちが》うような気もする。目がくりくりで、ふわふわした耳と尻尾《しっぽ》のある、なんとも不思議で可愛らしい動物の赤ちゃんだ。しかも、その子の額には、赤い宝石のような物が付いていた。

「ア、アリス様……！　僕の記憶が間違《まちが》ってなければ、その子……カーバンクルですよ⁉」

「カーバンクル……って、聖獣の⁉」

い、一生に一度見られたら超《ちょう》ラッキーくらいの貴重な聖獣が、なんでここに？

その子は、困惑《こんわく》している私達の目の前で急ブレーキが掛かったかのように止まると、私の腰《こし》辺りにピョンッとへばり付き、そのままよじよじと上へ登っていく。

「え、ええぇ？」

為《な》す術《すべ》もなくじっとしていると、最終的に私の肩の上に座ってフゥ、と言わんばかりに落ち着いたのだった。ものすごく人懐《ひとなつ》っこいカーバンクルだな……？

「こっ、この子、アリス様の事を相当気に入ってくれたみたいですよっ……！　こんなに人に懐いている聖獣を見たのは初めてです……！」

その様子を見ていたラウル君が、興奮ぎみに驚《おどろ》きの言葉を告げた。

「えっ⁉　は、初めましてでそんな事ってある……？　えーと、こんにちは？」

私は肩に乗った謎の愛くるしい動物に、ちょいっと指を差し出して声をかけてみる。キュッと鳴いて、目を合わせてくる姿は中々可愛らしい。

「聖獣は普通の動物よりも知能が高くて、人の善悪に敏感《びんかん》だから滅多《めった》に人に懐く事がないそうです。だから、聖獣は自由の象徴《しょうちょう》として扱《あつか》われているんですよ」

「そうなんだ……じゃあひとまずは一緒にいても大丈夫なのかな？」

学園内といえど、国宝級の聖獣がフリーダムに動き回っているのは、報告しなくていいのだろうか。

「本当にここから出て行きたくなったら、僕達《ぼくたち》人間はそれを止める事は出来ないですし。だから飼育場見学は、そのまま一緒でも問題ないと思いますっ！」

「……な、なるほど？」

……まぁ、ちょっとした動物触《ふ》れ合い体験だと思う事にしようかなと、早々に割り切った私なのだった。

「アリス様、どうしましょう？　屋外より屋内の方を見て回りますか？」

「あ、そうだね。この子もいるし、今日は屋内を見せてもらおうかな」

肩に聖獣を乗せたまま、屋内をのんびり歩き、時折ガラス越《ご》しに動物を観察する。

「そういえば、この子の額に付いてるのって宝石なんだっけ」

小さいのにキラキラとした輝《かがや》きが溢れんばかりに放たれていて、綺麗《きれい》だなぁ。どういう仕組みで付いてるんだろう。私がちょんちょんと宝石を優《やさ》しく突《つつ》くと、聖獣は「キュ、キュ」と鳴きながら、私の手を諌《いさ》めるようにポフポフと叩《たた》いた。

「分かってるよ、綺麗だなって思っただけ。取ったりなんかしないから安心して？」

ごめんごめんと、お詫《わ》びに耳の後ろを掻《か》くと、むふーんとドヤッているような表情を見せた。まるで「まあ、もう少し待て」とでも言いたげに見えたのは気のせいかな。

一通り見学し終えた後は、毛布でぬくぬくしていた、犬くらい大きなサイズであるアンゴラウサギと触れ合った。モフモフさせてもらうと、あったかくて気持ちいい。

「癒《いや》されますねぇ、アリス様……」

「ほんとに……」

この私達のモフモフタイム中、全く微動《びどう》だにしないウサギである。……よっぽど動きたくないんだな。

「……というかアリス様。その子を連れていても、何というか……慣れてますよね。動物の扱いというか……」

私の腕の中に抱《だ》き抱《かか》えていた聖獣をじっと見つめながら、ラウル君が呟いた。その顔には、僕の方にも来てくれないかなという期待の表情が、チラチラと見え隠れしている。

「さすがに聖獣に触った事はなかったんだけどね……」

私は苦笑いをしながら、聖獣の小さくてふわふわな頭を、指でヨシヨシと撫でる。警戒《けいかい》心なくスピスピ眠っている姿も、中々可愛い。

「聖獣といえば、そろそろ始まる歴史学の授業で、魔獣について学ぶんですよね」

私は魔獣、と聞いてハッとした。この平和な世界にも、脅威《きょうい》はある。魔獣が生まれ、潜《ひそ》むとされる森が点在しているのだ。私達も、半年後には実技試験でその森に向かう事になる為《ため》、魔獣についてきちんと勉強をしていかなくてはならない。

「キュキュ～」

「あっ」

魔獣の話をしている間に目を覚ましたらしい聖獣は、私の腕から抜け出して、ふよふよと空高く飛んでいく。そしてあっという間に、開いていた窓の外へと行ってしまった。

あれ？　さっきまでなかったのに、羽のような物が生えていた気が……？

「い、行っちゃいましたね……」

「うん……また学園に遊びに来てくれたらいいねぇ……」

今日初めて会ったのに、なんだか少し寂《さび》しいかも。でも、こうやって少しの時間だけでも触れ合えた事自体が奇跡《きせき》なのだから、我儘《わがまま》は言えないよね。

聖獣を見送った窓から見えた空は、だいぶ陽が落ちかけて夕焼け色をしていた。そろそろ帰ろうか、という話になり、私達は飼育員さんにお礼を告げて、飼育場を後にしたのだった。

ラウル君と寮の入口で別れてから、部屋に戻《もど》って一息ついた私は、さっき話していた事がふと頭を過《よ》ぎっていた。

「魔獣、かぁ……」

あんなに可愛い聖獣は数少ないのに、その反対の魔獣は森でどんどん生まれるというのだから、理不尽《りふじん》な世の中である。

「初めて触ったけど、もふもふしてて可愛かったなぁ……そうだ！」

今日のカーバンクル記念にと、今度はカーバンクルデザインのクッキー型を作ろう。そう決めた私は、夕食後にデザイン画を描《えが》き始めたのだった。


そして次の日の放課後。加工室に出向くと、完成したボウルが待っていた。ガラスに埋《う》め込《こ》まれた魔法石がアクセントになっていて、すごく綺麗だ。

「こんなに素敵《すてき》な見た目になるなら、せっかくだしクッキー型にも魔法石を入れたいな」

カーバンクルの額に付いていた赤い宝石が印象に残っていたので、私は赤い魔法石を手に取った。

「そうだ……これだけ、何の効果がある魔法石だったか忘れちゃったんだった……あ〜、もう、なんでメモしとかなかったんだろう……自分がポンコツすぎる……！」

でも正直、型抜《かたぬ》きをする場面で、実用的な効果は特にいらないのだ。だったらこのよく分からない魔法石を再利用すればよいのでは？

「……そうしよっと。うん、エコだし」

カーバンクルといえば、聖獣って光属性の動物っぽいイメージがあるんだよね。シェリにも見せてあげたかったなぁと、少し残念な気持ちになった。でも、カーバンクルとシェリのツーショットを思《おも》い浮《う》かべたら、心がポカポカと癒された気分になる。

「食べた人が元気になりますように」

私は、杖《つえ》でツンツンとつつきながら、無意識にそんな事を呟いていた……のがまずかったのだろうか。

「なんてね……って、えっ⁉　ちょ、なんでっ⁉」

杖から魔力《まりよく》が伝わっていくのに気が付いて、慌《あわ》てて止めたけれど、石はパキリと音を立てて、いくつもの小さな欠片《かけら》になってしまった。魔力を込めたつもりも、魔法を唱えたつもりもないんですけど⁉

「追加した魔力に耐《た》え切れなくて割れちゃったのかな……いや、いいんだけども！　な……なんか悔《くや》しい……」

魔法石を初めて割ってしまったショックで、ちょっぴりテンションが下がり気味になりつつも、クッキー型を完成させた私なのだった。カーバンクルの顔の形と、全体の姿をデフォルメした、二種類のクッキー型。うぅ、可愛く出来てよかったけども……！

第十三章

見習い騎士様、応援します！

chapter.13

飼育場見学をして数日も経《た》たないうちに、ラウル君が言っていた通り、歴史学で魔獣について学ぶ事になった。流石《さすが》は特待生のラウル君、カリキュラムをよくご存知《ぞんじ》である。

「今日は歴史を学ぶ中で避《さ》けられない、魔獣についてね。普段《ふだん》アタシたちが魔獣に出会う事はまずないわよね？　それは王宮騎士団とは別に【王国騎士団《きしだん》】が存在して、魔獣が生まれる森でスタンピード（魔獣の大量発生による暴走・変異）を防ぎ、私達の安全を守る為、定期的に討伐《とうばつ》をしてくれているからよ」

カツカツ、と黒板に図を用いながら、魔獣と騎士団の説明を書いていく。

「魔獣の森へは、基本的に立ち入り禁止。入るには許可が必要よ」

先生は、図で表した魔獣の森の箇所《かしょ》にバツ印を書き足した。

「……なんだけど、アンタたちは半年後に森での実技試験があるから、森に行く事は決定事項《じこう》よ」

先生のその一言で、教室内が一気にざわついた。

事前に知っていた子がほとんどだろうけれど、直接先生から聞いて、青ざめた表情の子や険しい顔をして黙《だま》っている子など、反応は様々だった。かく言う私も、騎士団の魔獣討《まじゅうとう》伐《ばつ》の話や森での実技試験がある事は、卒業生であるクリス兄様や姉様から聞いていた。

ただ、兄様たちの話によると、実技試験の内容は学園長の判断で、毎年変わったりするらしいんだよね……？

「土壇場《どたんば》での判断力を試《ため》すって事なのかなぁ……？」

皆が深刻そうな様子でいる中、そんな考えを頭の中で駆け巡《めぐ》らせていた私は、百面相かの如《ごと》く、表情をコロコロと変えていたらしい。先生に呆《あき》れた表情を向けられてしまった。

「ま、皆が心配しているような事はないから安心しなさい。そもそも入学して半年しか経たない一年生に、魔獣の群れを倒すようになんて無茶を学園が言う訳ないでしょ？」

先生は怯《おび》える皆をニヤリと見渡した。人の悪い笑顔である。

「そもそも魔獣の森は、魔法のかかった塀《へい》や柵で一帯が囲われていて、騎士団管轄《きしだんかんかつ》の下《もと》、常に監視してるの。定期的な討伐のおかげで、森の奥《おく》……つまり森の中心部まで行かなければ、魔獣はまず現れないわ」

教室内に、明らかにホッとした空気が流れた。

「毎年恒例《こうれい》で行われているのは、騎士団の魔獣討伐の様子を見学させてもらうやつかしらね。騎士志望の子達《こたち》は、先輩方《せんぱいがた》の現地での働きを見れるいい機会よ」

騎士団員はやっぱり筋肉質でかっこいいわよねぇ……と言いながら、先生がしみじみと思いを馳《は》せている。

私が騎士志望のサラにチラッと視線を向けると、目を爛々《らんらん》と輝かせていた。きっと今から楽しみで仕方ないんだろうなぁ……

授業が終わってからも、教室では魔獣の事や、実技試験の話題で賑《にぎ》わっていた。私も前の席に座っているラウル君に話を振《ふ》る。

「ラウル君は森に行くって事、知らなかったんだね？」

「はい。魔獣の森の存在は、小さい頃からお伽話《とぎばなし》として聞かされていたので、知ってはいたんですけど……入ってはいけないと言われていた森に、まさか自分が行く事になるとは思ってなかったです……」

やや青ざめた表情で語るラウル君を見て、私は事前に話してあげればよかったなと後悔《こうかい》した。半年後の実技試験の事を、すっかり忘れてた私が悪かったです。ごめんよラウル君。

「で、でもさっ、話を聞いて王国騎士団の方たちって、改めてすごいなって思ったよね！」

私が慌てて話題を騎士団の方に持っていくと、ラウル君のふっくらとした頬《ほお》に血色が戻ってきた気がする。

「僕達が平和に過ごせているのも、危険な現場にいてくださる方がいるからですもんね……！　本当に尊敬します」

「ん？　アリスもラウルも、騎士に興味を持ったのか？」

話が聞こえたのか、こちらにやって来たサラがニコニコと嬉しそうにしている。興味はあるけれど、興味の意味合いがサラとちょっと違うのですよ。

「サラ、私はね？　ものすごーい運動音痴《おんち》なの。騎士様のような動きが出来たら、それはもう、驚天動地《きょうてんどうち》の世紀末だよっ……！」

「僕も運動はそんなに得意じゃなくて……」

「そ、そうか。でもよかったら、これを機に騎士見習いの訓練風景でも見に来ないか？二人が来たら、きっと場の士気も高まると思うんだが」

この学園では、騎士志望の子や騎士科の先輩方が、放課後に集まって自主訓練に励《はげ》んでいるらしい。サラも入学してすぐに参加していたそうだ。部活動みたいな感じなのかな。

ラウル君は可愛いからきっと喜ばれると思うけど、私が行ったところで場の士気は上がらないよねぇ……？

「う～ん、それならシェリの方が適任だと思うけど……あ。じゃあさ、シェリも誘って一《いっ》緒《しょ》に行くとか？」

私が顎《あご》に手を当てて考えながら話すと、教室にいた見習い騎士の男の子たちが、ピクリと肩を動かした。……お？　なんだかソワソワしてる？

「よし、シェリも誘おう。友達が見に来てくれるのも嬉しいし、訓練にも力が入って、いい事ずくめだな」

サラは空気の変わった男の子たちを見てニヤリと笑うと、足取り軽く、シェリの元へ向かっていく。笑った顔が先生と似ていた事は、言うまでもない。

「フットワーク、軽いなぁ……」

そうしてあっという間に、シェリに放課後の約束を取り付けたサラなのであった。


放課後、私とシェリ、ラウル君は教室棟から出てすぐの、屋外グラウンドに足を運んだ。グラウンドは室内実技場の屋根なしバージョンのような形で、コロッセオ風の造りである。

既《すで》に訓練は始まっていたようで、木刀を使った打ち合いが行われていた。私達はひとまず、階段状になっている観覧席の、一番前の見えやすい席に座って見学する事に。私達以外にも、女子生徒が結構見学に来ているみたいだけれど、なんでわざわざ士気云々《うんぬん》の話をサラはしてたんだろう……？

「わぁ……迫力《はくりよく》がありますね……！」

「うん……！　木刀だけど、音もすごいね……」

グラウンド場内に、木刀の打ち合う音が響《ひび》く。やっぱり普段から鍛《きた》えている人たちは違うなぁ……と、私とラウル君は感心しっぱなしであった。

「あら、あそこにいるのがサラかしら？」

シェリが見つめる方向に、サラらしき赤髪ポニーテールの後ろ姿が見えた。顔は面を付けているので分からなかったけれど、きっとあの髪型《かみがた》はそうだろう。

サラは、驚く事に男の子と互角《ごかく》にやり合っていた。いや、なんなら優勢である。あの辺境伯《はく》ナースズ家で鍛えているだけの事があるなぁと、私は感心した。

しばらく訓練を眺《なが》めていると、ひと段落ついたのか、休憩時間になったようだ。私達は席から立ち上がり、観覧席の前にあるフェンスに手を掛けて掴《つか》まりながら「サラ〜」と、グラウンドに向かって声を掛ける。

声が届いたのか、サラが面を取って手で頭を払《はら》った。こちらを振り返り、「アリス、シェリ、ラウル」と、片手を挙げて笑顔で応えてくれる。

あ、その仕草はかっこいいわ、サラ。

と、私が思ったのも束《つか》の間《ま》。近くに座っていた女の子たちの黄色い歓声が上がった。

「きゃあああっ、サラ様ぁー！」

「はぁ……凛々《りり》しくて素敵ですわ……！」

そんな声が、後ろから沢山聞こえて来る。もしかしてこの女の子達、ほとんどがサラのファンなのでは……？

私は士気を上げるの意味が、何となく分かった気がした。他の見習い騎士様、ご愁傷様《しゅうしょうさま》です……！

グラウンドを見渡していると、同じクラスの男の子と目があったので、労《ねぎら》いも込めて頑《がん》張《ば》ってください、と声を掛けて手を振る。

男の子はたちまち顔を赤らめたかと思うと、ものすごい勢いで、ペコッとお辞儀《じぎ》を返してくれた。

「……っ！　マーク嬢、俺《おれ》の事覚えてくれてたんだ、うわー嬉《うれ》し！」

私が手を振った男子は、なんだかさっきよりも赤くなった顔をパタパタと仰《あお》いでいる。

夕方といえど訓練していたら暑いもんね。私の応援なんかでやる気が上がるのなら、是非とも応援させていただこう。

「おっまえ、同じクラスでまじ羨ましいな……！」

「俺もパタナーシュ様みたいに、アリスちゃんって呼びたい……いっそ今お願いしてみるか……？」

男子達から次々とそんな風に言われて、どうしたものか戸惑《とまど》っていると、騎士服に身を包んだ長身の人が、三人相手に木刀を打ち合わせている姿が映った。不思議とその姿に目が離せなくなる。

「かっこいいなぁ……」

あっという間に三人が次々と木刀を落としていき、地面に尻餅《しりもち》をついた。その時点であの人の勝利となるのだろう。何て事はないかのようにスマートに面を外すと、見覚えのある銀髪《ぎんぱつ》がはらりと揺《ゆ》れる。汗《あせ》を振り払ったフォルト様が観客席を振り返った瞬間《しゅんかん》、バチリと目が合った。

「見に来てたのか」

フォルト様が私達のいるフェンスに近づいた事によって、視界に入ってくる首筋から滴《したた》る汗が色気を爆発《ばくはつ》させていて……なんというか凄《すさ》まじい威力だ。あうあう、上手《うま》く言葉を返せないでいる私の肩に、シェリが微笑《ほほえ》みながら優しく両手を置いた。

「ふふ、アリスったらフォルトお兄様に見とれていたのよね」

「え⁉　あ……か、かっこよかったです……！」

テンパった私は、最終的に正直な感想を述べていたのだった。うぅ、頬がほんのり熱を帯びていたの、気づかれていませんように。

第十四章

放課後の騎士訓練　～フォルト視点～

chapter. 14

　アリスティア達がフェンスの所から離れて、席に戻り腰を下ろしたのを見て、ふぅ……と人知れずにため息をついた。グラウンド場内は、先程《さきほど》から会話が飛び交《か》い、いつにも増して騒《さわ》がしい。その会話の中心がアリスティア達の事なのだから、まぁ仕方がないのだが。

「なぁ……さっきから気になってたんだが、あそこに座ってるのって特Ａクラスの有名な一年生じゃないか？」

「え？　……うわっ、ほんとだ。カルセルク公爵家《こうしゃくけ》のシェリーナ様じゃん！　やっぱりすごい美人だな……お美しい……」

「真ん中にいるのって、アリスティア嬢《じょう》じゃね？　え、めちゃめちゃ可愛いんだけど」

「ちょっと待って、その隣《となり》はポトリー君じゃない!?　平民だけど貴族からも愛されるザ・天使！　やだ、浄化《じょうか》されちゃう！」

　ちなみにこの怪《あや》しげな発言は、騎士科の女子生徒のものである。

「ふふふ、先輩方？　あの三人は私の友人ですけど、騎士に興味を持ってくれて、見学しに来てくれたんですよ」

ナースズ嬢がドヤ顔でそう話すと、グラウンド内が更《さら》にざわついた。

「ちょ、おま……あれだけ女子ファンを捕《つか》まえておきながらも、あんな美人たちとも友人って、羨《うらや》ましすぎるだろ……」

「友人になったのはたまたま気が合ったからですけどね。先輩方が士気を上げたいってボヤいてたじゃないですか、だから見学に誘ったんです。私も友人が見に来てくれたらやる気も上がりますし。更には場の士気も上がって、いつも以上に鍛えられて最高ですよね」

「お前も一応辺境伯のご令嬢なんだから、戦闘狂《せんとうきょう》ってあだ名付けられないように気をつけろよ……」

ナースズ嬢の発言を聞いた面々は、ジトッと恨《うら》めしい顔をしながら忠告しているが、どうやらその有り難《がた》い忠告を、彼女《かのじょ》は全く聞こえていないフリをしているようだ。

アリスティアへの賞賛は、彼女の隠《かく》し切れていない魅力《みりょく》によるものだから仕方ない。だけど、見知らぬ男たちが彼女をそういう目で見ているのは、無性《むしょう》に苛立《いらだ》つ。自身から湧《わ》き立つ氷の魔力を感じながら、会話に夢中になっている奴らの元へと、静かにつかつかと足を進めた。

「……なんか今日、寒くね?」

「は？　もう初夏になんのに？　あれ……ほんとだ、さむっ⁉」

「そこの一年男子。今から個別に稽古《けいこ》をつける。木刀を構えろ」

「へっ⁉　カルセルク様が直々にですかっ⁉　は、はいぃっ！」

陽がすっかり落ちる頃には、何人もの見習い騎士たちが地面に突っ伏《ぷ》す事となるのだが、個人的にはスッキリとした気持ちで満足である。訳知り顔でニヤニヤしていたナースズ嬢は見なかった事にした。

第十五章　不穏な朝の始まり

chapter.15

その日の学園内は、やけに騒がしかった。

教室のザワザワとした雰囲気《ふんいき》に、私とシェリは、どうしたんだろうと顔を見合わせた。

私が近くにいたクラスの女の子達に声をかけ、何かあったのかと聞いてみると、女の子達は、噂《うわさ》なんですけど……と、おずおずと口を開く。

「国境近くの村に隣接《りんせつ》してる森で、魔獣《まじゅう》が出現したって……本当なんでしょうか……？」

「え……？」

私は首を傾げる。そんな噂、初めて聞いたけど……？

「その森って、魔獣が出るとは言われてなかった森ですよね？　新たに生まれるようになってしまったって事なのかしら……？」

別の子も心配そうに話している。

「ちょ、ちょっと待って。皆《みな》さん、その噂はどこで聞いたものなの？」

慌ててシェリが問いかけるけれど、皆、今朝友人から聞いた話なのだと言い、噂の出元が分からない。クラスの子が嘘《うそ》をついているようにも見えないし、不可解である。

「たかが噂だけど、こんなに急に広まるなんておかしいわね……」

「うん……一体どこから流れた噂なんだろう……？」

私達の不安は、午後の臨時集会でひとまず解消された。噂を耳に入れたユーグ殿下《でんか》が、直々に説明をしてくれたのである。

「突然《とつぜん》の集会になり、驚かせてしまい申し訳なく思っている。今朝から広まった噂を、皆は耳にしただろうか。改めて僕《ぼく》の口から言わせてもらうと、森で魔獣が出現したというのは本当だ」

講堂内が、やや騒《ざわ》つく。殿下は頃合《ころあ》いを見てサッと手を挙げ、場を静めた。

「この件は、国民を不安にさせない様、状況《じょうきょう》が把握《はあく》出来次第《しだい》、公表する予定であった。……が、どこかから情報が漏《ろう》えいし、学園内で噂として広まったようだ。僕は噂をそのまま信じてもらうよりも、正確な情報を皆に聞いてもらいたいと思う。魔獣出現についてだが、自然に生まれたものではないと調査で判明した。つまり、村に隣接した森で魔獣が生まれるようになってしまったという事はないから、安心してほしい」

講堂内はホッとした様子に包まれたが、殿下の続けた言葉で、またもや騒つく事となる。

「……しかし、自然発生ではないと考えると、故意に魔獣を出現させた者がいるという事だ」

周囲の皆も、困惑や驚き、不安といった様子で、殿下の次の言葉を待っているようだった。

「誰が、どのように魔獣を出現させたかについては、現在も調査中だ。故《ゆえ》に明言は避けるが、意図的に魔獣を放した可能性が高い。王家としては、まず村の安全確保を第一にして、森での現場検証を行い、犯人の捜索《そうさく》をしている。尚《なお》、怪我人《けがにん》が数名出ているが、皆命に別条はないから、安心してほしい」

殿下の言葉に、私とシェリは思わずホッとため息をこぼした。怪我人は出てしまったけれど、亡《な》くなった人がいなかったのは不幸中の幸いだろう。

「皆には色々な憶測《おくそく》をさせ、不安な気持ちにもさせてしまったと思う。今後も新しい情報は、僕の方から皆に共有できるよう、配慮《はいりょ》していくつもりだ。又《また》、今回の噂は真実であったが、今後再び流れるかもしれない噂については真に受けないよう、各々《おのおの》注意してほしい」

殿下はそう話し、集会を締《し》めくくったのだった。

「魔獣を出現させるなんて、どうやったのかしらね……」

「今後どこへでも出現させられるってなったら、絶対危険だよな?」

「村の人達が無事でよかった……噂を聞いた時、それがすごく心配で……」

講堂から出て行く皆の声は様々だった。しばらくはきっと、この話題で持ちきりだろう。

「……私、ちゃんと光魔法を扱えるようになりたいわ」

「シェリ……」

「奇跡みたいな確率で、光属性持ちとして生まれたんだもの。王国の、皆の為に使えるようになりたい……」

たとえ身体が弱くても……そう言いながらシェリは、先ほどまで殿下が立っていた檀上《だんじょう》を、ただただ真《ま》っ直《す》ぐに見据《みす》えていた。


学園集会後は、そのまま午後の授業が全て休講となった。つまりこの後はフリーなのだ。それならと、私はシェリに提案をした。

「ね、シェリ。体調が悪くないなら、今日は空いた時間でクッキーでも焼かない？」

「いいわね。それなら私の部屋で作りましょうか」

「うん！　じゃあ一旦《いったん》部屋に戻って準備してくるね。魔法石アイテムを作ったから試したかったんだ〜！」

にかっと明るく笑った私を見て、シェリは優しいまなざしで微笑んでいた。

「よしっ！　じゃあ作りますか！」

私はシェリの部屋にお邪魔《じゃま》し、持参したエプロンを着け、腕《うで》をまくって気合を入れた。

ポニーテールにした髪《かみ》の毛が、ぴょこぴょこと揺れる。

シェリは体調の事もあって、特例で部屋に公爵家から連れてきたメイドさんがいる。そのメイドさんがやけに気合たっぷりにシェリの準備していた。あっという間に、髪の毛を二つ結びにまとめ、白いフリルたっぷりのエプロンを着けたシェリの完成である。シェリを着飾《きかざ》らせたい気持ちは分からなくもない。

「どんな魔法石《まほうせき》アイテムを作ったの？」

シェリが、ひょいと横から私の手元を覗《のぞ》き込む。

「じゃじゃ～ん。お菓子《かし》作りに欠かせないアイテム、それはボウルですっ！」

「ガラスに魔法石を埋め込んであるの？　綺麗ね……！」

「ありがとう！　このボウルでクッキー生地《きじ》を作って、魔法石を発動させれば、生地を冷やす時間が短縮できて、時短になるはずなんだ」

この水の魔法石を自分で作ったというのは、この場にはメイドさんもいるので、シェリにだけこっそりと耳打ちしておいた。

「お菓子作りはよく分からないのだけど、工程を省けるようにしたのよね？　でもアリスったら、いつの間にお菓子作りも出来るようになったの？」

「えへへ……」

前世の記憶《きおく》が戻ってからですとは、いくらシェリでも流石に言えない私である。

「実は、前から興味があったんだ。不器用だから挑戦《ちょうせん》してなかったんだけど、最近になってやってみようかなって思い始めたの。クッキーなら作り方も簡単だし、初心者の私でも作れたからシェリもできると思うよ」

実際にボウルの効果を発動させていると、メイドさんにも「すごく魅力的《みりょくてき》なアイテムです」と太鼓判《たいこばん》を押《お》してもらえた。

シェリは甘《あま》さ控《ひか》えめの紅茶味を、私は甘いココア味のクッキー生地を完成させた。余ったプレーン生地は味見用にしようと、シンプルな丸い形にして、一足先にオーブンへと入れて焼き始めてある。

「では？　今回は型抜きに、これも試しに使ってみようと思って」

「可愛《かわい》い……！　この前出会ったって話していた、カーバンクルを型のデザインにしたのね？」

「そうなの！　シェリにもこの型がカーバンクルに見えてるならよかった……！　一応これにも魔法石が入ってはいるんだけど、割れちゃった失敗作を再利用しただけだから、効果のないただの飾《かざ》りなんだ……」

たはは……と、苦笑いを浮かべる私を、シェリは不思議そうに見つめてきた。

「魔法石の効果はなくても、とっても可愛いわよ？　ね、それはアリスが作った物だし、今日はアリスが使って？　私はこっちのお花の型を借りるわ」

「そう？　じゃあお言葉に甘えて……」

クッキー作りは型抜きする時が一番楽しく感じるんだよね。生地を余す事なく、上手く型抜きが出来ると達成感なんかもあったりする。クッキーは失敗する事なく、すっかり綺麗に焼きあがった。

「いい香り～！」

シェリと二人、大成功に喜んで小さくハイタッチした。あとは粗熱《あらねつ》をとってから、仕上げに可愛くラッピングをして完成だ。これは明日、私の新しく出来た杖関連でお世話になる予定の、フォルト様とユーグ殿下へのお礼の分である。

「明日渡《わた》すのが楽しみだね。喜んでもらえるといいなぁ」

「そうね。ユーグ様に食べてもらうのは、少し緊張《きんちょう》するけれど……」

私は、あの殿下の事だから、絶対シェリの手作りだと分かれば、感激して独《ひと》り占《じ》めする勢いで食べると思う……と、心の中で呟《つぶや》いておく。

「渡す分も無事に完成したし、味見用のクッキーでお茶にしよっか！」

ナイスなタイミングでメイドさんが紅茶を淹《い》れてくれたので、ソファーに移動してプレーンクッキーを一口かじった。サクサクと軽い食感に、優《やさ》しいバターの香りが広がれば、すごく幸せな気持ちになった。

お茶しながら話題に上がるのは、やっぱり魔獣事件の話である。

「噂を流した人は、王家が公表していなかった事件の情報を知っていたって事じゃない？しかもそれを敢《あ》えて学園内で意図的に噂を流した……その目的もよく分からないし、不気味よね」

「確かに。学園内を混乱させるよりも、王家を批判したいなら外で広めた方が手っ取り早いもんね……？」

「学園にいる私達を不安にさせるだけで、何か意味があるのかしら……」

「うわぁ……そうなると愉快犯《ゆかいはん》の仕業《しわざ》じゃない……？」

ぽそりと思わず呟いてしまった。

「愉快犯？」

「うん……もしかして噂を広めた事は、そこまで意味がないのかも。何となくだけど、笑いながら誰《だれ》かに高みの見物をされているような感じがするんだよね。学園の外ではこんな事が起きてるけど、知らないで過ごしているの？　って、ちょっと馬鹿にされてるみたいな……うわ、そう考えたらかなり性格悪いよね、噂を流した犯人」

そもそも、この事件に関して私達学生が出来る事は、正直ないのが現状だし……本当に何がしたいんだろう。

考《かん》え込《が》んでいた顔を上げると、シェリがすごく驚《おどろ》いた顔をしてこちらを見ていた。

「……アリス？」

「どうしたの？　シェリ」

「……貴方《あなた》って本当に突然、しかも無意識に覚醒《かくせい》するわよね……」

「……ん？　何の話？」

話についていけず、私はキョトンとした。

「私、アリスの考えはあながち間違《まちが》ってないと思うわ。噂を流して私達学生を不安にさせようっていう、意地悪な感情が滲《にじ》み出ている気がするもの」

「やっぱり？　私達は……今の自分に出来る事をするしかないよね」

「そうね。明日の自主練は頑張らないとだわ。アリスの新しい杖、上手く使えるといいわね」

「うん……正直すごく心配だけど……」

あの規格外な杖が私の手元に戻って来たのは、つい最近の事だ。

学園長の見解としては、結局のところ本人が使ってみないと何が起こるかは分からないというもので、その確認《かくにん》というか見届け人を請《う》け負ってくれたのが、まさかの殿下だった。

「アリスティア嬢の事情は知っているし、僕自身も王家の血筋で、これでも三属性持ちだからね。何かあれば教師よりも上手く対応できると思うよ」

そう言って優し気《げ》に微笑んでいた顔には、面白《おもしろ》そうという好奇心《こうきしん》が見え隠れしていた。

私の杖を見て、ぶはっと小さく吹《ふ》き出したの、バッチリ見ましたからね。

更にはその場に居合わせたシェリとフォルト様も巻き込む形になり、今に至る。ちなみに二人は杖を見ても笑いませんでした。優しい。

「ごめんね。殿下がシェリには超《ちょう》強力《きょうりょく》な防御魔法《ぼうぎょまほう》をかけるって言ってたし、大丈夫《だいじょうぶ》だとは思うんだけど……」

「ううん。私も楽しみなのよ。アリスの魔法。授業の時に少しだけ見たっきりじゃない？一瞬《いっしゅん》だったけど、本当に綺麗《きれい》だったもの」

ふふ、と微笑むシェリは女神《めがみ》を彷彿《ほうふつ》とさせる表情で、女の私でも見惚《みと》れてしまうくらい可愛かった。

第十六章 頑張りたい女子たち

chapter. 16

「いい練習日和《びより》だね、アリスティア嬢」

「殿下はなんだか……やけに楽しそうですね……？」

「いや〜、こんな面白そうな練習、その場に居合わせないと勿体《もったい》ないなと思ったからね。

あ、シェリの事は僕に任せて」

「あ、はい……よろしくお願いします？」

さりげなくシェリの肩を抱《だ》きながら、少し離《はな》れたスペースへと移動するご機嫌《きげん》なユーグ殿下を見送った。

「……あれ？　殿下が私の魔法発動を見守ってくれるっていうお話は、何処《どこ》へ……？」

先ほどから横にいらっしゃる、存在感たっぷりな銀髪美形の顔をそろりと見上げると、ばっちり目が合った。

「アリスティア、俺とやるぞ」

「へ⁉　あ、はいっ！　よろしくお願いしますっ！」

押忍《おす》、と言わんばかりに意気込《いきご》んだ私を見たフォルト様に、くすりと笑われてしまった。

個人練習室は、一人用から複数人用まで、様々なサイズの部屋がある。私達がいるこの部屋も程よい広さだった。

「魔力《まりょく》コントロールが上手くできないのなら、暴発を恐《おそ》れて広い空間でやるよりも、こうやって決められた範囲《はんい》で試した方がいいと思う」

「な、なるほど……」

たしかにこれならイメージも抑《おさ》えやすい気がする。

「まずは試しに俺がやろう」

防御壁《ぼうぎょへき》の前に立つと、フォルト様は片手を前に突《つ》き出した。

『凍《い》てよ　氷結の矢《フリージンアロー》』

凍《こお》った弓矢が、ヒュッと防御壁に向かって数本、ものすごい速さで飛んでいき、砕《くだ》け散った。辺りに冷気が漂《ただよ》う。

「フォルト様の攻撃魔法《こうげきまほう》、すごく早いですね……？　しかも杖《つえ》なしでの発動……」

さすがは特Ａクラスの三年生である。

「発動までの時間を早めるのも大事だが、攻撃《こうげき》自体のスピードを速めるようにもしている。杖があると剣《けん》の邪魔になるからな」

魔法が発動すればよいという訳ではないんだなぁ……と、感心しっぱなしの私なのであった。

さて、どんな水属性の魔法を試してみようか。うんうん唸《うな》っていると、フォルト様にクイッと腕を引かれた。あわわとしている間に、気がつけば私は防御壁の前に立たされていた。

「ほら、後ろで見てるから。試しに初級をやってみろ。何かあっても、魔法で相殺《そうさい》するから大丈夫だ」

頭上で優しく話されると、なんだかムズムズした気持ちになってしまう私である。変に緊張してきた、落ち着け私。

ゆっくりと杖を前に突き出して、魔力を巡らせる。勿論《もちろん》今回も、魔力回路《かいろ》盤《ばん》を脳内で一《いっ》生懸命《しょうけんめい》想像するけれど、そちらは変化なしである。なら、とにかく暴発しないように祈《いの》るしかない。魔力は少なく、少なく……と頭の中で強く念じながら、氷の初級魔法を唱えた。

『舞《ま》い降《お》りて　粉雪《パウダースノー》』

フワッと粉雪が、私達の頭上から降り注ぐ。

ん……？　私達の頭上から……？

「わ、わっ⁉　寒いですよね、すみません！」

私は慌《あわ》ててフォルト様に薄《うす》くかかった雪を、えいえいと背伸《せの》びしながら手で払った。

フォルト様は少しの間だけ呆気《あっけ》に取られていたようだけど、フッと微笑んで、何を思ったのか雪を払っていた私の手をそっと握《にぎ》った。

『粉雪を包め　硬化《キュアリング》』

フォルト様が魔法を発動させると、頭にかかっていた粉雪が、ふわりと空中に浮《う》かんだ。それはゆっくりと舞い上がって一塊《いっかい》になり、最後にパキリと結晶化《けっしょうか》して消えたのだった。

「ありがとうございます……」

私は自分の頭に手を乗せて、そろりと確認してみる。頭に乗っていた雪はすっかり払われたようで、どこも濡《ぬ》れていなかった。すごい。

「やっぱり私、魔力コントロール、出来てないですね……今回は威力《いりょく》も弱すぎるし、対象が私達になってしまいました」

攻撃魔法じゃなかったからよかったものの、もしも大雪が自分達に降りかかっていたらと思うと恐ろしい。

しゅんと項垂《うなだ》れる私の頭上に、大きな影《かげ》が覆《おお》いかぶさった。ハッとして見上げれば、フォルト様の真剣《しんけん》な表情が、思ったよりもずっと近くにあった。

「でも、杖は暴発しなかっただろう」

「っ！」

「だから今の魔法は、ほぼ成功していると言っていいと思う。あとは杖をもっと自分に馴《な》染《じ》ませて、魔力コントロールを重点的に練習すれば大丈夫だ。威力なんて二の次でいい」

向けられた言葉と瞳《ひとみ》が、嘘なんて言ってないのだという事を、真っすぐに伝えてくる。

私は嬉《うれ》しくて、思わず泣きそうになる気持ちを堪《こら》えながら、へにゃりと笑《え》顔《がお》を向けた。

「ありがとう、ございます。頑張ります……！」

「ん。ほら、もう一度氷魔法《こおりまほう》を使ってみろ」

「は、はいっ！」

よし、めげずに挑戦するぞ……！

私達の様子を観察していた殿下が「ほんと無意識なイチャつきって、目の毒だよ」と言いながら、やれやれといった仕草をしていたのに気づかず、私達は練習を再開したのだった。

暫《しば》く魔力コントロールの練習を繰《く》り返して、ようやく感覚に慣れてきたかも？　と思えるようになった頃《ころ》。フォルト様から攻撃魔法について提案された。

「範囲魔法《はんいまほう》のコントロールには慣れてきたみたいだな。攻撃魔法も一度試《ため》してみるか？」

「うっ……危なくないですかね……？」

「これだけ練習しても杖が暴発しないのと、威力は出せても初級レベルという事を鑑《かんが》みれば、初級の攻撃魔法なら練習してみても大丈夫じゃないか？　いずれ授業で練習する事になるなら、ここで一度どういう風に発動するのか確認しておいた方が、アリスティアの為《ため》になると思う。念《ねん》の為、魔力を微量《びりよう》にする意識は最後まで抜《ぬ》かずに、壁《かべ》に当てる事に集中してみろ」

「はい……うぅ、でも……もし暴発したら……」

「大丈夫だ。ユーグは事前に、シェリと自分自身に防御魔法をかけると言っていただろう？」

「あ。そういえば、そうでした……」

「それに俺は攻撃がこちら側に来ても、お前を守りながら弾《はじ》き返せるから問題ない」

フォルト様がさらりと告げる男前な発言に、私はホッとした気持ちになった。

「じゃあ、やってみますっ……」

意を決して、私は魔法を発動させる為、集中した。

ごく微量の魔力で……暴発は絶対にさせないように……三人に迷惑《めいわく》をかけない、何ならダーツの矢くらい小さいサイズ感で充分《じゅうぶん》ですので、お願いします……！

『放て　流水の矢《ストリームアロー》』

魔法が発動したと同時に、ダーツの矢のような小さい物が、ヒュ～っとゆっくり防御壁に向かって飛んでいった。

「ふぉ？」

もしかして、ちゃんと壁に当たった？　少しは魔力コントロールが出来てた？

私はパァッと表情を明るくし、どうですかっ！　と言わんばかりに、くるっとフォルト様を振《ふ》り返った。

「……っくく……お前は素直《すなお》だな……」

フォルト様は口元に手を当てて、顔を背《そむ》けて小さく声を出して笑っていた。かなりレアなフォルト様だけど……あれ、よく考えたら私、すごい笑われてるな？

「むぅ……だめでしたか」

私としては少しだけ手応えがあった気がしたのに。思わずぶぅ、と唇《くちびる》を尖《とが》らせてしまった。

「ごめんな」

フォルト様は、ようやくクスクス笑いを止めてくれたかと思うと、私の頭をぽふりと撫《な》でた。

「アリスティアの事だから、絶対に人には当てないとか、そういう強い気持ちを念じたんだろう？　お前の発想は本当に素直だなと思って、微笑ましくなっただけだ」

……褒《ほ》められているのなら、いっか？　毎度の事ながら、いつも単純な私である。

「フォルトお兄様、アリス。今ちょっと大丈夫かしら？」

　隣からシェリの声が聞こえた。

「どうかしたか？」

「ユーグ様もいてくださるし、今日は光魔法をほんの少しだけ試《ため》してみようかなと思ったの。二人にも見ていてもらえたらと思って……」

　シェリの考え方にも少し変化があったみたいで、前よりももっと前向きな感じがしている。生きる力が湧いてきた、まるで咲《さ》きかけの蕾《つぼみ》のような……上手く言えないけれど、そんな雰囲気だ。

「勿論付き合うよ！」

「光魔法自体、滅多《めった》に見れないからな。何が起こるか分からない。気をつけろよ、シェリ」

　私とフォルト様は一旦練習を中断して、シェリの光魔法の挑戦を見守る事となったのである。

「シェリ。初めてだし、今日は初級のものを試した方がいいと思うよ」

「はい」

防御壁の前に立ったシェリは、殿下からの助言にコクンと頷《うなず》くと、前に伸《の》ばした杖の先に、魔力を込《こ》めた。

『道を灯《とも》して　淡い光よ《ペールライト》』

ポゥッと優しく光ったかと思うと、杖がさす方向へ光を放ち続けた。すごい、光の道筋ってこういう事をいうんだ。

シェリはすぐに杖先に込めた魔力を切り、光を消した。

「どう？　魔力量は大丈夫？」

「まだ大丈夫みたい。同じ光属性の、治癒魔法《ちゆまほう》の初級も試したいのだけど、どうかしら……」

「あんまり無理はしてほしくないのだけどな……」

魔力の感覚を確かめるように、杖を持つ手を見つめるシェリ。そんなシェリを見ながら、殿下は少し困ったように微笑んだ。

うむ、私も殿下と同意見である。そんなに一気に魔力を使ったら、身体に負担がかかっちゃうんじゃないかなって心配なのだ。

「でも私、このままの状態じゃ、ずっと前に進めないままだわ……いざという時に治癒魔法が使えなくて、誰かを助けられなかったなんて後悔《こうかい》はしたくないの……」

一連の様子を静かに見守っていたフォルト様が口を開いた。

「……本人の気持ちが第一だ。やる気があるなら、やれる時にやった方がいい。それに俺《おれ》達《たち》がいるからシェリのフォローは問題ないだろう」

うぐ……確かにフォルト様の言う通りだ。いずれ試さなきゃいけない事なら、せめて私達がいる所でやってもらいたい。

「確かにそうだね。でもこれだけは約束してくれるかな？　倒《たお》れる限界まで、治癒魔法を試さない事。いいね？」

「はい。無理はしません」

シェリは真剣な表情の殿下を見つめ返して、しっかりと頷いたのだった。

「そういえば治癒魔法って、軽傷なら傷口を塞《ふさ》いだりできるんですよね？　外傷以外にも効く治癒魔法はあるんですか？」

私のふと思った疑問に、隣にいたフォルト様が答えてくれた。

「体内に生じた病そのものを完治させる事は、治癒魔法でも不可能だと言われているから、上級のものだとしても、症状《しょうじょう》の一時的な緩和《かんわ》とかだな」

「ええと……じゃあ例えば、捻挫《ねんざ》をした足の痛みを一時的に軽減させられたり……ですかね？」

「そういう事だ。シェリも幼少期に大神殿《だいしんでん》で貴重な治癒魔法をかけてもらった事があるが、あくまで一時的なもので、やはり病の根本が治る魔法ではないのだと実感した」

「なるほど……ありがとうございます。貴重な治癒魔法を使うなら、折角《せっかく》ですし誰かにって思ったんですよね。シェリならきっと成功させてくれると思うし……」

ふむ、とフォルト様は顎《あご》に手を当てて、一考している様子である。

「……アリスティアの言う事も一理あるな。怪我《けが》は生憎《あいにく》としていないから、ユーグの肩凝《かたこ》りでも緩和してもらうか？」

あぁ……殿下も魔獣事件のあれこれで、最近色々と大変ですもんね……お疲《つか》れ様《さま》です。

「それこそ折角の治癒魔法を、僕の肩凝りに使うってどうなんだい……？」

「じゃあ、ユーグ様にかけさせていただきますね」

殿下はあまり納得《なっとく》がいってないみたいだったけども、シェリは割と乗り気な様子である。

失礼します、と殿下の肩《かた》の上に手をかざし、杖を構えてそっと治癒魔法を発した。

『囁《ささや》きたまえ　癒しの歌声《ヒーリングソング》』

すると先程《さきほど》とは少し違って、手から淡い光がポゥッと放たれ、殿下の肩にゆっくりと吸《す》

い込まれて消えていく。

治癒魔法は、しっかりと殿下の肩にだけかかったようだ。なんだか光魔法を見ていると、心が安らぐような、不思議とそんな気持ちになれた気がした。

「無事に成功したんでしょうか?」

「ユーグ、どうなんだ?」

殿下はポカンとした様子で、私とフォルト様の問い掛《か》けが耳に入っていないようだ。暫くの間、肩を軽く回していたが「……嘘みたいに肩が軽くなっている」と、呟いた。

「よかったです……!」

シェリは治癒魔法が成功した事に安堵《あんど》し、喜びの声を上げる。だけどその顔色は悪く、表情には疲労《ひろう》が見え隠れしていた。

「シェリ、ちょっと休もう?」

私は側に駆《か》け寄り、椅子《いす》に座《すわ》るよう勧《すす》める。

「ありがとう、慣れてないだけで大丈夫よ」

「でも無理しちゃダメだよ。その様子じゃ、結構魔力を使ったんじゃない?」

ですよね? と、私はフォルト様を見上げた。

「あぁ。恐らくだが、まだ光魔法の魔力制御《まりょくせいぎょ》が足りてない。ユーグの回復の度合いを見ても、初級以上の魔力が働いている気がする」

「あ……それってもしかして……？」

フォルト様の分析《ぶんせき》を聞いて、私は何となくピンときた。

「シェリ……もしかして無意識に、治してあげたいって強く思いながら、魔法発動させたんじゃない……？」

「……！」

私の発言に、シェリは目を見開き、瞬《また》く間《たま》に顔を赤らめた。

「そ、そうかもしれないわ……き、気をつけないと……」

両手で頬《ほお》を押さえると、そうしどろもどろに話している。わぁ、可愛いが大渋滞《だいじゅうたい》してる……好きな人の為に、頑張《がんば》っちゃったんだね。

「休憩《きゅうけい》にしませんか？　実は今日のお礼に、シェリと私でクッキーを作ったんです」

私はシェリが作った紅茶クッキーと自分のココアクッキーを、どちらが作ったかは言わずに出した。

「是非《ぜひ》召《め》し上がってみてください」

シェリも、少し緊張気味に殿下《でんか》へクッキーを勧めた。

「……？　では頂くが……」

勧められるがままに、殿下はヒョイと紅茶クッキーを手に取り、一口食べた。

「うん。甘さ控えめで美味《おい》しいね。これ、好みの味かも」

殿下の感想に、シェリは嬉しそうな表情を浮かべていた。

「あ、なるほど。だからシェリは作る時に、甘さ控えめにしたいって言ってたんだ」

「え？」

「あ」

……また思ってた事が、口から勝手に出てたー！

私は慌てて口を押さえたけれど、もう時既《ときすで》に遅《おそ》しなのは、誰の目から見ても明らかである。

「こっちの味をシェリが作ってくれたのか？」

「は、はい。アリスに手伝ってもらったので、美味しく出来たとは思うのですが……」

「すごく美味しいよ。ありがとう。……嬉しいな」

殿下はえらく感激した様子で、笑みを浮かべながら、そっとシェリのクッキーが入った方の袋《ふくろ》を、自分の手元に引き寄せていた。

「……誰も取らないから安心しろ」

独占欲《どくせんよく》を隠《かく》そうとしない様子の殿下を、フォルト様は呆《あき》れたように見つめながら、そう告げたのだった。

まぁ何はともあれ、殿下が思った以上に喜んでいたので、シェリとしては大成功だろう。幸せそうな二人を見てると、手伝ってよかったなぁと、こちらまで嬉しくなった。

「アリスティア、ありがとうな」

「えっ？　どうしたんですか？　フォルト様、急に……」

フォルト様は、ココアクッキーを持っていた私の手首を掴《つか》んで、あろう事かそのままクッキーをパクリと咥《くわ》えて、サクサクと食べ始めた。

「な、なななんで袋から取らないんですかっ⁉」

「うん？　俺《おれ》好みの甘いココア味だ。美味《うま》い」

私の動揺《どうよう》なんてお構い無しに、ペロッと親指についたクッキーのカケラを舐《な》めると、こっちを見て、満足げに言ったのだった。

「キッ……キラキラ男子がそういう事するのは、反則ですよっ……！」

「キラキラ男子？」

「な、何でもないです……！」

思わず頬を赤らめて、うぐぅ……と、声にならない声を上げる。うっかりときめいてしまった。氷の騎士様のデレは、攻撃力《こうげきりょく》が高すぎる……！

「アリス、カーバンクル型のクッキー、私も一枚食べてもいいかしら？」

「はい喜んでー！」

フォルト様のキラキラオーラにやられていた私は、居酒屋っぽい返事で気恥《きは》ずかしさをごまかしながら、シェリにクッキーを手渡《てわた》した。

「なんでまたアリスティア嬢《じょう》のクッキーは聖獣《せいじゅう》の型なんだい？」

「えぇと……学園内で偶然《ぐうぜん》出会ったので、その思い出に……？」

殿下とフォルト様にもカーバンクルと出会った時の事を話すと、すごく驚かれた。

「色んな人間を引き付けるタイプだとは思っていたけど、まさか聖獣もとはねぇ……僕《ぼく》も違《ちが》う種類の聖獣にお会いした事はあるけど、聖獣に触《さわ》れるなんて話は聞いた事ないな」

触れるというか、勝手によじ登られてしまっただけなんですがね……？

「……？」

シェリは一口齧《かじ》ったクッキーを見ながら、小首を傾《かし》げている。

「お、美味しくなかった⁉」

「あっ、違うわよっ⁉　とっても美味しいわ！　気のせいかしら……これを食べたら、身体が温かくなって、倦怠感《けんたいかん》が少しだけ引いたような気がするの」

そう話すシェリの顔色は、確かにさっきよりも良くなっているような……？　害があるわけじゃないなら、と私はそのままクッキーを食べるよう勧めた。

「……それって、魔力が回復してるって事か？」

「ええ、フォルトお兄様。多分だけど……魔力量がギリギリだったのに、今はほんの少しだけ身体が楽になっていると思うの」

「じゃあ、アリスティア嬢が作った物にだけ、そういう効果が付いているのかな……？」

「いや。俺が食べた時、そういう効果は全く感じなかった」

一応僕も確認してみるよと、殿下もココアの方を食べるが、やはり変化はなかったらしい。

「どういう事……？」

謎《なぞ》のクッキーの効果に、思わず全員で顔を見合わせてしまった。

第十八章

回復アイテム、出来ちゃいました

chapter.18

「……シェリ、一応君の担任のニコラの所に行って、状態を診《み》てもらおう」

殿下は軽々とシェリをお姫様抱《ひめさまだ》っこした。

「えっ、ユ、ユーグ様!?」

驚きを隠せずにシェリが声を上げるが、殿下は有無《うむ》も言わさず、シェリを抱《かか》えたまま器用に練習室の扉《とびら》を開ける。

「アリスティア嬢の杖の件も報告したいし、二人も後から付いてきてくれると助かる」

振り向きざまにそう告げたかと思うと、さっさと扉を閉めて出て行ってしまった。……呆気に取られている内に、練習室に残されてしまった私とフォルト様である。

「で、殿下って結構強引《ごういん》というか……あれって過保護の延長線なんですかね？」

「普段《ふだん》は人当たりのいい王子を演じているが、シェリの事になるとたまに暴走するからな……」

出て行った二人の荷物が置きっぱなしである事に気づいた私達は、手早く荷物をまとめて後を追いかけた。

先生の研究室に到着《とうちゃく》し、ノックをしてから扉を開けると、シェリはちょうど先生に診てもらっている所だったようだ。

「やっぱりアンタ達も来たのね……」

そんなにうんざりした顔をしなくても。担当クラスの生徒ですよ？

「で？　一体何があったのよ？　王子様が慌てて抱きかかえて連れてきたもんだから、マークの杖で何か起こったのかと思ったら、そうじゃないって言うし。じゃあ魔力枯渇《まりょくこかつ》レベルにでもなったのかと思って心配したのに、カルセルク妹の魔力は別に問題ないじゃない。減ってはいるみたいだけど、倒れる程《ほど》の事じゃないって自分でも感じるわよね？」

先生からの問いかけに、シェリが「はい」と頷いた。

「いや、つい先ほどまでは、そのレベルだったんだ。アリスティア嬢が作ったクッキーを食べるまでは、倒れる寸前かと思うくらい疲労していた」

ぐりんと勢いよく振り向いた先生の顔には、暗黒オーラが滲み出ていた。

「ひぇっ!?」

「アンタ……今度は何を作ったのよ……？　怒《おこ》らないから言ってごらんなさぁい……？」

「至って普通《ふつう》のクッキーです～！」

ぶるぶる震《ふる》える私を見かねて、フォルト様がクッキーの入った袋を先生に手渡し、先ほどの事を簡潔に説明してくれた。

「これが、ねぇ……まぁ、見た感じは普通ね」

先生は私のクッキーを変な物扱《あつか》いするかのように眺めていたかと思うと、案外躊躇《ちゅうちょ》なくサクッと一口齧った。そういう所は意外と男らしいんだな……なんてまた、先生に知られたら怒られそうな事を考えていたら、先生は目をカッと見開いて驚愕《きょうがく》の表情を浮かべた。

「……っこれ！　どうやって作ったの⁉　こんなの作った人間、今までにいないわよっ⁉」

いきなりぐわんぐわんと肩を前後に揺《ゆ》すられ、頭があっちこっち振られる。

「せんせぇ、あ、頭が取れますぅぅ……！」

「あ、悪かったわね。つい興奮しちゃって」

うぅ……なんでこんなに頭をシェイクされなきゃいけないんだ私は……解《げ》せぬ。

「何か分かったんだろう？　お前なら」

フォルト様の「お前なら」、という先生に対する言葉らしくない発言に違《い》和《わ》感《かん》を覚えつつも、先生の返事を待った。

「マークが何したのか分からないけど、これ、微量の魔力回復の効果があるわ。これを食べたアンタ達には効果がなかったんでしょう？　これはカルセルク妹……ううん、恐らく光属性持ちにだけ作用する物よ」

「……ほぇ？」

魔力回復……光属性専用……？　きょとんと首を傾げたままポカンとしていると、シェリにクスクス笑われてしまった。

「すごい物を作ったのに全然ピンと来てないんだから。ほんとアリスって可愛《かわい》い」

「アリスティア嬢はもっと自分の能力を誇《ほこ》っていいのに、謙虚《けんきょ》だよね。シェリの親友なだけあるよね」

「……クッキーってところが、アリスティアらしいな」

「えっ、わ、わ……」

皆《みな》から褒めてもらい、くすぐったい気持ちになった。一人さり気なく、最終的にシェリを褒めてる人がいたけど、それはそれで嬉しいのでよしとしよう。

「いい物を作ったじゃない。これがあれば、カルセルク妹の体調不良を一時的にだけど回復させてあげられると思うわよ」

先生はにんまりと微笑《ほほえ》んで、今度は優しく頭を撫でてくれた。飴《あめ》と鞭《むち》がすごいんだよなぁ、この先生。

「気になる点は、クッキーがこうなった理由ね……思い当たる事はないの？」

「材料も普段使っている物と同じですし、特に変わった物は別に……そもそもクッキー生《き》地《じ》も、味は違いますけど、同じボウルで作りましたし……」

他にシェリのクッキーと違う点があったかなと、クッキーを見ながら考えていた時。私の目の前に突如《とつじょ》、ポンッとモフモフなあの子が現れた。

「あの時のっ……⁉」

「聖獣、カーバンクル……！　実物は初めて見た……！」

聖獣の登場に、シェリや先生、流石《さすが》の殿下もかなり驚いた顔で、そう呟《つぶや》いていた。フォルト様だけは、普段通りの冷静な表情を崩《くず》す事はなかったので、氷の騎士様という名はあながち間違っていないのかもと、改めて感じた私である。

「……ていうか、ついこの前お別れを悲しんだのに、わりと早い再会じゃない？」

そう呟いた私の方を見る事なく、しっぽを振りながらクッキーをモリモリと頰張《ほおば》っている姿にちょっとだけ呆れてしまった。

「何でここに来たんだろう……？」

「あ～……このクッキー、光に属するといわれている聖獣もきっと好物なのね……」

「聖獣も好物……あ、もしかしてあの時のおまじないが……？」

カーバンクル型のクッキーの型を作った時の一部始終を話すと、先生に今度はみにょ～

んとほっぺたを引っ張られた。

「こらぁ……！　魔法石《まほうせき》にさらに魔力を注いだら、そりゃ割れるに決まってんでしょっ！」

「はひっ、ほめんはひゃいっ」

ほっぺたはすぐに解放されたけど、何となくまだ違和感がある気がする。私は両手で頬を押さえたまま、先生を恨《うら》めしく見上げた。

「魔法を唱えたつもりはなかったんです……ただ、その時にたまたまシェリや聖獣の事を思い出しながら『食べた人が元気になりますように』って思ってたら、魔力が勝手に杖を伝っていって……」

話しながらカーバンクルに目を向ければ、たらふく食べて満足したらしく、まんまるのお腹《なか》を見せて眠《ねむ》っている。その姿に無理やり触れるような事はせず、優《やさ》しく見守っているシェリ。あ、やっぱりこのツーショット、想像通り尊かった。ありがとうございます。

「無意識に言葉を紡《つむ》いで、魔法を発動させていたのかしら……それが四属性の新魔法だったのだとしたら、何か思っていたよりも安直な魔法じゃない……？」

「四属性魔法は呪文《じゅもん》も複雑で、尚且《なおか》つ成功率も低いと言われているからねぇ……微量の回復効果だったのは、媒体《ばいたい》となる石の容量が小さかったのと、紡いだ言葉が初級レベルに値《あたい》する物だったからかもしれないね」

殿下の見解に、なるほど……と頷く事しかできない私は、まだまだだよなぁ……と、自分の勉強不足を思い知らされた。

「魔法石アイテムは、出来たらラッキーだと思うくらいでいいと思う。シェリの助けになる物だから、あれば嬉しいというのも本心だが……俺は焦《あせ》らずにやれば、アリスティアならきっと、また出来ると信じてるから」

「フォルト様……あ、ありがとうございます……」

落ち込みそうになると、いつもフォルト様は私の気持ちに寄り添《そ》って、こうやって味方になってくれる。それに気づいた時、空回りしそうになる私がいつの間にか落ち着いて、自分のペースで頑張れるようになるのだから不思議だ。

「うっわ……青春って感じで甘酸《あまず》っぱいわね……しんどいわぁ、この空気……」

私は杖の検証ができたのを報告していない事に気が付き、先生のどこかうんざりとした声に重ねるように、食い気味に報告した。

「そうだ、先生っ！　杖、暴発しませんでしたっ！　威力は逆にポンコツレベルです！　だから授業での使用許可をください……！」

その勢いに、先生がギョッとしたのは言うまでもない。

「そ、そう……なら授業での使用は許可するわ。でも自主練は許可出来ないわよ」

「うぇっ⁉　どうしてですか……⁉」

「意地悪とかじゃなくてね、アタシが見てない所でアンタが事故でも起こしたらどう対処するつもりよ。アンタが怪我しちゃうでしょーが！」

先生、何だかんだ優しいな……！　でも、と反論しようとした私の前に、フォルト様が割って入ってきた。

「なら、今日みたいに俺達が自主練に付き添う形ならどうだ？」

「……アンタ達が？」

「それが一番いいんじゃない？　思うんだけどさ、杖が暴発しない代わりに威力が初級レベルしか使えないのって、魔力量の多いアリスティア嬢にしてみたら、結構苦痛だと思うんだよね。それでも頑張るっていうんだから、許可してあげたら？　僕達《ぼくたち》も忙《いそが》しい身ではあるし、自主練っていってもせいぜい月に一、二回程度だと思うからさ」

珍《めずら》しく殿下も私を擁護《ようご》してくれている……⁉　どういう風《ふ》の吹き回しなのだろうと若干《じゃっかん》失礼な事を考えてしまった。

「先生、私からもお願いします。アリスと一緒《いっしょ》に自主練の機会があれば、私も怖《こわ》がらずに光魔法に挑戦《ちょうせん》できると思うんです」

「シェリ……」

皆の優しさに、じんと目頭《めがしら》が熱くなり、涙腺《るいせん》が緩《ゆる》みそうになるのをぐっと堪えた。

私もお願いします、と先生に深く頭を下げる。熱意が伝わったのか、先生は深いため息をついた後に、殿下かフォルト様の付き添いがある場合に限って、自主練の許可を出すと言ってくれたのだった。


「ねぇ、あれだけ気に入った様子だったら、今後もちょくちょく食べに来るんじゃないかな？」

直談判《じかだんぱん》が無事に通ってのほほんとしていた私は、カーバンクルを観察していたらしい殿下の、何気ない一言にぎょっとした。シェリの分まで食べられてしまったら怖いので、今後作る時はしっかりと避《よ》けておかねば……！

「……動物といえば。アンタ、この前話してた猫《ねこ》の視線とやらは、最近あったの？」

「あ、いえ。それが……全然なんです。今度からその猫の事をニャーさんって呼ぼうって勝手に決めていたのに、それ以来ぱったり感じなくなりました」

あれから視線を感じる事がなくなったので、先生に聞かれるまでニャーさんの存在をすっかり忘れていた。

「ニ、ニャーさんって……アンタ本当変わってるわよね。まぁ、変な視線を感じなくなったならよかったじゃない？」

「ですよね。ひとまず私の中では、これにて一件落着です」

「猫……ニャーさん……？」

殿下が訝《いぶか》しげな様子で、私の言葉を拾って繰り返した。いや、まぁ確かに可笑《おか》しな単語なのは認める。

「アリス、入学してから何度か猫みたいな視線を感じるって、話してたんです。でも、毎回探そうとしても姿が見つからないらしくて」

殿下の疑問に、シェリが代わりに答えてくれた。

「ふーん……猫の視線、ねぇ……？」

「えっ、な、なんですか？」

殿下が意味深に、チラリと私の方を見てくるので、思わずピシッと姿勢を正した。

「……いや？　何でもないよ。ただ……もしまた気配を感じる事があったら、僕にも教えてね」

「へ……？　わ、分かりました……」

そう殿下に返事はしたけど、頭にハテナマークが浮《う》かんだ私である。

「ねぇ、シェリ。何でかな？　殿下って猫好きとか？」

「猫が好きなんて聞いた事がないけど……」

シェリとひそひそ話すけれど、やっぱりよく分からず。私達は顔を見合わせて、小首を傾げた。そばにいたカーバンクルも、私達の動きを真似していた。可愛いなぁ。

……そういえば、先生は何でクッキーの効果が分かったんだろう？

やっぱり特Aクラスの担任にもなると、そういう事も分かるようになるのかと、とりあえず結論付けた。殿下といい、先生といい、どこか謎めいてるんだよなぁ……

第十九章　休日……デート⁉

chapter. 19

偶然生み出した回復アイテムのおかげで、あれからシェリの体調不良をほんの少し緩和させる事が出来ており、一安心している。根本的な治療《ちりょう》にはならないけれど、いうなれば常備薬の、のど飴みたいなポジションだ。ひとまずクッキー型の効果が切れる様子もみられないので、当分は大丈夫《だいじょうぶ》だろうと思いながら使っているのだけど、また同じ効果の魔法石を作れないかと、試行錯誤《しこうさくご》の毎日だった。

「いくらバリエーションが増やせるっていっても、ずっとクッキーっていうのもね……」

それこそ、もっと手軽に食べられて保存の利く、飴とかも作ってあげたいのに。なのだけど……今のところ、同じ効果を持つ魔法石は出来ないし、解決の糸口は見つかっていない。

「あぁ～……これって、俗《ぞく》にいうスランプ状態ってやつだぁ……」

机に突っ伏《ぷ》したまま、ぐでん。足をプラプラ。図書館に行こうと思っていたけど、今日はもう寮《りょう》に帰ろうかな。でもこのまま戻《もど》ったら、夕飯も食べずにうっかり朝まで眠ってしまいそうだ。いっそ、ここで軽く仮眠《かみん》でも取っちゃおうかな……？

「……ねむい」

「そんな恰好《かっこう》で寝《ね》たら、身体が痛くなるぞ？」

「……っわぁ!?」

突然《とつぜん》耳元で囁かれ、びくっと大きく身体が跳《は》ねてしまった。フォルト様の声は、じんわりと静かに響《ひび》いて心地《ここち》いいのに、ドキドキしてしまうから不思議である。

「あ、あれ……？　もう誰《だれ》もいなくなってる……」

きょろきょろと教室を見渡《みわた》すと、ちらほらと残っていたクラスメイトは、いつの間にかいなくなっていた。

「シェリとユーグも、さっきアリスティアに挨拶《あいさつ》して教室から出て行ったけど、ぼんやり返事をしていたな」

「う。考え事に集中してると、周りがあんまり見えなくなっちゃうんですよね……二人に悪い事しちゃいました……」

「いや？　二人ともアリスティアが考え事している事は気づいていたみたいだから、気にしなくていいと思うが。ほら、今日はもう帰った方がいい。寮まで送る」

「え？　あ、ありがとうございます……！」

フォルト様は、机の横にかけてあった私のカバンをひょいと持ち上げると、私の腕《うで》の中にポンと手渡した。支度《したく》があるだろうからゆっくり待ってると言って、先に扉の方へと向かう。

私は、机の上に開きっぱなしだった魔法石学の本をカバンに詰《つ》め込んで、忘れ物がない事を確認《かくにん》してから立ち上がった。最後に退室するしなと思い、一応ざっと戸締《とじま》りを確認してから扉へと向かう。

「お待たせしました」

壁《かべ》に軽く寄りかかりながら待っていたフォルト様と目が合った。なぜか小さく微笑まれたような気がしたんだけど、気のせいかな……？

「で？　何をそんなに考えていたんだ？　話くらい聞くぞ」

フォルト様は、私の歩幅《ほはば》に合わせてゆっくりと隣《となり》を歩いてくれている。さらにこうやって優しく問いかけられれば、すぐにでも相談したい気持ちにもなってしまうものだ。

「フォルト様って……いつも私が悩《なや》んでる時に現れますよね……？　いやっ、あの、いつも頼《たよ》りにしてしまって、申し訳ないなって思っていて」

何で困った時に必ずやってきて、助けてくれるんだろうか。殿下の護衛もあって、絶対忙しいはずなのに。

「頼りにしてくれて構わないから聞いてる。それにアリスティアが悩んでる時は、すごく分かりやすいからな」

「そうですかね……」

間に口を挟《はさ》む事なく、私の悩みをじっと聞いてくれていたフォルト様は、少しだけ思案していたが、ゆっくりと口を開いた。

「……たまには息抜《いきぬ》きをしたらどうだ？　アリスティアの事だから、入学してから休みの日はずっと勉強してるんだろう？」

「魔法石作りは楽しいので、趣味《しゅみ》になりつつあるので大丈夫ですよ？　中でもアクセサリー作りは特に楽しくって……一度始めると、ついつい完成させるまでやり切りたくなっちゃうんです」

「だから寝不足《ねぶそく》の顔をしてるのか」

ちょっと怒っているような声色《こわいろ》なのに、目元をくし、と擦《す》られる指先から伝わる感覚は、とても優しい。

「じ、自分に出来る事があるって思うと、夢中になっちゃうんですよ……これからは気をつけます」

照れた顔になってしまっている自覚はある。こそばゆい気持ちから、そっと目を下にそらすと、指先はゆっくりと離《はな》れていった。

「ん、そうしてくれ」

「でも、息抜き……ですか……」

「そう。例えば外出許可をとって、街に遊びに行くとか」

どうだ？　と提案されて、目から鱗《うろこ》だった。何も学園内だけで、情報収集をしなくたっていいじゃないか。逆になんで今まで気が付かなかったんだろう、私。

「そっか……！　街に行けば、色んな魔法石アイテムも売っていますし、今後のヒントになるものが見つかるかもしれないですよねっ⁉」

アクセサリーショップで、色んなデザインを見るのもいいかも。お菓子《かし》やケーキ屋さんで色んなフレーバーを知るのもありだ。どのお店を巡《めぐ》ろうかプランを組み始めたら、ワクワクが止まらない。よし、目指せスランプ脱出《だっしゅつ》、である。

「……フォルト様？」

はて。意気込《いきご》んだ私を見守るフォルト様が、ちょっと可笑しそうに目尻《めじり》を下げているのは気のせいだろうか。

「……じゃあ今週末、馬車を手配しておく。十時に寮の玄関前《げんかんまえ》まで迎《むか》えに行くから」

「はいっ⁉」

「外出届を忘れずに。それから、色々と見て回るなら動きやすい恰好で。いいな？」

こくこくと機械のようにぎこちなく頷《うなず》くと、フォルト様は目を細めて、満足そうに頷き返した。じゃあなと頭の上に手のひらが乗せられたかと思うと、すぐに離れていく。

フォルト様はこの後も、王宮へ行ってお仕事があるのかな。腹黒王子に付き添うのも大変そうだよね……と、ぼんやり後ろ姿を見送っていた私は、ようやくハッと覚醒《かくせい》した。

「……いやいや、待って!?　……フォルト様と、二人でお出掛《でか》けって事……？」

いつもとは違う、休日の過ごし方について考え始めたら、しつこかった眠気《ねむけ》も一気に吹っ飛んだ。

「何着ていこう……!?」

今までにもフォルト様と出かけた事はある。でもその時はシェリも一緒にいたし、二人だけで出かける約束をしたのは初めてだ。こんな風に服装を悩む日が来るとは思っていなかった。家からどんな服を持ってきていたっけ？　大至急クローゼットの中を確認せねば
……！

第二十章　あげたい気持ち　chapter. 20

約束の休日、私は部屋にある鏡の前で、ゆっくりと一回転した。腰《こし》あたりにある後ろのリボンが曲がっていない事を念入りに確認し、よしと一息つく。

動きやすい服という事で、結局一人でも着れるカジュアルなワンピースにした。襟《えり》と胸《むな》元《もと》にフリルが付いている白いブラウスに、ベージュのスカートがドッキングした物だ。スカートは一部分がプリーツ型になっていたり、タータンチェックの生地が切り返してあったりと、ちょっと凝《こ》っていてお気に入りだ。

オシャレな髪型《かみがた》は自分では出来ないから、いつも通りサッとブラシでとかして、カチューシャをつける。学園では使っていない装飾《そうしょく》の付いた物にしたのは、少しでも髪型をオシャレにしたいという、私の足掻《あが》きだ。

「髪型もサクッと自分で可愛くアレンジできたらよかったのになぁ……」

悲しきかな、そこは前世の私も苦手分野だったようである。歩き回る予定なので、靴《くつ》は履《は》き慣《な》れている、こげ茶色の編み上げブーツ。フォルト様と並んで歩く事を考えると、ヒールも欲《ほ》しいところだけど……慣れない事はするものではないなと思い、やめておいた。

「お、おはようございますっ……！」

寮の玄関《げんかん》を出ると、フォルト様は目の前にある噴水《ふんすい》のベンチに座って待っていた。休日私服スタイルのフォルト様は、いつものかっちりと着こなしている制服や騎士《きし》服とは違った雰囲気《ふんいき》を纏《まと》っていて、レアな姿である。

「慌《あわ》てなくてよかったのに。まだ約束の時間になってないぞ？」

そう言って、小走りで駆け寄ったが故《ゆえ》にちょっと乱れていたらしい私の髪《かみ》を、丁寧《ていねい》に直してくれた。うぅ、お手数おかけします……

「す、すみません。ありがとうございます」

「その恰好……優しい色味で、アリスティアによく似合っているな」

照れながらもはにかんで再度お礼を伝えると、フォルト様は更《さら》にドストレートな褒《ほ》め爆《ばく》弾《だん》を落としてきた。

「まぁ、何色でも似合うと思うけど」

「ひぇっ⁉　それは過分な褒め言葉《ことば》ですよっ……⁉」

何で顔色一つ変えずにそういう事がサラリと言えるのだ。馬車に乗り込《こ》んでからも、暫《しばら》く頬の熱が引かなくて困った私なのだった。

「見たい所は決めてきたか？」

「はい！」

久しぶりの外出にワクワクし始め、いつもの調子を取り戻した私は、元気よく返事をした。活気溢《あふ》れるアンジェリッカ通りに到着し、馬車を降りてその空気を感じると、期待に胸が膨《ふく》らむ。

午前中は魔法石の勉強も兼《か》ねて、古書店へ。学園の図書館で見かけた事がない本を探して、その中でも特に気になったのを厳選する。最終的に私とフォルト様は、お互《たが》いに気になる本を数冊購入《こうにゅう》した。

「次はどこに行く？」

「そうですね……シェリ専用回復クッキーに合いそうな、新しい味になる物を探したくて。ええと、身体にいいとされていて、珍《めずら》しすぎても扱い方《かた》が分からないとちょっと不安なので、私が知っている物で……」

指を折りながら数えていると、その手をするりと奪《うば》われた。

「なら、こっちだな」

「あ、はい……！　あのっ、手……!?」

「人が多いから、はぐれないようにしておかないと」

なんか……こんなのデートみたいで緊張《きんちょう》しちゃうかも。手汗《てあせ》をかいてないかなとか、変な事が気になってしまった。

ぎこちなくフォルト様を盗《ぬす》み見れば、普段と変わらない澄《す》ました表情である。あれ……？　もしかして、フォルト様的には保護者の付き添い感覚なのかな？　ついでに自分がかなりの方向音痴《おんち》だという事を思い出した私は、大人しくフォルト様の案内についていく事にしたのだった。

「うわぁ……ハーブもスパイスも、いっぱいある……！」

前世ではスーパーやネット通販《つうはん》で簡単に手に入っていた香辛料《こうしんりょう》も、この世界ではこうして専門店に行かないと中々手に入らない。

でも、こうやって自分で足を運んで、お目当ての物を手に入れるのも楽しいんだよね。

私はシナモンパウダーの小瓶《こびん》を手に取った。グラム数によって、様々な形の小瓶に詰められてリボンが付いているのも可愛い。

「それはどう使うんだ？」

「ジンジャーシナモンクッキーにしようかなと。ちょっとスパイシーで、身体がポカポカすると思うので、代謝をよくするっていう観点からもシェリにピッタリだと思うんです。アップルパイにも少し足すと、りんごの甘《あま》さが引き立って美味しいんですよ！」

「ふうん。アリスティアの作ったアップルパイ、食べてみたいな」

「本当ですか？　なら今度作りますよ。じゃあ、バニラビーンズをたっぷり使ったカスタードクリームも入れちゃいましょう！」

そこの棚《たな》にあるバニラビーンズもください！　と意気揚々《いきようよう》に店員さんに告げる。

「支払《しはら》いは俺がする」

「えっ、それは流石に！　自分で払《はら》いますよ！」

私が慌ててバッグからお財布《さいふ》を取り出そうとすると、やんわりと手を押さえられた。

「でもこれは、シェリと俺のお菓子の為《ため》だろう？」

「そ……そうなりますね……？」

「作る手伝いが出来ない分、材料費くらいは貢献《こうけん》させてほしい。その代わり、アップルパイは他の奴《やつ》にあげないでくれ。俺が全部食べる」

「全部、ですか？　一ホールまるごと？」

ビックリな交換《こうかん》条件を提案されてしまい、思わずきょとんと見返した。フォルト様、冗《じょう》談《だん》で言ってるんじゃなくて、本気なのか。フォルト様がものすごく真剣《しんけん》な表情だったので、私も分かりました、と神妙《しんみょう》な顔で頷き返したのだった。

「それはもしかして、アリスティアが作ったアクセサリーか？」

商品を受け取った際、手首に付けていたブレスレットが袖口から覗《のぞ》いたのか、どうやらフォルト様の目に留まったらしい。

「はい。初めて作った魔法石で、簡単にブレスレットにしてみました。授業で作った魔法石なので、簡単な防御魔法《ぼうぎょまほう》しか組《く》み込まれていないんですけど、思い入れがあるので……なんだか勿体《もったい》なくて普段はしまってあるんです。出かける時だけアクセサリーとして付けていようかなと思って」

「お菓子もそうだが、アリスティアは物作りが得意だったんだな。アリスティアの事は小さい頃《ころ》からよく知っているつもりだったが……気が付かなかった」

「え、えへへ。挑戦してみたら、意外と向いてたみたいです……」

前世の記憶《きおく》がなかったら、ハイパー不器用人間でしたともさ。とはいえ、今も他の事はてんでポンコツだけどね……運動音痴だし。

ランチも兼ねて訪《おとず》れた、フォルト様おすすめのカフェは、レトロでしっとりとした雰囲気があり、落ち着ける穴場スポットだそうだ。

ランチセットに付いてくるデザートを選ぶ際、フォルト様はいつも通り無表情なのに、どこか真剣な様子なのが感じ取れた私は、ついクスリと笑ってしまった。

「フォルト様って実はお好きですもんね、甘い物」

さっきのアップルパイといい、可愛いギャップだなぁ。そんな風に思いながらアイスティーを口に運んでいると、テーブルに片肘《かたひじ》をついて首を傾《かし》げているフォルト様が、目を細めてこちらを見つめている事に気が付いた。

あ、流石に年上をからかいすぎたかな？　もしかして、ちょっと怒ってたりする……？

「好きだよ。甘い物も、可愛いのも」

「んぐっ……⁉」

そんな甘い台詞《せりふ》を、私の方を真っすぐ見つめながら言わないでいただきたい……！　アイスティーでむせそうになったのを、ギリギリ堪《た》えた。変な意味はないないない。フォルト様はただ、甘い物と可愛い物が好きなだけ！

運ばれてきたデザートのショートケーキのイチゴは、なんだかすごく甘酸っぱく、キュンと感じた。

カフェを後にした私達《わたしたち》は、最後にストーン店へ向かった。天然石や宝石のグラム売りや、アクセサリーにした状態での販売《はんばい》もしているお店である。可愛らしいデザインのアクセサリーは見ているだけでも癒《いや》される。

「羽モチーフ、可愛い……」

鳥の羽モチーフのイヤリングに目が行った。華奢《きゃしゃ》なのにどこか存在感がある。緑色の小さな宝石が羽に埋《う》め込まれていて、風の魔法石にしたらピッタリだなと思った。宝石の純度も、明らかにいい。でも、ちょっと予算オーバーだ。庶民派学生令嬢《しょみんはれいじょう》（しかも前世の記憶で庶民さが更にアップした気がする）の私は、そっと戻した。

私が働いて得たお金じゃないから、お小遣《こづか》いがあるとはいえ、計画的に使わないとって思っちゃうんだよね……

「……って、違《ちが》う違う。私のじゃなくて、シェリとサラ用のやつを探さなきゃ」

練習用の物になってしまうけど、二人にも手作り魔石アクセサリーを渡《わた》したいのだ。その為には、彩度《さいど》の高い赤と青の石を厳選せねば。石選びに夢中になっていた私は、その姿をフォルト様がじっと見つめていた事に気付いていなかった。

「お忙しいのに、本当にありがとうございました。でも、折角《せっかく》のお休みを私に付き合わせてしまって……申し訳なかったです」

私は帰りの馬車に乗り込んでから、フォルト様に改めてそう告げた。

「俺《おれ》が言い出した事だし、気にするな。だが俺も強引に誘《さそ》ってしまった自覚はある。アリスティアには迷惑《めいわく》だったか？」

「いえっ、そんな！　私は今日一日すごく充実《じゅうじつ》してて、楽しかったです……！　沢山《たくさん》思い出が出来ましたし！」

「そうか……ならよかった。じゃあこれも、今日の思い出に加えてやってくれ」

「へ？」

フォルト様は服のポケットから小さな箱を取り出して、私の手のひらにポン、と置いた。

開けてみなと促《うなが》され、困惑《こんわく》しつつもラッピングを解いた。

「あ……私が見てたやつ……」

それは鳥の羽モチーフの、あのイヤリングだった。

「でも、これっ」

「ユーグの手伝いをしているから、その報酬《ほうしゅう》を結構もらってるんだ。でもそれを自分自身に使う必要が正直あまりなくてな」

確かに、公爵家《こうしゃくけ》なら必要な物は自分のお金を出さなくとも何でも揃《そろ》いそうだ。

「だからこれはアリスティアに贈《おく》らせてくれ。いつもシェリの為に頑張《がんば》ってくれている、俺からのご褒美《ほうび》」

「うぅ、じゃあ……お言葉に甘えます。ありがとう、ございます……」

「勿論《もちろん》、それについている石自体を、魔法石作りの練習に使ってくれても構わない」

アリスティアもいい宝石だなって思っていたんだろう？　と問われると、ぐうの音も出ない。なんで全部お見通しなのかな、この人。

「……絶対失敗しないようにします」

「やっぱり魔法石にするんだな」

目尻を少し下げて、可笑しそうに笑ったフォルト様は、カードで例えるならスペシャルスーパーレア。独《ひと》り占《じ》めしちゃってすみませんと、フォルト様ファンの皆様《みなさま》に頭の中で謝罪する。

……でも、今だけはその姿を、少しだけ独り占めしてもいいよね？

ほんわかとした温かい気持ちに満たされた私は、明日からの魔法石作りがもっと頑張れそうな気がしていた。

第二十一章　夏休みは大忙し

chapter. 21

夏季休暇《きゆうか》に入り、私は家に帰ってきた。久《ひさ》し振《ぶ》りの我《わ》が家《や》だ……！

「「おかえりアリス」」

母様とクリス兄様も、わざわざ玄関ホールで待っていてくれたようだった。

「ただいま、母様、クリス兄様。あれ？　父様はまだいないんだ？」

いつもの父様からのタックルが来ないので珍しいなと思ったら、タックルをかます張本人がいなかった。

「最近王宮で色々と忙しいみたいなのよ。今日はアリスが帰って来るから、絶対早く帰るって意気込んでたけど……」

「きっと夕食前には帰って来るよ。ほら、アリスは制服を着替《きか》えておいで」

「うん」

私の返事を聞くや否《いな》や、メイドがさっと私の後ろに現れた。おう、忍者《にんじゃ》かな……？

「お荷物は、既《すで》にお部屋の方に置かせていただきました。さ、お召替《めしか》えに参りましょう」

「……な、なんかすごい張り切ってない？」

私が後ろを振《ふ》り返って問いかけると、よく見知った顔のメイドは、カッと目を見開いた。

その圧に思わずたじろぐ私。こ、怖いんですけど……!?

「勿論ですっ！　この三ヶ月、お嬢様《じょうさま》を着飾《きかざ》らせる事がなくなり、メイド一同寂《さび》しくて寂しくて……」

「そ、そっかぁ……」

クッと歯を食いしばる姿にちょっと引きながら、ふわっとした相づちを打っておいた。

メイド達の手を借りて制服から部屋着のドレスに着替える。学園にいる時は、ほとんどが制服か自分一人でも着れる簡素化したドレスだったので、こうやって着るのを手伝ってもらうドレスが、早くも懐《なつ》かしく感じた。

ちなみに今日はメイド達のオススメを着る事に。というか、やる気いっぱいの皆《みな》におされて、お任せする流れになったのである。今日はもう家に居るだけなのに、張り切りっぷりが凄《すご》いのなんの。

胸元と袖《そで》にフリルをあしらった、オフオワイトの半そでブラウスに、光沢《こうたく》のあるワインレッドと、同系色のチェック柄《がら》を重ねたドレススカート。ブラウスとドレスのつなぎの部分は、ドレスと同色のコルセットベルトをして、後ろはリボンになっている。

髪の毛も久しぶりに緩くアップにしてもらった。前世の七月と比べるとカラッとしていて比較的《ひかくてき》楽だけど、やっぱり夏は暑いので。

身支度《みじたく》を終えると、すっかり侯爵令嬢《こうしやくれいじよう》らしくなった私が鏡に映っていた。

「はぁ……完璧《かんぺき》です、お嬢様」

「あ、ありがとう。私が完璧なんじゃなくて、メイドの皆の腕が完璧なんだけどね？」

「いいえ！　可愛《かわい》らしいお嬢様を見てると、創作意欲がどんどん湧《わ》くんです！　明日はどんな格好に致《いた》しましょうか……」

「え～と、明日もお任せでお願いしまーす……」

私はその気迫《きはく》に負けて、そう言って逃《に》げる様に部屋を出たのだった。

居間に行くと、お茶の準備がされており、私は椅子《いす》に腰を下ろす。アイスミルクティーを一口飲めば、やっとひと息つけた気がした。

「アリス、学園はどう？　すっかり慣れてきた？　水魔法《みずまほう》の練習は個別に隠《かく》れてやらなきゃだから、大変だったろう？」

「魔法は……最初の授業でちょっとやらかしちゃったけど、最近はそれの解決策も見つかったし、多分大丈夫！　水魔法はシェリと一緒に練習してるんだけど、強力な助《すけ》っ人《と》もいるから安心して」

私の濁《にご》した発言に、勘《かん》の良いクリス兄様がピクリと反応した。後で詳《くわ》しく教えてと言われそうである。

「強力な助っ人って？」

「フォルト様とユーグ殿下《でんか》」

「あ～……アリスとシェリーナ嬢《じょう》だから、お二人が率先《そっせん》して出てくるのか……」

クリス兄様は、なるほどな、と納得《なっとく》した様子である。母様はそんな私達のやり取りを、ニコニコしながらのんびりと聞いているようだった。

私が学園での出来事を色々と話していると、ドアの向こう側がなんだか騒《さわ》がしい。続けて、ドタバタとした忙《せわ》しない足音が段々と近付いてくる。え、侯爵家《こうしゃくけ》の廊下《ろうか》で全力疾走《しっそう》する人なんて、普通《ふつう》いないよね？　と思っている内に、バァーンと勢いよく居間の扉《とびら》が開いた。

「アリスゥゥゥ、おかえりぃぃぃぃっ！」

「ぐぇっ……ワ～、トウサマモ、オカエリナサイマセ～……」

毎度の事ながら上手《うま》く父様のタックルをかわせなかった私は、モゴモゴと棒読みの返事をした。

「貴方《あなた》、おかえりなさい。今日も忙しかったの？」

「そうなんだよ、聞いてくれるか？　もうやだ、リバーヘン帝国《ていこく》……残業させるから、嫌《きら》いになりそう……」

ん？　リバーヘン帝国って、ルネ様の出身国じゃない？

ぶつくさ言っている父様からようやく逃《のが》れた私は、話に耳を傾《かたむ》ける事にした。

「なんだか最近、リバーヘン帝国の方で揉《も》め事《ごと》が起きているって噂《うわさ》があってね。うちの国も一応昔リバーヘンと色々あったから、その情報収集とかで、全然関係ない部署の私が、宰相殿《さいしょうどの》直々に頼《たの》まれてな……通常業務に加えてやってるから忙しくて」

「父上、結局その揉め事って、何なのか分かったんですか？」

「うむ、どうやら王子二人の王位継承権《けいしょうけん》争いみたいだ。あそこの王子達は双子《ふたご》だから、まぁいずれ揉めるかもとは噂されてたんだがな。最近王子を取り囲む貴族が派閥《はばつ》に分かれ始めて、活発化してるようだ」

うわぁ……修羅場《しゅらば》だ……

ルネ様が、夏は忙しくてリバーヘンに帰るって話してたのは、これの件なのかなぁ……

と、ふと思った私である。

「リバーヘンの現国王は、まだ明確に決める時期ではないと仰《おっしゃ》っているらしいから、一部の貴族が先走っている感じだろうな。国王も頭が痛いだろうね……」

残業は許せないけれど、国王には同情するよ……と言いながら、父様はため息をついたのだった。

夕食まで時間があるので、皆に手作りお菓子を出せたらなと思い、私はキッチンへと移動してきた。もう少し詳しく近況《きんきょう》報告を、という事でクリス兄様も一緒《いっしょ》である。

「そんな事があったんだね……僕《ぼく》にも手紙で相談してくれればよかったのに」

「心配かけちゃうかなと思って……」

ぺしょりと項垂《うなだ》れていると、頭をぽむぽむと撫《な》でられた。

「ううん。自分でちゃんと解決策を見つけて、偉《えら》いよ。シェリーナ嬢を助ける回復アイテムも作ったなんて、本当にすごいと思う」

「えへへ」

「これがそのクッキー型なんだよね？　聖獣《せいじゅう》カーバンクルにも会っちゃうとか、アリスって強運の持ち主だったんだなぁ……」

いいなぁ、僕も見てみたいな~と、羨《うらや》ましそうに呟《つぶや》いているけれど、クッキー型を観察する目は至って真剣で、流石《さすが》は優秀《ゆうしゅう》な研究員であるクリス兄様だ。

ちょっと待てよ……？　これでまたクッキーを焼いたら、今度はここにも聖獣が現れたりするのかな……？　と、恐《おそ》ろしい可能性が頭を過《よぎ》った。

「？　どうかした？」

「ううん。えと、今日はこっちの、新作魔《ま》法石《ほうせき》アイテムを使ってお菓子作りをしようかなって！」

私はササッと新作魔法石アイテムを手に取り、笑って誤魔化《ごまか》した。

「新作っ？　どんな効果があるの？」

クリス兄様の目が、キラーンと光ったような気がする。

「泡《あわ》だて器《き》に、風の魔法石を埋め込んだだけだよ？」

生地《きじ》を混ぜたり、クリームを泡たてるのって、手が疲《つか》れるからハンドミキサー的なやつが欲しかったんだよね。前世のハンドミキサーをそのまま再現するには、私の知識が足りなかったので、あくまで簡易的な物である。

「使った魔法石は？　持続率の予想は立ててる？」

「ええと……攪拌《かくはん》機能……風によって生まれる回転魔法と、泡だて器が自立するように、浮《ふ》遊《ゆう》魔《ま》法《ほう》を。風量を変えられるようにするのは難しかったから、とりあえず一定の速さの回転が持続するようにした、かな？　どれくらい持つかは……ちょっとワカラナイデス」

「なるほどね。今日初めて使うのなら、データを取りながら使用していった方がいいと思うよ」

「は、はぁい……」

「大丈夫、今日は僕が代わりにデータを記録しておくから任せて？」

クリス兄様は、すちゃっと、どこからともなくメモ帳とペンを登場させた。

「こっちのガラスボウルも気になるところだね……！」

……明らかに声が弾《はず》んでいるような。普段《ふだん》は穏《おだ》やかなクリス兄様も、研究の事になると熱が入る。超強力助っ人《ちようきようりよくすけ》の下、私は久しぶりの実家のキッチンで、お菓子作りに勤《いそ》しんだ。

第二十二章 チャリティーバザーに参加します！

chapter. 22

ただいま夏季休暇真っ最中。外はいい天気だというのに、私は部屋で途方《とほう》に暮れていた。

「確実に作りすぎている気がする……」

机の上に置いたジュエリーボックスを開けて、溜《た》め息《いき》をつく。この中には、小さな天然石から出来た魔法石がぎっしりと詰まっていた。休暇中という事もあって、魔法石の練習に精を出した結果が、これである。

「うぅ～……なるべくアクセサリーとかにはしてるけど、さすがに消費しきれなくなってきちゃった……」

しかも、ついさっきまでフォルト様との外出の際に購入した石で魔石《ませき》を作っていたから、机の上は沢山の石でキラッキラになっていた。一つはシェリ用に、水属性魔法の強化が出来るもの。もう一つは火属性魔法の魔力操作が出来るもので、それはサラにあげるつもりだ。

魔石は魔法石と少しだけ作り方が異なり、自分の属性の魔力《まりょく》を注ぐ事にだけ集中すればいい。石に魔力を込める事にだけはセンスがある私にとっては簡単な部類に入るので、シェリ用の光魔法回復魔法石作りの研究の息抜きに、ちょうどよかったりするのだ。今日はこれを、ネックレスに加工する所までやろうと思っている。

「……リス。アリス？」

「はひょっ⁉　えっ、母様と……シェリ⁉」

「もう、アリスったら私達が部屋に入って来た事にも気が付かなかったの？　シェリちゃんが来たってメイドの子が声を掛《か》けたのに、部屋から返事がなかったって言うから、そのまま本人を連れてきちゃったわよ？」

ビックリして振り返った私の前には、ニッコリ笑った母様と、困ったように微笑《ほほえ》んだシェリの姿があった。

「私、シェリと今日、約束してたっけ？　ご、ごめん、魔石作りに夢中で何にも準備してなかった……！」

「違うのよ。私が数時間前にお伺《うかが》いしたい旨《むね》を伝えて、急遽《きゅうきょ》お邪魔《じゃま》しちゃったの。体調が落ち着いている今日なら、アリスのお家《うち》の方にも日々のお礼を伝えられるんじゃないかなと思ったら、つい……」

「うちはいつでもウェルカムよ～！　こちらこそ、いつもアリスがお世話になっているじゃない。それにシェリちゃんの体調がよくなるのが私達マーク家の願いでもあるのよ？　うちにももっと頼ってちょうだいな」

「私の方がいつもアリスを頼りにしています。はい、本当にありがとうございます……両親にも伝えておきます」

私抜《ぬ》きで進んでいる母様とシェリの会話に、慌てて割って入った。

「いやいや！　私の方がシェリに頼りっきりだよ!?　水魔法の特訓にも付き合ってもらってるし、それ以外の勉強も教えてもらってるおかげで、授業にもついていけてるし……」

「ふふ、二人とも学園で仲良く助け合って過ごしているのね。安心したわ。じゃあ、アリスの部屋にお茶とお菓子を持ってくるように伝えておくわ、ゆっくりしていって」

母様はそう言って微笑むと、部屋から出て行った。シェリは私の机に広げられた魔石や、ジュエリーボックスの魔法石を見て、少し驚《おどろ》いていた。

「アリス、凄《すご》い量ね。もしかしてジュエリーボックスに入っている方は魔法石なの？」

「そうだよ？　安価な天然石から作った魔法石だから、一つ一つの効果は微々《びび》たるものなんだけど、とにかく数が増えちゃってね……」

シェリは、何を思ったのか、まだ魔法石をまじまじと見つめていた。

「ねぇ、アリス……急だけど、今週末にあるチャリティーバザーに参加してみない？」

「チャリティーバザー？　それってもしかして、シェリが慈善《じぜん》活動で定期的に通ってる教会で、毎年やっているやつの事？」

「そう。バザーの枠《わく》に今年は空きが出来てしまったって、この前教会に行った時にたまたま聞いたのよ。アリスがよければだけど、その魔法石をバザーに出してみない？」

「勿論いいよ！　私が持ってても、見ての通り使い切れてないし。チャリティーバザーなら、売り上げが教会とか孤児院《こじいん》にまわるんでしょ？　それってすごくいい使い道だと思う……！　シェリ、ナイス提案っ！」

「どうやって販売しようかしらね？　商品や金額設定も考えなきゃだわ」

「折角だし、魔法石を少し加工して出したいなぁ……あ、じゃあさ？　お守りって形で販売したらどうかな？　私、防御魔法で魔法石を作る練習をする事が多くて、かなりの数があるの。色んな色で試《ため》したから、カラーバリエーションも豊富だよっ！」

グッドサインでちょっとドヤる私。四属性持ちが故の、お得な特典なのである。

「お守り！　教会らしくてすごくいいと思うわ。じゃあ、小さな巾着袋《きんちゃくぶくろ》を作って、買ってくれた人にはそれに入れて渡してあげたらどうかしら」

「うわ〜、それいいね！　可愛い布の端《はぎ》切れで色んなのを作ろ！　そうだ、糸を編んで作れるブレスレットもあるから、それなら簡単だしいくつか出来るよ？」

私の提案にシェリは、ぱんっと手を叩《たた》いてニッコリ笑った。

「私にもその組み紐《ひも》ブレスレットの作り方、教えてくれる？　あ……そうだわ、どうせならサラも巻き込んじゃいましょうか？　私の家で泊《とま》りがけで皆で作業したら、きっとバザーに間に合うと思うわ」

そうと決まったら善は急げだ。今日は軽くお茶をしながら、シェリの家に持っていく物や準備する物を大方決めた。母様からもお泊りの許可を早い内にもらって、明後日からシェリの家にお邪魔する事になったのだった。


「なぁ、なんでそんなに上手く縫《ぬ》えるんだ……？　尊敬する……」

「淑女《しゅくじょ》の嗜《たしな》みってやつかしら……？　人より少し慣れているだけよ」

シェリはそう言って謙遜《けんそん》しているけど、スピードがありつつも丁寧なその縫い方、プロ並みです。

「私は何度針が指に刺《さ》さったか分からん……」

人差し指を咥《くわ》えながら嘆《なげ》いているサラに、組み紐の提案をしてみたら、意外や意外。すぐに慣れてハマっていった。うん、単純作業にも向き不向きってあるよね。

作業のキリが良くなったところで、私は二人に作ってきたとある物を渡す事にした。

「あのね、これ、二人にプレゼント。いい品質でお手頃《てごろ》な石があったから、魔石ネックレスにしてみたの。サラのは火魔法を細かく調整出来る魔力操作の効果で、シェリのは水属性強化の効果が入ってるんだ」

皆でお揃いなの、と私は自分の分も二人に見せた。私は今回黄色の石を選んだので、土属性強化の効果を入れたのだ。

石は可愛らしく花の形にカットしてもらった。小さな葉っぱの金属パーツを石の両側につければ、バラっぽくて可愛いネックレスの完成である。

実はサラには、私の四属性持ちの話をこっそり打ち明けていた。私が水属性の魔石や魔法石を大量に持ってるのを、上手く言い訳出来なかった……というのもある。話した時はかなり驚かれたけど、サラ的には色々と思い当たる節があったらしい（多分授業の時の杖《つえ》暴発事件だと思う）。学園でばれないように協力すると言ってくれて、心強い味方が増えたなと、安心したのだった。

「こんなに可愛いのに魔石なの⁉　嬉《うれ》しいわ、ありがとうアリス！」

「普通に店で売ってるアクセサリーと遜色《そんしょく》ないいんじゃないか？　魔力操作の魔石って便利だし、有難《ありがた》いな」

バザーが無事に終わったら、お揃いのネックレスを付けて観光しようねと約束し、みんなで笑い合ったのだった。

当日はあいにくの曇《くも》り空《ぞら》だったけど、夜まで雨は降らずに、持ちこたえてくれそうだ。魔法石を販売するという事もあり、身元が分かりやすいように今日は学園の制服を着ている。


「よーし、いっちょ頑張るか！」

サラは隣《となり》で、あくびを一つしてから、うーんと伸《の》びをした。

「昨日もついつい夜遅《よるおそ》くまで頑張っちゃったから、眠《ねむ》たいよねぇ」

あと少しだけって思うと、ついつい手が進んで終わりが見えなくなってしまうのは、作業あるあるだ。私は、たはは……と笑った。でも不思議と目は冴《さ》えていて、胸の中で高揚《こうよう》感がずっと続いている感じだ。

割り当てられたスペースに魔法石グッズを並べ終わった頃。教会のベルの音が軽《かろ》やかに鳴り響《ひび》き、チャリティーバザーの始まりを告げた。

「おはようございます。ゆっくり見て行ってくださいね」

「ありがとう。わぁ……こんなに可愛く加工された魔法石なのに、安いのね……！　どれにしようかしら……迷っちゃう！　こういうのが欲しかったのよ」

赤ちゃんをおんぶした女性は、並べた品を一つずつ丁寧に見ながらも、興奮気味にそう語った。

「こういうの、ですか？」

「市場に出回る魔法石は、やっぱり少しお値段が張るでしょう？　魔法石は消耗品《しょうもうひん》だし、そうなると生活に必要な魔法石の方を、優先的に買う事になるから……自分の為の魔法石を持った事がなくて。このお値段なら子供に持たせてあげる分も購入できるわ。本当に嬉しい。ありがとう」

女性の笑顔《えがお》につられて、私達も満面の笑み《え》を返した。女性はご近所の人にも広めておくと言ってくれたので、口コミが広がると嬉しいなぁ。

その後も、客足は途絶《とだ》えなかった。小さな子がお小遣いを握《にぎ》りしめて、自分のお気に入りの石を目をキラキラさせながら探す姿には、とてもほっこりした。

お昼休憩《きゅうけい》を挟《はさ》んで、午後の部がスタートする。開始の合図とともに、男性二人が近づいてきた。一人はフードを深く被《かぶ》り、目元が隠されていたけれど、何となく高貴な雰囲気が滲《にじ》み出ている。後ろに控《ひか》えている人はここの教会の神父様なので、もしかしたら貴族の人の案内をしているのかもしれない。

「よかったらお手に取ってみてくださいね」

私が声を掛けると、フードの男性はありがとう、と言って、魔法石を一つ手に取った。

「ほう……！　これほどの小さな粒《つぶ》の天然石に、こんな器用に魔法を落とし込められるとは……」

「あ、ありがとうございます！　魔力コントロールの練習も兼ねて作ったものなんです」

「……この数を、君がかい？　すごいな……魔法石は、大きくも小さくもない、よくあるサイズの方が魔力量を調整しやすくて楽に出来るのは知っているだろう？　それなのに、あえて小さな天然石で鍛錬《たんれん》を積んだとは……」

……杖を暴発させた前科のあるポンコツなので、その方がコスパもいいと思ったからです、とは言えなかった。

「魔法石を見たところ、かなりの腕前《うでまえ》のようだ。学生の君が作ったというのは本当に驚いたな」

「でも、こうやってバザーに出せたのは、ここにいる友人二人のおかげなんです。可愛い巾着《きんちゃく》を作ってくれたり、組み紐を編んでくれたり……」

「そうか、皆で協力して作ったのだな。うむ。平民でも防御《ぼうぎょ》の魔法石を持って、安全に過ごせるようにお守りにするとは……君達の優《やさ》しさが詰《つ》まっておるな。アリスティア嬢、シエリーナ嬢、サラ嬢。学園でもこの調子で頑張りなさい」

「えっ!?」

不意に名指しで呼ばれてビックリした。

「私達の事、ご存じなんですか……？」

「まぁ、神殿《しんでん》で話題になるくらいにはね」

その人はフードをほんの少しだけ上げた。そこから現れた顔に、私達はギョッとする。

「神殿ちょ……！」

神殿長は、しー、と口元に指をあてて微笑んだ。私達は言いかけた言葉を飲《の》み込《こ》んで、コクコクと頷《うなず》いた。

「属性検査の時は、大変お世話になりました……！　ありがとうございましたっ」

私が小声でお礼を告げて深くお辞儀《じぎ》をすると、「元気そうでよかったよ」と優しい声が降って来た。

「今日はこの通りお忍《しの》びでな。では、また」

「大物すぎるだろ……」

神殿長が見えなくなってから、サラがポツリと呟いた。いや、ほんとに。

チャリティーバザーは、大盛況《だいせいきょう》で幕を閉じた。神父様には「ぜひ次回も出店してほしい！」と力強く懇願《こんがん》されてしまったのだった。その必死さにちょっと驚いて、私達は揃って目を見合わせたのだけど、またお願いします、と言って笑ったのだった。

第二十三章　アイスココアと夏の夜

chapter. 23

「じゃあ、お疲れ様《さま》でした～！」

私の掛け声に続いて、お疲れ様、とサラとシェリもグラスを傾けた。カルセルク家に帰ってきてから、夕食とお風呂《ふろ》を済ませて、シェリの部屋で女子会のスタートだ。

「初めての参加だったけど、準備していた分は全部売れたし、大成功だよね」

「文句なしの大成功よ。まさか神殿長がお忍びでいらっしゃるとは思わなかったけど……」

「それな？　神殿のトップが教会のチャリティーバザーを見に来るなんて、珍《めずら》しすぎだろ」

「だよね。シェリはユーグ殿下から、事前に聞いてたりしなかったの？」

「何も聞いてないわ。ユーグ様とは二週間くらいお会いできてないし……」

「だから体調はよさそうなのに、たまに元気がなかったのか？　昨日作ってたお守《まも》り袋《ぶくろ》、渡せるといいな」

「な、なんで分かったの⁉」

「一つだけヤケに力を入れてるなと思って。よく見たら殿下の目の色で刺繍《ししゅう》もしてたし」

「サラって意外と観察力があるよね……」

「もうっ、私の事よりサラはどうなのっ？　いつも騎士《きし》志望の方と一緒に練習してるでしょう？　気になる人とかはいないの？」

「学園の騎士志望の奴《やつ》らねぇ……」

サラはチラリと私とシェリを見つめると、フッと笑った。え、何その達観した表情。

「別に、自分より強い奴を好きになる気はあんまりしないな。憧《あこが》れはするだろうけど。そもそも自分自身が強くなって、守る側になりたいから」

「そういうカッコイイ事を言うから、サラは女子にモテモテなんだよ……？」

私の言葉に、シェリもうんうんと激しく頷いた。

「……ねぇ、そういえばアリス、休暇前にフォルトお兄様とどこかに行ったらしいわね？」

「ふぐっ⁉　なななななんの事でしょう……⁉」

やばい。アイスティー、ちょっと吹《ふ》いちゃったよ。

ほほぅ……？　と、サラの視線がこちらをロックオンしてきた。

「なぁ、最近思ってたんだけど、アリスってカルセルク様と仲良いよな？　前よりも距離《きょり》が近い気がするし。どういう関係なんだ？」

「んぇっ⁉　いやいや、妹の幼なじみっていうよしみで、気にかけてもらってるだけだよ⁉」

私は慌《あわ》ててブンブンと首を横に振った。シェリからも何故《なぜ》か生温《なまぬる》い視線を感じるけど、ここはスルーさせていただく……！

「おっ、おかわり取ってきまーす！」

二人からの追及《ついきゅう》に耐《た》えられず、私は逃げるように部屋を飛び出した。

「危ない……なんか色々と吐《は》かされそうだった……」

いそいそと、人様のお家のキッチンでアイスティーのおかわりの準備をする。普通の令嬢なら自分でそんな事はしないと思うけど、夜遅くにわざわざメイドを呼んでお仕事を頼むのは、庶民の血が騒いでちょっと気が引けるのだ……。

フワフワと、動く度《たび》にシフォン素材を重ねた寝間着《ねまき》の裾《すそ》が揺《ゆ》れる。私はシェルピンク色の寝間着に、ホワイトのショールを肩《かた》に掛けていた。女子会なので、今日は女子力高めの格好なのだ。

グラスに紅茶を注ぐと、氷がカランと小さな音を立てた。シロップを入れてマドラーでクルクルと回し、仕上げに輪切りのレモンを添《そ》える。やっぱり夏はサッパリしたものをついつい チョイスしがちかも。

「あ。でも、アイスココアも意外といいかもなぁ……」

ふむ、牛乳を拝借しようかな……と思案していると、カチャ、と後ろから扉が開く音がした。

私が誰《だれ》だろうと振り向くと、ちょうどフォルト様が入ってきた所だった。フォルト様は私の姿を視界に入れると、少し驚いた顔をしていた。

自分の家のキッチンに他所《よそ》の令嬢がいたら、そりゃビックリしますよね……すみません。

「アリスティア？」

「あ……フォルト様、お帰りなさい」

ここ数日カルセルク家にお邪魔してたけど、フォルト様は夏季休暇中も忙《いそが》しいようで、顔を合わせる事がなかった。今日も殿下の公務のお手伝いで、帰りが遅《おそ》かったのかな。労《ねぎら》いも込めて、私はフォルト様にニコッと笑いかけた。フォルト様はなぜか少し嬉しそうに笑って、一言返してくれる。

「ただいま」

私の笑顔なんて確実に敵《かな》わないレベルの微笑みに、私は思わずピシッと固まった。たたたただいま……!? いや、フォルト様にとっては実家だから、ただいまで合ってるけど……！

「すみません、間違《まちが》えましたっ！ お、お邪魔してますっ……」

自分の家じゃないのにお帰りなさいとか、何を口走ってるんだ。慌てて訂正《ていせい》するけれど、手にはよそ様の家の牛乳瓶《ぎゅうにゅうびん》を抱《かか》えていて、人の家に無駄《むだ》に馴染《なじ》みすぎている。

「いや、全然構わないんだが……」

まじまじと見つめられ、私が何だろうとキョトンとしていると、フォルト様は自分の服をトンと指して、ニコリとした。

「可愛い格好のアリスティアに言ってもらうと、疲れも吹き飛ぶな？」

「うぁ」

……じ、自分の格好の事、すっかり忘れてた……！

「でも、そんな薄着《うすぎ》でフラフラしないように」

そう言うと、私の肩からズレていたショールをフワッと掛け直してくれた。

「はい……」

先日のデート的なお出掛《でか》けがあってからの今日だという事に気づいた私は、ちょっぴり緊張《きんちょう》する。うっかりすると、この美形さんは突然《とつぜん》キュンとさせてくるんだもの。

牛乳瓶を抱えていた私は、フォルト様からのリクエストでアイスココアを作る事になった。甘《あま》い物好きのフォルト様らしくて、なんかホッコリする。

「あ。フォルト様、肩が少し濡《ぬ》れてます」

そういえば、夕食後辺りから、雨が降り始めてたんだっけ。タオルを持ってこようとしたら、大丈夫《だいじょうぶ》だと止められた。

「玄関《げんかん》で粗方《あらかた》拭《ふ》いたつもりだったが、拭《ふ》きが甘かったようだな」

そう言って上着を脱《ぬ》いだフォルト様に、完成したアイスココアを渡《わた》したその時。私の後ろの窓ガラスが、レースカーテン越《ご》しにピカッと激しく光った。それから間髪《かんはつ》を容《い》れずに、大きな雷《かみなり》音が鳴り響いたのだ。

「っ、きゃ⁉︎」

「近くに落ちたみたいだな……アリスティア、大丈夫か？」

フォルト様が心配そうに、ショールを巻き付けてぷるぷる震《ふる》えている私を覗《のぞ》き込んだ。

「あ、あんまり大丈夫じゃないかもです……雷っ、苦手でして……」

「だと思った」

フォルト様はグラスをテーブルに置くと、私をショールごとふんわりと抱《だ》き締《し》めた。

「へ⁉︎」

「風が強いから、雷雲《らいうん》もすぐに通り過ぎると思う。落ち着くまでこうしておく」

フォルト様の腕《うで》の中にすっぽりと収まってしまった私は、目をぱちぱちさせながら突然の展開にしばしポカンとしていた。

いやいや……ショック療法的《りょうほうてき》なあれで、雷の怖《こわ》さもどっかにいっちゃいましたけど⁉

冷静に考え始めたら、この状況《じょうきょう》に段々と落ち着かなくなってきた。ダッテ、ワタシ、ダキシメラレテル⁉

「も、もう大丈夫ですっ！　アイスティーも、氷が溶《と》けない内に部屋へ持って行かなきゃですし！」

「そうか？」

フォルト様は、私の背中に回していた腕をそっと解いた。密着していた身体がゆっくりと離《はな》れていく。

「はいっ、ありがとうございました……！」

「ん。こちらこそ、ご馳走様《ちそうさま》」

上着とココアのグラスを持ったフォルト様がパタンと扉を閉めてから、私は「うぁぁぁ～……」と小さく呻《うめ》き声をあげながらしゃがみ込んだ。あんな距離感で、緊張しない方がおかしいって。でも、優しく包み込まれている感覚に、ほわりと安心して力が抜けそうになったのも確かで。

「雷なんか怖くなくなっちゃったよ……」

夏の夜と私の頬《ほお》は、火照《ほて》りが一向に引いてはくれないようである。

第二十四章　それは突然に

chapter. 24

昨夜の激しい雷雨《らいう》は一体どこへやら。ちょっと暑いけれど、カラリと晴れてよかった。休暇中《きゅうか》なので、今日は皆《みな》ご令嬢《れいじょう》スタイルである。制服を着なれていると、ドレスがいかに動き辛《づら》いかを実感してしまう。

早めのランチを済ませた私達《わたしたち》は、アンジェリッカ通りを巡《めぐ》りながら、のんびりショッピングをする事にした。ブティックや、可愛い小物雑貨店などを見て回る。サラは実家にお土産《みやげ》を購入《こうにゅう》していた。

「あ、可愛いバレッタがいっぱい売ってる……」

とあるアクセサリー店で、私はバレッタのコーナーを眺《なが》める。デザインも多種多様で、シンプルだけど手が込んでいて可愛い。どれどれ、と二人も手に取って眺め始めた。

「そうだ。これ、今日の思い出にお揃《そろ》いで買わない？　お値段も控えめだし……どうかしら？」

「いいな。派手じゃないから学園でも付けていられるし。折角《せっかく》なら天然石の付いてるやつにしないか？　魔法石が上手く作れるようになったら、自分達でこれにも魔力を込めたらいいいと思うんだ」

「サラ天才っ……！　魔法石学の勉強にも更《さら》に力が入っていいと思う！」

サラの提案を採用し、私が黄色、シェリが青色、サラが赤色の天然石が付いた物を選んだのだった。あ、サラはちゃんと、髪《かみ》の色に被らないような色味の石にしていたよ。

「さてと……一通り巡った事だし、迎《むか》えの馬車が来るまで、広場でちょっと休憩しましょうか」

アンジェリッカ通りを抜けた先には、大きな広場があり、休憩スポットとしても割と有名だ。ベンチも沢山《たくさん》あるし、時計台もあるから待ち合わせにも便利なんだよね。

私達は広場内にあるフードスタンドで購入したテイクアウトのドリンクを片手に、ベンチに座《すわ》ってお喋《しゃべ》りをしていた。

その時だ。

……ボォォォォ…………

何処《どこ》からか地鳴りのような……お腹《なか》に響く、低くて鈍《にぶ》い音が聞こえた。

「何の音だろう……？」

私達はベンチから立ち上がって、周囲を見渡《みわた》す。

すると突然、広場のちょうど真ん中の辺りに、黒く光る大きな魔法陣《まほうじん》が出現した。あれは何だ、と言う声があちらこちらから聞こえてくる。

私はその禍々《まがまが》しい魔法陣を見て、何だかやけに胸騒《むなさわ》ぎがした。

「ね、何か……あの魔法陣、嫌《いや》な感じがする……」

私が不安気に言うと、じっと観察していたサラがハッとする。

「……っ皆、離れた方がいい！」

「皆さん、危険です！　魔法陣から離れてくださいっ！」

サラの厳しい声色《こわいろ》を聞いたシェリは、周囲にいる人達にそう声をかけて、離れるよう促《うなが》す。

得体の知れない魔法陣を見た人々は皆、戦々恐々《せんせんきょうきょう》の様子で、魔法陣から慌てて離れていく。夏季休暇の時期だからか広場内は人が多く、混乱も相まって避難《ひなん》には時間がかかっていた。

「…………グルァァァッ！！！」

魔法陣から出現したのは、まだ教科書でしか見た事のない、魔獣《まじゅう》だった。

全身が黒く、濃《こ》い紫色《むらさきいろ》の様な障気《しょうき》を身体全体から漂《ただよ》わせている。魔獣は様々な形をしていると聞くが、現れたのは虎《とら》のような個体であった。目つきは鋭《するど》く、光のない濁《にご》った目でこちらを睨《にら》んでいる。

少し離れた所から、風に乗って人々の悲鳴が聞こえてくる。幸か不幸か、魔獣の近くで対峙《たいじ》しているのは私とサラだけになっていた。しかもサラは、私を魔獣から隠《かく》すようにして、前に立ってくれている。

「サラ……」

「くそっ……こんな時に剣《けん》がないなんて……」

ドレスで来るんじゃなかったな、とサラが杖を魔獣に向けながらボヤく。その後ろで私は、防衛本能からか無意識に、胸元《むなもと》に付けていた魔石ネックレスへと手を伸ばしていた。

「……ここは、先手必勝？」

私はポツリと呟く。迷ってる暇《ひま》なんて……ないのかも。

「……アリス？」

街中を、魔獣の好きにはさせない。

私は片手で杖を構えてサラの後ろから素早《すばや》く前に出ると、もう片方の手でネックレスの魔石に触《ふ》れた。杖での魔法がポンコツ威力《いりょく》なら、強化の効果がある魔石で、土魔法を強化する……！

獣相手ならスピード勝負……私は魔獣へと、スッと目線を定めた。

「アリス、一体何を……っ⁉」

隣でサラが息を呑《の》んだ音が聞こえた気がしたが、私はもう、魔獣から瞳《ひとみ》を逸《そ》らさなかった。

不思議と、私の視界はいつもよりも鮮明《せんめい》だったんだ。

『汝《なんじ》、我の言霊《ことだま》となりて、魔法を紡《つむ》がん』

『築きあげろ　土壁職人《アースウォールマン》』

パァッと地面が光りながら魔獣の四方を囲う。強度のありそうな土壁が、一気に魔獣を覆《おお》ったかと思うと、瞬《また》く間《ま》に魔獣を閉《と》じ込めた。中から魔獣の激しい叫《さけ》び声が聞こえてくる。

「……あれ？　なんか……思ってたよりも強力な土壁が出来たような……？」

それに土壁魔法《つちかべまほう》って、こんなにきっちりと囲ってくれるんだっけ？

土壁職人という土魔法は、自分に近づく対象者や物と隔《へだ》たりを作ってくれる物でもあり、初級レベルならせいぜい一枚壁《かべ》が出来ればいい方なのだ。土から出来る魔法なので、耐久性《たいきゅうせい》もそんなにないって、教科書に書いてあったと思う。そう考えると、強化の効果ってすごいんだなぁ……

「とりあえずこれで少しは時間稼《かせ》ぎが出来たはず、だよね？」

私がサラの方へと振《ふ》り向けば、唖然《あぜん》としていたサラが復活し、両肩《りょうかた》をぐわしと掴《つか》まれた。

「っ、アリス！　さっきアリスの目が……それに魔石の発動の時……って、色々聞きたい事はあるんだが、緊急《きんきゅう》事態だから仕方ないよな……とりあえず、アリスの判断のおかげで助かったよ」

そう言ってサラが、私の肩を揺すっていた手を離してくれたので、ひとまずホッとする。もうちょっと続けられていたら、うぷっとなりそうだった。

「でも、どうしよう……あの壁を壊《こわ》されるのも、時間の問題だと思うの」

何せ強化をしたにはしたけど、元はただの土だ。中から突進《とっしん》でも繰《く》り返されたら絶対に突《つ》き破《やぶ》って出てきちゃう。とにかく魔獣自体を戦闘《せんとう》不能にさせないと……

「こうなったら、火魔法《まほう》で思いっきり魔獣を焼き払《はら》うか……？」

「で、でも、街中で強い火力を出したら、飛び火しちゃう危険もあるんじゃない？」

それに、いくら魔獣といえど、生き物が苦しむ姿を見るのも心苦しいし……落ち着いて考えろ、私。

「騎士様たちの応援《おうえん》が来るまで、魔獣のトドメをさせなくても、せめて仮死状態とかに……ん、仮死？」

なら凍《こお》らせたら……？

「……そっか、氷魔法で仮死状態にしちゃえばいいんだ……！」

その為《ため》にも、一瞬《いっしゅん》だけでもいいから魔獣の視界を奪《うば》えればいい。ふむ……と少し思案してから、私はサラに問い掛けた。

「……サラって火魔法のさ、高火力のまま火を細く絞《しぼ》って、対象物に当てる魔法を使った事ある？」

「え？　試した事があるにはあるが……難しくて成功した事がないんだよな……」

「そっか……あっ！　じゃあさ、私が渡した魔石ネックレスで、その魔法の補助が出来ないかな⁉」

偶然《ぐうぜん》にも私がサラにあげたネックレスに付いている魔石は、火魔法を細かく調整しやすくなるという、魔力操作補助の魔石だ。

「なるほどな……！　威力をそのままに火の大きさだけを絞って……それを魔獣の目に当てればいいんだな？」

「うん！　サラの強い火魔法なら、片目だけでも当たれば、暴走した魔獣でもきっと動きが止まると思うんだ」

私はグッと目の前で拳《こぶし》を作る。一人じゃ出来なくても、三人の力でやれば成功する可能性があるはず。

「よし、アリスの言う通りにやってみるよ。で、肝心《かんじん》の氷魔法の方はどうするんだ？　氷って事は……シェリの出番か？」

「うん……あれっ、そういえばシェリは⁉」

私が慌てて周りを見渡すと、広場の入り口から小走りでこちらへ戻って来るシェリの姿が見えた。

「アリスっ、サラっ……！　大丈夫⁉　怪我はない⁉」

心配そうに駆《か》け寄ってきたシェリに、私達は力強く頷《うなず》いた。

「もう、さっきは肝《きも》が冷えたんだから……でも魔獣を足止めしてくれてありがとう。おかげで広場に居た人達の避難は出来たわ。それから、街の人に騎士様へ連絡するように頼んできたの。王宮騎士団なら、きっとすぐに駆け付けてくれるはずよ」

「そこまで頭が回らなかったな……ありがとうシェリ」

感謝の言葉を告げるサラに、私も同意するようにコクコクと頷いた。

「あのねっ、シェリにもう一つだけお願いがあるの……！　土壁が壊れて魔獣が動こうとする前に、サラが火魔法で魔獣の動きを止めるから、その隙にシェリの氷魔法で魔獣を凍らせてほしくて……！」

土壁が破壊されるまでの時間が迫る中、私はなるべく簡潔《かんけつ》にこの作戦の説明をする。頭の回転が速いシェリは、すぐに理解してくれたけれど、不安そうな表情を浮かべた。

「わ、私が氷魔法で……？　アリスから貰った魔石《ませき》を使って強化したとしても、本当に私がそんな大役を務める事が出来るかしら……」

シェリの不安を打ち消してあげたくて、私は敢《あ》えて普段《ふだん》通りの、へにゃりとした顔を浮かべた。

「大丈夫、光魔法だって使えるようになったシェリなら、絶対出来るよ。渡した魔石で、思いっきり強化しちゃっていいしねっ！」

決めておいた配置に先についていたサラから、焦《あせ》った声が聞こえてくる。

「……っアリス、もう時間がなさそうだ！　魔法を発動させるぞ！」

「うん！　お願いします！」

私とシェリは頷き合ってから、各々の配置に向かって走り出した。予測不能な動きをするかもしれない魔獣に対応できるように、わざと散らばって、魔獣を三点で囲《かこ》い込む形にしたのだ。

サラは、あと数秒で壊れるであろう亀裂《きれつ》の入った土壁を見据《みす》えた。土壁が激しい音を立てながら壊れていく。

「こっちだ！」

魔獣がサラの声に反応して目を向けたのとほぼ同時に、サラは勢いよく魔法を発動させた。

『標的《ターゲット》、狙いを定めよ《ロックオン》　撃ち込め業火弾《ヘルファイヤー》』

サラの魔法強化された火魔法。それを私の魔石の効果で、火力調整をする。その細いながらも激しい火の弾丸《だんがん》は、見事に魔獣の目だけをピンポイントで襲《おそ》った。

「グガァァッ!?」

魔獣は視界を奪われて、一瞬《いっしゅん》怯《ひる》んだ。

「今っ！」

私の掛《か》け声で、サラは魔法を断《た》ち切った。その掛け声に重なるように、シェリが氷魔法を唱えて追い討《う》ちをかける。

『急速せよ《ブレスト》！　凍結のベール《フローズン・ベール》』

パキン、パキンと音を立てて、魔獣は瞬く間に生きたまま、まるで彫刻《ちょうこく》のように氷漬《づ》けになったのだった。

「……シェリ、すごいっ！　サラも……大成功だよー！」

二人ともかっこよすぎるっ……！　私が一人興奮しながらパチパチと拍手《はくしゅ》をしていると、突如《とつじょ》横に、人がシュンッと現れた。

「ひょっ⁉」

ちょっと気を抜《ぬ》いていたので、物凄《ものすご》くビックリして変な声が出た。この世界、忍者《にんじゃ》意識高い人が多くないですか……？

「おいおい……こんな目立つ所でご令嬢が暴れてちゃ、噂《うわさ》になんぜ？」

私が驚《おどろ》きながらもチラリと見たその人は、パッと見、全身真っ黒だった。けれど着ている物は、見ただけでも上等な物だと分かる。

何というか……騎士服のマントをやめてフードを付けてカジュアルに、なるべく身軽にしました、みたいな格好だ。服には見る限り、金属の装飾《そうしょく》が一切《いっさい》付いていない。

頭に被っているフードが大きくて、目元がこちらからよく見えなかった。

だけど一瞬、風が吹いて、フードの隙間《すきま》から見えたその目は……

「オッドアイ……」

片目が金色であった。あれ？　私、この人の事を知ってるような気がする……？

「ったく、王宮騎士団《きしだん》も来るのがおせぇよなぁ……」

その人はぶつくさ言いながら、凍った魔獣を指差して、気怠《けだる》げに魔法を唱えた。

『闇夜《やみよ》に問え　審判の監獄《ジャッジメントプリズン》』

闇《やみ》の捕縛《ほばく》魔法《まほう》で、魔獣はあっという間に檻《おり》に囲まれた。この暑さじゃ厚い氷でも、もしかしたら溶けるのが少し早いかなと心配だったから有難い。

「おぉ……ありがとうございます」

ほわ～っと、隣で感心しながらお礼を言う私に、その人は心底呆《あき》れた様子である。

「あのさぁ。キミ、得体も知れない奴に、簡単にお礼なんか言わねぇ方がいいと思うけど？」

そう言われて、距離を縮められたかと思うと、クイッと顎《あご》に指をかけられた。

「闇魔法《やみまほう》を使う奴はな、大抵《たいてい》が要注意人物なんだぜ？」

でもなぁ……そんな風に怖がらせてきたって、もう分かっちゃったんだもの。

私は八の字眉《まゆ》の困った顔をして、ぽそっと呟《つぶや》く。

「だって、貴方《あなた》はニャーさん。だから大丈夫ですよね？」

猫《ねこ》みたいな金目のオッドアイですし、と私は笑って、自分の目を指差したのだった。

私の言葉があまりにも衝撃的《しょうげきてき》だったのか、ニャーさんはピシリと固まった。

「あ、自己紹介《しょうかい》をしてなかったですよね。初めまして、アリスティア・マークです」

ぺこりとお辞儀をする私を見て、ハッと起動し始めるニャーさんである。

「えっ、ちょ、何キミ。いや、前も思ったけど変なとこ勘《かん》が鋭くね⁉」

「どちらかと言うと、鈍いって言われる方が多いんですけどね……？」

「アリスっ！　その人は……ってあら、貴方は……」

慌てて駆け寄ってきたシェリは、ニャーさんを見ると、ポカンとした。

「うわっ、シェリーナ嬢《じょう》待って⁉　色々ややこしくなるんでっ！　ここではちょっと黙《だま》っといてください！」

「シェリとニャーさんって知り合いだったの？」

んん？　と私が疑問に思っていると、アワアワとしたニャーさんの後ろに、いつの間にかいい笑顔の悪魔《あくま》が立ち、ポンっと肩を叩《たた》いた。

「な～にがややこしくなるんだ～～～？」

……黒い笑みを携《たずさ》えたユーグ殿下《でんか》が現れた！！！

「ユーグ様っ！」

「シェリ、着くのが遅くなってごめんね。ケガはない？」

そう言って殿下は、シェリをそっと抱きしめた。もうニャーさんの事はどうでもよくなっちゃったのかな……

「シェリの氷魔法《こおりまほう》、遠くから見えたよ。皆と頑張《がんば》ってくれたんだな」

殿下にそう声を掛けられて、流石《さすが》のシェリも泣きそうになっていた。

「でもあんなに強い魔法を使って、魔力《まりょく》は大丈夫なのかい？　体調は？」

「アリスがくれた魔石の補助で強化魔法を使ったので、魔力も体調も大丈夫です」

「あっ、シェリ、一応クッキー食べておいた方がいいよ！」

私は新作のジンジャーシナモンクッキーが入った袋《ふくろ》を渡しておいた。念《ねん》の為、持ってきておいてよかったな。

どうやら魔獣は、到着した王宮騎士団の皆様《みなさま》の手によって本物の檻に捕《と》らえられたようだ。しかもよく見ると、フォルト様も騎士団に交ざって、騎士団長の下で指示を仰《あお》いでいた。

「フォルト様も来てくれたんですね……」

「騎士団の一部が遠征《えんせい》訓練中で、人員が足りなくてね。急遽《きゅうきょ》休みだったフォルトも引っ張り出したよ」

騎士団の流れを見つめながら、殿下が笑顔《えがお》でそう話す。わぁ、休暇中に突然の呼び出し。まるでブラック企業《きぎょう》……！

「君達もケガはない？」

殿下に心配そうに問われた私とサラは、大丈夫です、と頷いた。

「よかった。おかげで被害《ひがい》もなく無事に魔獣を捕らえる事が出来たよ。先に陛下に代わって礼を言う。本当にありがとう」

殿下は真剣《しんけん》な表情でお礼を告げると、そのまま言葉を続けた。

「ただ……本当なら、君達には家に帰ってゆっくり休んでもらいたい所なんだけど……色々と聞かなきゃいけない事があるんだ。申し訳ないけど、このまま王宮に来てもらえるかい？」

うむ、それは致《いた》し方《かた》なしですよね。魔獣発現時の目撃者《もくげきしゃ》であり、更には緊急事態といえ街中で魔法を何発も使っちゃったし……どうか事情聴取《ちょうしゅ》で、お咎《とが》めがありませんようにと祈《いの》ろう。

「あとコイツの事も、アリスティア嬢には説明しないとな」

「え？　ニャーさんの事ですか？」

そもそもどちら様ですか、という話である。なぜ学園で私の事を隠れて見ていたのかも、正直よく分からないし。

「そう。ちょっと色々あるから、まぁ王宮に戻《もど》ってからね」

私達があれこれ話している内に、魔獣の件がひと段落ついたのか、フォルト様がこちらにやって来た。

「ユーグ。ひとまず王宮に戻る手筈《てはず》はついた。騎士団長が、現場の方は騎士団に任せてほしいとおっしゃっている」

「分かった。じゃあ皆、とりあえず王宮に向かおうか」

殿下と話を終え、こちらを向いたフォルト様と目が合った。

「あ……」

私の言葉が続くよりも先に、フォルト様は私の目の前にやって来ていた。私の両肩に手を置いたかと思うと、はぁ……と、小さくため息をつかれてしまう。

「……もしかして、怒《おこ》ってますか……？」

「違《ちが》う……アリスティア、無事でよかった」

「……っ！　ご心配をおかけして、すみません……」

フォルト様の、こんなに心配そうな表情を見たのは初めてだ。私は申し訳ない気持ちと、会えて嬉《うれ》しくて、安心した気持ちでいっぱいになった。

「でも、私はほとんど何もしてないんですよ。サラとシェリが頑張ってくれたんです」

えへへ、と笑ったそばから、私はカクンと膝《ひざ》が落ちて、あわや地面に座り込《こ》みそうになる。

「大丈夫か？」

慌ててフォルト様が私を支えてくれた。

「あ、あれ……？　フォルト様が来てくれたって実感したら、なんだか一気に気が緩《ゆる》んじゃいました……」

あの時は無我夢中《むがむちゅう》で魔獣に対峙していたけど、心の奥底《おくそこ》で、本当は恐怖《きょうふ》を感じていたのかも。安心したら、今頃《いまごろ》になって怖いと思ってしまったみたいだ。

「どうしましょう……」

「ん？」

「こ、腰《こし》が抜けて、一人じゃ立ってられないみたいです……」

私は恥《は》ずかしさのあまり、きっと赤くなっているであろう顔を隠すようにして、フォルト様の服をギュッと握《にぎ》って俯《うつむ》いた。

そんな私の頭上に、フッと影《かげ》がかかったかと思うと、視界が一気に高くなる。

「ひゃわっ⁉」

私は、あっという間にフォルト様の手によって抱き抱えられ、同じ高さの目線になった。まるで愛《いと》しいものを見るかのように目を細めたフォルト様と、パチッと目が合う。私は驚いて、思わず目を見開いた。

「お前は充分頑張《じゅうぶんがんば》った。王宮まで俺《おれ》が抱えていくから、もう安心していい」

「えぇっ⁉ や、でも……」

「立てないんだろう？ 恥ずかしいなら、顔を隠してるといい」

ほら、と首を傾《かたむ》けて、自分の肩を差し出すように晒《さら》した。

そこに顔をうずめろとおっしゃるのですか……⁉

「あぅ……じゃ、じゃあ、重たくて申し訳ないですけど、お願いします……」

おずおずと首に手を回して、ポフッと肩辺りに顔をうずめる。フォルト様の髪の毛が当たって、フワッと爽《さわ》やかな香りがした。魔獣の事を思い出して不安になっていた気持ちが、なんだか落ち着いていく。

何故かフォルト様のそばにいると、ドキドキもするけれど、なんだかんだ安心しちゃうから不思議なんだよなぁ……

私はそんな事を思いながら「ありがとうございます」と小さく呟いたのだった。

「うぉっ……!?　何あれ。氷の騎士《きし》様とか言われてんの嘘《うそ》なんじゃねぇの？　あんなん激《げき》甘《あま》じゃん」

「あれはアリスティア嬢限定。普段は氷そのものだから」

ニャーさんと殿下の声が後ろから聞こえたけれど、私は反論する間もなく、フォルト様の手によって迎えの馬車まで連れていかれたのだった。


……結局私は、馬車から降りた後も抱えられ、王宮の応接室のソファーの上にようやく下ろされた。私はもう歩けますって、ちゃんと抗議《こうぎ》しましたよ、ええ。

「もうやだ、当分王宮歩けない……恥ずかしくて辛い……」

少し遅《おく》れて殿下とシェリ、それにニャーさんが応接室に入ってきた。

「あれ、サラがいない？」

「コイツの存在は、ちょっと特殊《とくしゅ》でね？　正体を知ってるのは僕《ぼく》の親しい人間か、王家だけなんだ。アリスティア嬢には今回特別に話す事になるけど、これは国家秘密でもあるから、内密に。サラ嬢は信頼《しんらい》出来る人物だと思ってはいるけど、さすがにまだ教える訳にはいかなくてね。別室に待機してもらってるんだ」

殿下からの説明に、なるほどなと納得《なっとく》した。国家秘密となれば、中々教えられる事じゃないですよね。

「さて、あんまりサラ嬢を待たせるのも申し訳ないから、簡潔に話すよ。……元々コイツは僕専属の特殊な間諜《かんちょう》なんだけど、シェリとアリスティア嬢の護衛を頼《たの》んでいたんだ。気配を消して学園内で護衛をさせてたけど、アリスティア嬢が何度か視線を察知しただろう？ もうバレるのも時間の問題だし、近々話そうかと思ってた矢先に、こんな事になったんだ」

そう話すと、殿下はジトッとニャーさんを睨む。

「……シェリに馬車の中で簡単に事件のあらましは聞いたが、なんでお前は魔獣が発現した時にすぐ対応してないんだよ。こういうアクシデントがあった時の為に、お前を付けておいたのに」

「いやいや、だってこのアリスティアって子さ、ちょーっと黙って見てたらすっごい魔石を発動させたんだぜ？ その後も、俺が助ける間もなくポンポンと魔法で対処し始めるから、ついついキリがいい所まで見入っちゃってさぁ」

「ちょ、ニャーさん⁉ 私はそんなすっごい魔石、使ってませんよっ⁉」

私は至って普通《ふつう》の魔石を作ったつもりなのだから、話を盛らないでいただきたい……！

「あ、そうだった！ ずっと言いたかったんだけど俺、猫じゃねぇからな⁉ ある意味猫っちゃ猫だけど、虎なの！　ティーグルって名前あるから！」

「お前、名前まで自分からバラしてどうするんだよ。ほんとに間諜か……？」

「あぁぁっ!?」

フォルト様の呆れた様子のツッコミに、ハッとして頭を抱えて項垂《うなだ》れるニャーさんもとい、ティーグル様である。

この人、意外と面白《おもしろ》いな……？

第二十六章　事情聴取

chapter 26

ニャーさんの正体もようやく分かり、話が一区切りしたので、私達はサラの待つ別室へと向かった。

「さて……大まかな事件の内容を聞いてはいるんだけど、もう少し詳細《しょうさい》を知りたいんだ。申し訳ないが、確認《かくにん》の意味も込めて、最初から話してもらえると助かる」

「はい。広場のベンチで休憩《きゅうけい》中に、地鳴りが聞こえたんです。どこから聞こえるのかと疑問に思っている内に、広場のちょうど中心辺りに、黒くて大きな、見た事がない魔法陣が浮かび上がりました」

シェリが代表して、魔獣出現時の状況を説明する。

「その魔法陣から、魔獣が現れたんだね？」

殿下の言葉に、私達は揃って頷《うなず》いた。

「俺もさ、そん時に魔法陣を観察してたけど、何の魔法陣か分かったぜ。流石に実際見たのは初めてだけどよ……ありゃ禁術に指定されてる闇属性の【転移魔法】だ」

闇属性の転移魔法については、私も聞いた事がある。すごく便利な魔法だけど、昔、王族や貴族の誘拐《ゆうかい》、暗殺などの物騒《ぶっそう》な事件に悪用されてしまってから、王家の許可なく使用する事は出来なくなったのだとか。

「……そうか。それなら以前、国境付近の森に突然《とつぜん》出現した、あの魔獣の件も説明がつくな……」

「現れた時の魔獣はどんな感じだった？」

フォルト様に問われ、私はうぅん……と少し悩《なや》みながらも、思い出すようにして答えた。

「魔獣を実際に見た事がなかったので、比べる事は出来ないんですけれど……姿形は教科書に載《の》っているものと同じように思えました。全身が黒く、濃い紫色の障気《しょうき》を発していて。でも、目が光のない濁った感じに見えました」

「目に光がなかった？」

「はい。何だか正気じゃないような、虚《うつ》ろな感じがして怖かったのを覚えています」

そうだよね？　と二人に問いかければ、うんうん、と同意が返ってきた。

「ユーグ、どう思う。変異型か？」

「……どうだろう。魔獣を確認してみないと、これぱっかりは何とも言えないかな。でも仮死状態にしてくれたおかげで、研究チームは細かく調査が出来るから、助かってると思うよ。その辺りは、彼《かれ》らの見解を待ってから考えよう。魔獣が出現した後は、アリスティア嬢が魔法を使ったんだよね？」

「はい。アリスが瞬時《しゅんじ》に魔石に触れ、土魔法を使って魔獣の足止めをしてくれたんです」

話の流れが私に向かってきたので、ピッと背筋を伸《の》ばした。

「アリスティア嬢は、土の何魔法を使ったんだ？」

「ええと……魔石で土魔法を強化させてから、土壁の魔法『土壁職人《アースウォールマン》』を発動して魔獣を囲いました」

「土壁、か……幾《いく》ら強化したとしても、普通はあまり時間を稼げないはずだが……」

「えっ？　そうなんですか？」

私はてっきり、強化させたから五分くらい時間を稼げたのだと思っていたので、フォルト様の言葉に驚いた。

チッチッチ、とニャーさんが人差し指を横に振りながら、ニヤッとした。

「そこが、面白ポイントなんだよなぁ。見た限り、この子の魔法は強化以上の魔力が働いてた。それって、この子が魔法を発動させる前に、纏《まと》った雰囲気《ふんいき》がガラッと変わった事と、何か呟いてたのが関係してるんじゃねって思うんだよなー」

「ええ……？　私、変わってました？　ただあの時は集中しないとって思って、無意識に魔法を使っただけなんですけど……」

「すっげぇ変わってたよ！　いつものポヤポヤした感じじゃなかったじゃねーか。あの時そばにいた、赤髪の子も見たでしょ？」

「あぁ。いつものアリスと言うよりは、かっこいいアリスだったな。何かを呟いていた事は私にも分かったんだが、よく聞き取れなくて。アリスは自分が何て言ったか、覚えてるか？」

　そう聞かれ、私は必死に思い出そうとするが、全く覚えてない。確かに何か、口走ったような気はするけど……何だっけ……？

「うぇえ、全然覚えてない……」

「あとな？　魔法を唱えようとしたアリスが前に出た時、アリスの目がいつもと違って見えたんだ」

「め、目!?　私、今度は目にもおかしな事が起きてたの!?」

　焦る私に、いや、違う違うと首を横に振るサラ。

「いつもより透《す》き通ってて、宝石みたいに綺麗《きれい》だと思ったんだ」

「へ？」

　突然のサラの発言に、その場の皆が固まった。えぇっと、それはお褒《ほ》めの言葉として、受け取っていいのでしょうか……？

「そんなの気のせいだろうって言われたら、それまでなんだけどな。でも、あの時は本当にそう見えて、思わず一瞬見入ってしまったんだ」

「そ、そうだったんだ。でも何でだろう？　光の関係とか……？」

はて……と、お互《たが》い首を傾《かし》げる私とサラであった。

話が長引きそうだと判断したのか、殿下は手を前に出して、ストップの合図をした。

「……アリスティア嬢の魔力強化云々《うんぬん》の話は、一旦《いったん》置く事にするか。本人が思い出したら、また話を聞く事にするよ。とりあえず、土魔法後の説明を頼んでもいいかい？」

私はホッと息をついた。ひとまず怒られなくてよかったぁ……

「土壁が壊れる前に、魔獣を戦闘不能にしないといけないという事で、私が火魔法で魔獣を焼き払うしか、手段はないと思っていたのですが……そこで、アリスが魔石の効果を使って、魔獣を捕獲《ほかく》する作戦を立ててくれたんです」

「そのおかげでサラの火魔法も成功しました。私もアリスから貰《もら》った魔石を発動させて、それがあったから、落ち着いて強化した氷魔法を唱える事が出来たんです」

「なるほど……つまりアリスティア嬢の作った魔石で、事態を上手く収めた……って事かな？」

いやいや、違います！　そんな大層な事はしてませんから！

そう訂正《ていせい》を入れようとしたのに、シェリとサラがうんうんと力強く頷いてしまい、私はもごご……と、言葉を飲《の》み込んだ。

「な？　ユーグ、面白いっしょ？」

「ニャーさん……他人事だと思って、随分《ずいぶん》と面白がってますよねぇ……」

呑気《のんき》なニャーさんが恨《うら》めしくなり、私はジト目で不服の表情を向けた。

「いや～、こんなに面白い事ってそうそう起きないからさぁ、楽しくない訳ないだろ」

「アリスティア、コイツはもう放っておいていい。どうせ後でユーグにこっぴどく叱《しか》られるから」

「げっ、まじ⁉」

フォルト様からの通達に、ニャーさんは悲《ひ》壮感漂《そうかんただよ》う声を上げた。

話がひと段落ついたところで、男子三人が集まって、何やらヒソヒソと会議をし始める。

私達への事情聴取の結果をまとめているのかな？

暫《しばら》くして終わったかと思うと、何故《なぜ》か殿下が私の方を向いて微笑《ほほえ》んだ。

あ、何だろう。その微笑み、ちょっと悪寒《おかん》が。

「アリスティア嬢は……あれだね？　ちょっとだけ皆《みな》より、王宮滞在《たいざい》が長引きそうかな？」

「えっ？　え、ええと……ご迷惑《めいわく》をおかけします……？」

引き攣《つ》った笑顔で、なんとか返事をしたけれど、なんで私だけ居残りを告げられたのだろうか。そんな思いが顔に出ていたのか、私の作る魔石について色々と聞きたいからだと、フォルト様が教えてくれたのだった。敢えてきちんと言ってくれないあたり、殿下はやっぱり意地がお悪い。

「この事件は目撃者も多かったようだし、すぐにでも話が広まるだろうな。前回の件もあるから、明日にでも王家から国内外へ発表するつもりだけど、問題はどこまで公表するか……」

「……妥当《だとう》なのは、偶然居合わせた魔法学園の生徒が、魔法で魔獣《まじゅう》を足止めした。避難《ひなん》も間に合った為、国民への被害はなし。目撃者によると魔獣の出現は、闇魔法の魔法陣《まほうじん》が使用されており、以前森に出現した魔獣も、同じ手口の可能性が高い……ってところか？」

「そうだろうなぁ。わざわざこの子らの名前を出すのは、あんま得策とは思えないぜ？　犯人が捕《つか》まった訳でもないんだし」

ソファーに座《すわ》ってグダッと寛《くつろ》いでいたニャーさんが（寝《ね》てると思ってました）割と真面目なアドバイスをしたので、ちょっと驚いた。私達の事を配慮《はいりょ》してくれるとは、意外と優しい面もあるんですね。

「ニャーさん。犯人といえば、あの魔法陣って近くにいないと発動できないものなんですか？　魔法陣が現れた時に怪《あや》しい人なんていたかなって、ふと思ったんですけど……」

「普通の魔法と同じで、本来なら近くにいないと出来ないもんだな。でもなぁ……俺も事件が起きた時、隠蔽《いんぺい》の魔法使ってるやつ探したけど、見つけられなかったんだよな。待てよ……あ〜、もし魔法陣の遠隔《えんかく》操作方法も犯人が生み出してたとしたら、滅茶苦茶《めちゃくちゃ》厄介《やっかい》じゃね」

そう言うと、ウゲーッと顔を思いっきりしかめた。いや、フードでほとんど顔は見えないけど、絶対そうだと思う。

「まぁ犯人の特定が出来ない今は、君達の安全を優先して名前は公表しない方がいいね。ただ、ご家族には流石に伝えておかないとなって思って、カルセルク家とマーク家には、もう連絡《れんらく》してもらってあるんだ」

おぉ。殿下、お仕事が早いな。

「サラ嬢はご実家が遠いから、早急《さっきゅう》に王家から手紙を出す予定なんだけど、それで大丈夫《だいじょうぶ》かな？」

「問題ないと思います。うちはまぁ……血の気が多い家で有名ですから。この話を聞けば大興奮かと。夏季休暇《きゅうか》中のどこかで帰省するつもりだったので、帰ったら私の口からも直接説明しておきます」
「うん、よろしくね。皆、協力ありがとう、おかげで助かったよ。今日はもう遅《おそ》くなって
しまったし、よかったら王宮に泊《と》まっていってくれ。国王陛下からもゆっくり休んで、謁《えっ》
見《けん》は明日以降で構わないとの事だから、気にしなくて大丈夫」
お腹《なか》も空《す》いたし、色々な事があってクタクタな私達は、ありがたく殿下からの申し出を
受ける事にしたのだった。

割り当てられた来客用の部屋は、私とシェリ、サラで三人部屋となった。また違った形
でのお泊まり会になったな。

夕食後、私は一足先にお風呂《ふろ》をいただき、王宮仕様のふかふかベッドに、ころんと横に
なる。疲《つか》れからか、すぐに眠気《ねむけ》がやって来た。

「あら、アリスもう寝るの？」

「んんん、眠気に勝てないかも……」

「今日は大変だったもんな。お疲れ様《さま》」

サラが笑いながら、柔《やわ》らかいタオルケットをかけ直してくれた。

「シェリとサラも、おつかれさま……おやすみぃ……」

私はふにゃ、と笑って目を閉じた。

「……アリス、貴方が一番の功労者よ。私達の魔法《まほう》をサポートしてくれて、そして皆を助けてくれて……本当にありがとう」

シェリがそう言ってくれたのを聞き、サラの温かな手のひらで頭を撫《な》でられながら、私はすぐに夢の中へ向かう。そうして朝まで呑気に、すやすやと眠《ねむ》った私なのだった。

第二十七章

事情聴取後　～フォルト視点～

chapter.27

俺はアリスティア達の事情聴取を終えた後、ユーグとティーグルと共に、ユーグの私室へと戻って来ていた。ティーグルも交えて内々の話をするのに、この部屋は一番都合がいい。

「あ～、ようやくフードを外せるわ。頭にずっと布被《かぶ》ってるのって、まじかったるい」

部屋に入るなり、ティーグルはそう言いながら、パサッと無造作にフードを外した。群《ぐん》青色《じょういろ》の適当に刈《か》りそろえられた短髪《たんぱつ》が露《あら》わになる。

「でもそのフードっていうか服って、裏側に魔法石を付けてるから、夏でも軽いし快適なんでしょ？」

まじまじと見ながら、いいよねぇとユーグが話す。

「まーな。王家直属だからって事で、いい服を支給して貰えるのは、ちょー助かる」

「それはともかく、本当にニャーさんって呼ばれてたな、ティーグル……っふくく……」

ユーグは耐《た》え切れずに、腹を抱《かか》えて笑い出した。

「エタリオル王家の虎《とら》と呼ばれて、その界隈《かいわい》では恐《おそ》れられているお前が、まさかのニャーさんか……」

俺もティーグルを横目で見ながら、しみじみと呟く。

「うっ！　あの子にそう呼ばれて、普通に馴染《なじ》んで返事をしてしまう自分が憎いっ……」

あぁぁ……と叫《さけ》びながらベッドにダイブしたかと思うと、ガバッと勢いよく起き上がった。

「ていうか実際のところ、あの子一体何者なんだよ？　事前調査じゃ、ほんわかのほほんな普通の可愛《かわい》いご令嬢《れいじょう》って聞いてたのに！　運悪く目が金目になった時も見られちゃったし……俺なんかまたやらかしそうで、もうヤダ……」

「別に、その情報も嘘じゃないだろ」

「ちょ、フォルト。そこは今おいといていいから。お前、もうあとは素顔《すがお》でも見せれば、アリスティア嬢に隠《かく》してる事は、ほぼなくなるんじゃないか……？」

王族に関係してない令嬢に、どこまでバラしてるのさと、ティーグルに冷ややかな眼差《まなざ》しを送るユーグなのだった。

「全く……お前の馬鹿なやらかしは自己責任なんだから、自分でアリスティア嬢に内密にしてもらうよう、頼んでおいてよ」

「うぃ～っす……」

反省してないような生温《なまぬる》い返事に、ユーグはふぅ、と溜《た》め息《いき》をつくと、真剣な表情をして語り始める。

「あと、これはさっき彼女達《かのじょたち》には怖《こわ》がらせるかと思って言わなかったんだけど……魔法陣が出現した時間は、ちょうど街の警備隊の見回りが近くにいない時間と重なっていたらしい。だから警備隊の到着《とうちゃく》自体が遅れてしまっていたようだ」

「……つまり、わざわざ警備隊がすぐに駆《か》け付けられないように、あの時間をピンポイントで狙《ねら》ったたって事か？」

「あぁ。魔獣による被害を拡大させる気だったと思っていいと思う。くそ、本当にタチが悪い……」

仮にも王子であるユーグは、そう言うと舌打ちして顔をしかめた。

「アリスティア達がたまたまアンジェリッカ通りにいて、広場で休んでなかったらと考えると……かなりの被害が出ていたかもな」

「ハイ？　何言ってんの？」

俺の発言に、ティーグルはどうやら異論があるらしい。ベッドから勢いよく起き上がると、胡坐《あぐら》をかいて俺達をビシッと指差した。

「いいか、お前ら。感覚バグってるかもしれねぇけど、よ〜く考えろよ？　普通のご令嬢なら、悲鳴をあげて、その場から動けなくなってるのがオチだぞ？」

「「まぁ、それは確かに」」

「それなのになんだ？　赤髪の子は魔獣が現れた途端《とたん》に、ちっこい子を自分の背に庇《かば》うし。シェリーナ嬢は身体が弱いんじゃねぇの？　なのに氷魔法を正確に魔獣へぶつけるだろ？ほんで極《きわ》めつけに、ちっこい子は前に飛び出して、魔石《ませき》を使って謎《なぞ》の超強力《ちょうきょうりょく》土魔法を放つわ、……こんなの犯人ですら予想出来ねぇだろうよ」

もう俺、お腹いっぱいっすわ、とヤレヤレと手を振《ふ》った。

「……こうやって一般的《いっぱんてき》な令嬢の在り方を考えると、アリスティア嬢ってさ、ビックリ箱か何かなのかな？」

「目立ちたくないと言っても、本人が無自覚で目立っているから、もう仕方がないだろ。ユーグ。明日の謁見後にアリスティアと魔石の確認をするから、研究所へ行くぞ」

「了解《りょうかい》。フォルトは二人っきりで向かいたいかもしれないけど、それ一応王族の僕も一緒《いっしょ》に行くからね？　あとアリスティア嬢の兄上にも伝えておかないと」

分かってる、と俺はユーグの方をちらりと見て頷いた。

「それから、今後警備も増やすが、正直なところキリがないのが現状だ。僕達《ぼくたち》は事件の根源である、犯人探しの方を重点的にしていこう」

ユーグの発言に、俺とティーグルは「了解」と応える。

「あと、今回の件に彼女達が関わっている事を、犯人側が知った可能性もあるよね。そう思いたくはないけど、報復される事も視野に入れて、彼女達の警備は強化させよう」

「ティーグル、お前もしっかり守れよ」

「いやいや、フォルト。俺まーじであの子の護衛にいらないって……」

俺達《おれたち》の夜は、こうして更《ふ》けていくのであった。

第二十八章

魔石、トライアゲイン

chapter. 28

翌日、国王陛下との謁見を終えた私は、シェリとサラとは一旦別れて別行動となった。

フォルト様とユーグ殿下とともに、巨大《きょだい》な魔法研究所と噂《うわさ》の、エタリオル魔法研究開発機構に向かう為《ため》だ。研究所に足を踏《ふ》み入れると、クリス兄様が玄関《げんかん》ホールで出迎《でむか》えてくれたので驚《おどろ》いた。

「あ、僕が指名しておいたんだ。妹のアリスティア嬢の事だし、機構に所属している優秀《ゆうしゅう》な魔法研究者でもあるからね」

なるほど、殿下なりの配慮だったのか。いつも色々とご配慮いただき、感謝です。私はクリス兄様に、てててっと駆け寄った。

「アリス、昨日は大変だったな。事情は聞いたけど、家の皆がすごく心配してたんだぞ? まぁ、父上が特にだけどな……」

そう言いながら、フッと遠い目をしていた。

「あぁ……父様には、さっき公務中に抜《ぬ》け出したみたいで王宮内で会ったよ。会うなり散々大丈夫か、痛いところはないかって、散々質問攻《ぜ》めにあったから……」

先程《さきほど》の事を思い出すと、私も思わず遠い目をせずにはいられない。

「クリス兄様もお仕事が忙《いそが》しいのに、迷惑かけちゃってごめんね」

「気にしなくていいよ。これも僕の仕事の一環《いっかん》だからね。殿下、アリスの作った魔石は問題があるわけではないんですよね？」

「勿論《もちろん》。寧《むし》ろその逆だよ。昨日の時点で分かった点をフォルトがメモしてるから、まずはそれに目を通してもらえる？」

「分かりました」

クリス兄様は頷くと、フォルト様から書類を受け取り、一読する。段々と文字を追っている目が、驚きで見開いていった。

「……なるほど。確かに、事件の時に使用した物と同じ物を一応、アリスに作製してもらっておいた方がいいかもしれないですね」

「うん。それから、事件資料として機構にはその保管もお願いしたくてね」

「承知いたしました」

魔石を作るならと、クリス兄様の案内で個室へ向かう事になった。

実は私、ここに来るのは初めてなんだよね。

いつの間にか緊張感《きんちょう》よりも、ワクワク感の方が勝っていた。研究所の見た目はアンティーク調の巨大な博物館、といったような感じで、とてもお洒落《しゃれ》である。思わずきょろきょろと周りを見学しながら歩いていると、クリス兄様が私の肩《かた》にポンと手を置いた。

「休み中も沢山魔《たくさんま》法石《ほうせき》や魔石を作っていたのは知っていたけど、アリスは僕が思っていたよりもずっと上達してたんだね。人の魔法のサポートが出来る魔石を作るなんて、アリスらしいな」

「えへへ、ありがとう……自分の魔力《まりょく》を魔石の形にして、誰《だれ》かの役に立てたの……すっごく嬉しかったよ」

クリス兄様に褒められて、ふにゃりと顔が緩んだ私なのだった。

はい、ここだよとクリス兄様が【魔法石開発室 1】と書かれた扉《とびら》を開けてくれる。入室すると、中の造りはシンプルな、整理《せいり》整頓《せいとん》がキチンとされている、白を基調とした部屋だった。

なんか、すごい研究室っぽい。私は大きな机の前の椅子《いす》に案内されて、ちょこんと座った。

「全く同じ石、というのは難しいんだけど……この辺りの石でどうかな？」

クリス兄様が石が収納されている木箱を数箱、私の目の前に置いた。

「ありがとう、クリス兄様」

私はその中からネックレスに使った石と似た色味、大きさの物を慎重《しんちょう》に選んで、家で作った時と同じように魔力を流した。人に見られながらの魔石作りはちょっと緊張するけど、このくらいの作製なら慣れている。私が石を壊《こわ》す事なく三つの魔石を完成させると、おぉ、と歓声《かんせい》が上がった。

「本当にアリスは無駄《むだ》のない動きで魔石を作るよね。冗談抜《じょうだんぬ》きで天職かもしれないな」

そういえば兄様は休み中、私の魔石作りを飽《あ》きもせず、ずっと楽しそうに眺《なが》めていたっけ。

「うん、魔石の光加減からして、魔力量もほぼピッタリだろうね。あぁ、でも鑑定《かんてい》担当にも見てもらって、正式な書類を作らないとだ。それから使用した石の元々のデータも添付《てんぷ》して……」

クリス兄様は魔石と書類を交互《こうご》に見ながら、夢中な様子で呟《つぶや》いている。その姿から、やっぱりクリス兄様は魔法研究が大好きなんだなと、ひしひしと感じたのだった。流石《さすが》は自慢《じまん》の兄様だ、と誇《ほこ》らしい気持ちになった私である。

第二十九章

秘密の道を抜けて

chapter. 29

無事に魔石作りを終えた私は、クリス兄様に見学許可証を貰って、フォルト様と研究所内を歩き回っていた。勿論、守秘義務が必須《ひっす》の研究内容もあるので、一般《いっぱん》公開されている所だけなのだけれど。魔法石を使用した便利グッズの展示や、魔法古語の歴史を辿《たど》れるので、まるで科学資料館みたいで中々面白い。

殿下《でんか》はというと、「一足先に戻《もど》ってるから、ゆっくり戻っておいで」と言いながら、颯《さっ》爽《そう》と王宮へ戻っていった。去り際がやけにいい笑顔《えがお》だったのが気になるけど、有難《ありがた》く見学を堪能《たんのう》させてもらったので、まぁ……よかったかな？

見学を終えた私達が王宮に戻ると、私達を視界に入れた騎士様が、慌《あわ》ただしくこちらにやって来た。騎士様は、フォルト様に神妙《しんみょう》な表情で報告をしている。その雰囲気からして、急な案件でも発生したのだろうか。

邪魔《じゃま》にならないようにと、少し離《はな》れて様子を眺めていたけれど、話は割とすぐに終わったようだった。

「アリスティア。今回の事件の報告会に急遽《きゅうきょ》ユーグも参加するみたいで、俺にもすぐに向かうようにと指示が出た。一人で客室まで戻れるか？　誰か護衛を付けてもいいんだが……」

そう言いながら、近くにいる騎士様達を見渡《みわた》して、何だか冷えた視線を送るフォルト様である。そんなフォルト様の気配を感じて、サッと目線を逸《そ》らす騎士様達。なんだろう、この謎の攻防戦《こうぼうせん》。

「大丈夫です。さすがにお借りしてる客室までは、一人で迷わず行けるようになりましたから」

ね？　と私が笑って言えば、フォルト様は納得してくれたのか、くれぐれも気をつけるようにと私に念を押《お》して、報告会へと足早に向かわれたのだった。

この厳重な警備のある王宮内で、気をつける事なんてあったかな……？

「う〜ん……この後、どうしようかなぁ……」

フォルト様と別れてから、テクテクと廊下《ろうか》を歩く。せっかくの王宮滞在だし、許可を貰って王宮図書館に行くのもいいなぁ。あ、課題で使える資料とかないかな……などと思案していた時だった。

「ひょ？」

キィッと突然開いた横の扉から、誰かにグイッと腕《うで》を引っ張られる。悲鳴を上げる間もなく部屋に連れ込《こ》まれ、私の後ろでパタン……と扉が閉まったのだった。何ならカチャッと内鍵《うちかぎ》も閉められた。

「よ」

呆気《あっけ》に取られた私の目の前にいたのは、ニャーさんだった。呑気に片手を上げて挨拶《あいさつ》されても、よっとは返せない。

「ニャ、ニャーさんっ⁉　引っ張るならせめて一声っ……！　すっごいビックリしましたよ……⁉」

「おっと、悪りぃ悪りぃ。ちょうどいいタイミングで見かけたもんだから、ついうっかり」

パッと、掴《つか》んでいた私の腕を離す。

「フォルトが事件についての報告会に行ったんだろ？　それって多分、お偉《えら》いさんも含《ふく》めて、大会議室でやるやつだと思うんだよな～。暇《ひま》してんならさ、それ俺《おれ》と聞きに行かん？」

……はい？

「いやいや、ニャーさん。私みたいなただの学生で、且《か》つそこら辺にいるような令嬢が、聞いていい話じゃないですよね？」

そんなお茶に行く感じで、軽く誘《さそ》わないでいただきたい。

「そもそもその肩書《かたが》き、キミに当てはまってるとは到底《とうてい》思えねぇけど？　でもさぁ、あの事件に関わった身としては、気になる話なんじゃねぇの？」

「う……確かに、気にならないって言ったら嘘《うそ》になりますけど……」

「ほーらな！　んじゃ時間ねぇから、早くこっち来い」

よっと本棚《ほんだな》から本を一冊取り出して、その本が置かれていた所にニャーさんが指を入れた。すると本棚がスーッと音もなく横にスライドし、人が一人ようやく通れるくらいの通路が現れたのである。ニャーさんは、慣れた様子でその通路に入っていく。

「へっ？　え？　こ、ここですか⁉」

混乱真《ま》っ只中《ただなか》の私だったが、置いてくぞと言わんばかりに振り向かれ、慌てて通路に足を踏み入れた。えーい、女は度胸だっ……！

「……ていうか、どうやって報告会の様子を見るつもりなんですか？　もしバレたらって考えたら恐ろしいんですけども……」

「ったく、察しが悪りぃなぁ。だからバレない為の、この通路なんだって。ほら、ちゃんと着いてこないと迷うから気ぃつけろよ？」

「ちょ、全然答えになってないですって。あと前から思ってたんですけど、ニャーさんって私の事、ずっとキミって呼んでますよね？　何でなんですか？」

「あ～、ちゃんと意味はあるぜ？　一応俺、間諜《かんちょう》だからさぁ、結構危ない所にも行くわけ。だから個人の名前は、なるべく外では呼ばないように気ぃつけてんの。キミもいいとこのご令嬢だろー？　俺と関わりがあるって思われるのもどうかなって思っての配慮よ、配慮」

なるほど、ニャーさんなりの配慮だったのか。でも、もうそれなりに関わっちゃってるから、あんまり意味がない気もしているんですがね……？

「あ、ユーグとかフォルトは王族関連枠《わく》で特別だけどな？　あとシェリーナ嬢《じょう》もほぼ王族確定みたいなもんだし、割と普《ふ》通《つう》に呼んでるわ。そーだ、キミは俺の事、全然名前で呼ばないから大丈夫だと思うけど、俺の本名は口外しないようによろしく頼《たの》むぜ？」

「分かりました、今後もニャーさんと呼ぶようにしますね！」

グッと私は両手を握《にぎ》りこぶしにして、ムンッと前にかざした。

「あ。じゃあ私にも、あだ名を付けたらどうでしょう？」

「あだ名ぁ～？」

「だってキミじゃ、他にも周りに人が居た時、誰に対して言ってるのか分からないじゃないですか」

「まぁそう言われるとなぁ……んじゃどうすっか、アリスティアって名前だから……」

う～ん、と唸《うな》りながら暫く悩んでいたが、ニカッと笑ったニャーさんは声高らかに宣言した。

「オッケー、決まった！　今日からあーさんって呼ぶわ！」

「えぇぇ……？　ていうか、完全にニャーさんってあだ名を真似《まね》しただけじゃないですか」

「あぁ？　俺が言いやすければいいんだよ。あーさんも勝手に俺の名前決めたじゃねぇか。はい、決定。よろしくあーさん」

「うぐ……分かりましたよ。よろしくお願いしますぅ……」

令嬢らしからぬあだ名の付いた私は、ニャーさんと共に狭《せま》い通路を進み、少しすると行き止まりに辿り着いた。

そこには扉があり、開けてみると人が一～二人ギリギリ入れるくらいの、小さくて薄暗《うすぐら》い空間があった。少し高い位置に窓枠《まどわく》の様なものがあり、そこから微《かす》かに光が漏《も》れ出している。

ニャーさんに、その窓枠の中を覗《のぞ》いてみろとジェスチャーされ、私は少しだけ背伸《せの》びをして、ぴょこっと顔を出した。

そんな私の目に映ったのは、国王陛下やユーグ殿下、フォルト様は勿論、王宮の大臣職の方々（何なら父様もいる）が絶賛お集まり中の、大会議室内だったのである。

「なんっ……!?」

私は混乱しつつも、見られたらマズイのではと思い、急いで頭を下げた。

「これ、大会議室側から見ると、ただの絵画になってんの。俺らの姿は見えてないし、声も小声ならよっぽどの事がない限り大丈夫って、マジすごくね？」

「⁉」

思わず叫びそうになった私は、間一髪《かんいっぱつ》のところで口を押さえた。な、何だって――⁉

つまり私とニャーさんは現状、謎の通路を抜けて、謎の小部屋に辿り着き、絵画自体がマジックミラーみたいになっている所から大会議室の様子を覗き見ている、という事である。いや、情報過多……！

「というか、これ俗《ぞく》に言う、王家の裏口ルートなのでは……？」

また一つ、王家の知ってはいけない秘密を聞いてしまった気がする。こんな所で抗議《こうぎ》する訳にもいかず、不服の表情でジトッと見ると、ニャーさんはニヤッと口角を上げた。

「さっきから言ってんじゃん、バレなきゃいーんだって」

こ、この人、本当に学習しないなぁ……

殿下に怒《おこ》られる未来が見えなくもない私は、何とも言えない表情になる。怒られる時は私を巻き込まないで下さい……と、こっそり心の中で祈《いの》っておく。

気を取り直して、私とニャーさんは報告会の様子を見る事にした。二人並んで、絵画の額縁《がくぶち》に手を掛《か》けて覗き込む。

……なんかこれ、刑事《けいじ》もののドラマで見た事あるな？

マジックミラー式というのか、一方的に事情聴取《ちょうしゅ》の様子を覗き見れる部屋にいる気分になった。そもそも侯爵令嬢《こうしゃくれいじょう》が、こんな密室空間に男性と二人きりなのも、世間的にどうなのだろうか。そんな事を頭の片隅《かたすみ》でちょこっと思ったのだけど、まぁ……ニャーさんにも別に他意はないだろうし。気にしない事にします。

大会議室では既《すで》に、研究チームの代表らしき、白衣を着た人が椅子から立ち上がり、会が始まろうとしていた。

「今回の首都魔獣出現事件で捕獲された魔獣についてですが、エタリオル魔法研究開発機構より、調査結果を報告させていただきます。まず、仮死状態で捕《と》らえられた魔獣についてですが……仮死状態を解いた後、三十分は生存を確認《かくにん》できましたが、その後絶命しました」

報告会の最初を飾《かざ》ったこの発言に、会議室内は一気に騒《ざわ》ついた。

「皆、まずは最後まで話を聞こうではないか」

陛下は動じた様子を見せずに、騒つく空気を宥《なだ》めて話を続けるよう促《うなが》した。

「ちなみに他の研究員は勿論、私も魔獣の様子観察を行なっている間、攻撃魔法《こうげきまほう》を放つなどの魔獣への危害は加えていません。本当に突然《とつぜん》、まるでタイムリミットがあったかのようにピタリと魔獣が動かなくなり、そのまま倒《たお》れました」

「ふむ……魔獣が動ける時間が、予《あらかじ》め決まっていたのか……」

「はい。そしてここで魔獣の変死について、複数の目撃者《もくげきしゃ》の証言にあった『魔獣の目に光がなく、濁《にご》ったような感じであった』というのが、鍵《かぎ》になるのではと考えました。この特徴《とくちょう》は、森で自然発生する魔獣には、未《いま》だ見られていない特徴です。まだ私達も変異型の疑いを視野には入れていますが……」

ここで一度、研究員は話すのをやめた。話す事を躊躇《ためら》うような内容なのかな……？

「……これはあくまで仮説になりますが……我々が見た魔獣は、既に死んでいたのではないかと思われます」

「……っ！」

私は思わず息を呑《の》んだ。し、死者蘇生《そせい》ならぬ、魔獣蘇生《まじゅうそせい》……⁉

「倒れた魔獣をすぐに確認しましたが、腐敗《ふはい》しており、死後何日も経過している事が見て取れました。我々の見ていた魔獣は、幻影《げんえい》を纏《まと》っていた可能性もあります」

大会議室が驚きや戸惑《とまど》いの空気に包まれる中、報告はまだ続く。

「そう仮説を立てると、魔法陣を使って魔獣を転移させる事も可能かと。魔獣も生き物ですから、怪我《けが》を負っていたとか、鎖《くさり》で拘束《こうそく》されていたなどの行動制限があって、抵抗《ていこう》できずに転移させられたなら分かります。ですが広場に現れた魔獣は、外傷や拘束もなかったと聞きます。なんの制限もない魔獣が、人の手で魔法陣に乗せられるとは考え難《にく》いのです」

「そうですね。出来たとしても、よほどの高レベルの魔法師が何人もいないと無理な話かと」

外交用の口調で話しているのは、ユーグ殿下である。こういう時は腹黒感がなくて、すごく真面目そうに見える。

「ただ、魔獣の死骸《しがい》をどの様にして動かしていたのか。恐らく闇魔法《やみまほう》だろうと検討をつけて、そういった魔法を禁術の資料の中から探していますが、見つけられておりません。その懸念箇所《けねんかしょ》もあって、まだ確信は持てない現状です。もしくは禁術の中にもない魔法なのか……」

そう言って、難しい表情のまま口を閉ざした。

「闇魔法の禁術の中にもない魔法……？」

「……研究チームの見解だとそーなってくるかぁ。それって、つまりあーさんと同じ事だぞ？」

「そ、それってもしかして、新魔法を生み出して、死んだ魔獣を操作してた人がいるって事ですか……？」

「多分研究員が言いたい事は、そういう事だろーな」

よりによってゾンビか……ホラーゲームは大の苦手でした。無理です。

「オバケよりタチ悪いじゃないですかっ……！」

「そもそも禁術指定の転移魔法を使ってる時点で大分ヤベェけど、更《さら》に闇《やみ》の新魔法で魔獣の死骸を操《あやつ》るなんて、正気の沙汰《さた》じゃねぇぞ。……つーかそんな高度な闇魔法を使う奴《やつ》、国内にいたかぁ……？」

そう考《かんが》え込みながら、ニャーさんは首を捻《ひね》る。

「闇属性持ちの方って、光属性程《ほど》ではないけれど数少ないんでしたっけ？」

「そ。数えるくらいしか居ねぇから、特殊《とくしゅ》属性持ちの人間がどこの誰かは、基本的に王家が把握《はあく》してんだよ。だからそんな足のつく様な事する馬鹿、いないハズだけどなぁ」

「なるほど。それに魔法属性の発現確認って、国民に義務付けられているものですし、それをしていないってなると、その時点で違反《いはん》してますよね。……でも魔法属性があったのに、それをわざわざ隠したりする人っているんですかね？」

そう問い掛けながらニャーさんを見つめると、何故《なぜ》だかゲンナリとした様子で、こちらを見返された。

「あーさんの、その謎に視野の広い発想力、まじ怖。……まず貴族は隠すの無理だろうなぁ。神殿《しんでん》で名簿《めいぼ》チェックもされてるだろうし。隠せるとしたら……まぁ、平民か？　でもよっぽど孤立《こりつ》してないと無理だろ、村や町の中で誰が受けた受けてないって話にもなるしな」

ふむふむ、と頷《うなず》く私。

「普通は無理な話なんですね……でも、もしも隠し通している人がいたとしたら、それはそれで怖い話ですよね……？」

ぴょこっと背伸びをして、再び大会議室の様子を覗いていると、フォルト様の視線がこちらに向いた。

……んん？

「あれ……？　気のせいですかね……なんか、フォルト様と目が合ったような合わなかったような……」

向こうからは見えないし聞こえないのなら、気のせいですよね～、と隣《となり》にいるニャーさんの方を向くと、何故《なぜ》かプルプルと震《ふる》えている。

「げげ……アイツ何か察してんの……？　あーさん、ここいらが潮時だわ。ささっと戻るぞ」

「あ、はいっ！　了解ですっ！」

私は、てでっとニャーさんの後をついて行き、絵画の空間から離れたのだった。

来た道を戻り、通路から無事に抜け出すと、ニャーさんは通路を開けた時と同様に、本を抜いた所に指を差し込んで、チョイチョイと何かをしている。最後に本を戻すと、再び本棚が動き出し、元の位置に戻ったのだった。

まさか本棚の裏に通路があるなんて、誰も思わないだろうなぁ……これ、どういうシステムなんだろうか。

「この通路、誰でも使える訳じゃないからな？　他の奴が同じ本を抜いて、たとえ俺と同じ事をしたとしても、作動しないモンだから」

私の興味津々《きょうみしんしん》な視線に気がついたらしく、説明をしてくれた。

「おぉ……という事は、やっぱり私、貴重な体験をしたんですねぇ……」

「そ。あーさんなら別に言いふらしたりしないだろうし、連れてったら面白《おもしろ》そーだったから。この事は内緒《ないしょ》にしとけよ〜？　バレたら怒られんの俺だし」

ニャハハと笑うと、ぼちぼちユーグの部屋に戻っとくかなと、部屋の壁掛《かべか》け時計を見ながら呟くニャーさん。

「俺、王宮内ではユーグたち以外の前で、あんまり姿出さねぇようにしてっからさ。あーさんとはここで別れるわ。寄り道せずに部屋戻れよー」

ヒラヒラ〜っと、手を振るニャーさん。

「あ、はい。ではまた〜」

もはやこれが寄り道だったのでは……？

そう思いながらも、瞬《またた》く間に目の前から消えたニャーさんに、もう見ていないだろうけれど私も手を振《ふ》り返したのだった。

「……あまりにも自然すぎて、今まで疑問に思わなかったけど……ニャーさんって何であんな一瞬《いっしゅん》で姿を消せるんだろ？」

間諜って皆《みな》そういうものなのかな……と考えながら、私は部屋に戻ったのだった。

濃《こ》い一日だったなぁ……

第三十一章

滞在延長戦です！

chapter. 31

王宮滞在も早いもので三日目となり、今朝、サラとシェリは家に帰る事となった。

「結局事件があってからは、全然皆で遊べなかったね……」

「まぁな。でも学園が始まる少し前には戻ってくるから。その時に会おう？」

しゅんとした私の頭に、サラがポンッと手を乗せた。

「うん、今度は家にも遊びにきてほしいな」

「本音としては、王宮に残ってこのままアリスと一緒に過ごしたいけれど……婚約者候補《こんやくしゃ》として、一人だけ理由なく王宮で待遇《たいぐう》を受けるのも、他のご令嬢の心象が良くないから」

そう言って、シェリはちょっと困った様に微笑《ほほえ》んだ。

「ははぁ……なるほどな。そういう事情もあるのか……てっきりシェリが婚約者に確定してるものだと思ってた。殿下も今は色々と根回しを頑張《がんば》っている所なのか……」

やや驚きつつも、納得《なっとく》した様子のサラである。私もそんなサラの隣で、うむうむと同意しておいた。

王宮というか、貴族の人間関係も複雑そうだから、諸事情でまだ確定できないんじゃないかなぁ……

ちなみに殿下の婚約者候補は、シェリの他に二人挙がっている。その内の一人が、例によってあのレベッカ様なのだ。もう一人は、侯爵令嬢のステファニー様という方である。一体どうなる事やら……

まぁ、今は王家も魔獣《まじゅう》事件の方を優先してる感じだろう。とにかく、事件の早期解決を願うしかないよね。

サラとシェリが乗った馬車を見送ったあと、クリス兄様から、時間があれば研究所で魔《ま》法石《ほうせき》の方も作ってみないかと誘われていた事を思い出した。

「午後から出かける事、伝えておいた方がいいよね」

一旦《いったん》部屋に戻った私は、王宮メイドさんに声を掛けた。

「すみません、今日の午後一時に研究所の方へ行く事になってまして。王宮騎士《きし》様に、案内をお願いしたいんですけれども」

「ご案内ですか……」

ポツリと呟くと、メイドさんはそのまま動かなくなった。

「あ、あの……？」

「……っ失礼致《いた》しました。お時間に間に合うように、騎士様に一名、扉の外に控《ひか》えていただきますね」

そう言うと、メイドさんはいつもと変わらずに微笑んで、頭を下げた。

「はい。よろしくお願いします」

「氷の騎士様は……今日は休暇《きゅうか》を取ってたわね……これは激しい争奪戦《そうだつせん》になるわ……！」

「争奪戦？」

「いえ、何でもございません」

キリリと表情を引き締《し》め、涼《すず》しい顔で足音も立てずに退室していく様子を、ぽかんと眺めた私なのだった。

そして昼食後。私が支度《したく》を終えて部屋の扉を開けると、既に騎士様が待機してくれていた。クリス兄様くらいの年齢《ねんれい》の、若い騎士様である。

「お待たせしました。ありがとうございます」

騎士様と目が合った私は挨拶し、ニコッと軽く微笑んだ。

「お忙しいのにすみません。近いので、一人でも大丈夫《だいじょうぶ》だとは思うんですけど……」

個人的には一人でも全然オッケーなんだけど、侯爵令嬢の身としては、外に出る時は流石に護衛を頼まないとダメだろう。そう思って騎士様をお願いしたのだが、道案内の為だけに呼ぶのは、中々申し訳ない気持ちになるものだ。いうて研究所も、王宮の敷地内《しきちない》だし。

そんな気持ちで呟いた私の言葉を、騎士様は遮《さえぎ》る勢いで、ブンブンと首を横に振った。

「いいいいいえ！　自分がしっかりとご案内させていただきますので、お任せください！」

「よ、よろしくお願いします……？」

そんなにピシッと宣言されて意気込《いきご》まれる程、距離《きょり》もないんだけどな？

私は疑問が浮《う》かびつつも、再び研究所へと足を運ぶ。騎士様の案内で、研究所までの道のりをテクテク歩く。一度屋外には出るけれど、王宮の敷地内での移動なので、少し距離はあってもそんなに歩いたなとは感じなかった。

「自分はこのまま待機していましょうか？」

研究所に無事に着くと、騎士様が気を利《き》かせて、そう提案してくださった。

「そうですね……でもどのくらい時間がかかるか分からないので……」

うう～ん……と悩《なや》んでいると、「アリス」と声が掛かった。やって来たクリス兄様に状況《じょうきょう》を簡単に説明する。

「そっか。夕方までには王宮へ帰らせるつもりだけど、帰りも護衛をしてもらった方がいいと思うよ。そうだな……二時間後にまた、ここに迎《むか》えを頼んでもいいかい？」

そうクリス兄様が告げると、騎士様がすぐに一歩後ろに下がり、騎士の礼をとった。

「よろしくね。じゃあ行こうかアリス」

「うん。騎士様、案内ありがとうございました」

騎士様と別れた私達《わたしたち》は、研究所の玄関ホールを抜けてクリス兄様の個人研究室に辿り着いた。

「急な王宮滞在になったから、手持ちの石はそんなにないだろう？　研究所には色々あるから、よかったら好きなのを使って」

国の備品なのではと思い、躊躇っていたらこれは先日使った石とは違《ちが》って、クリス兄様の個人的な物らしい。

「ありがとう。でも使いたい石はたまたま持ってきてたの。これでイヤーカフを作りたいなと思ってて……」

魔獣出現事件でどたばたしてて、すっかり忘れていた。あの日たまたま覗いたお店で見つけて、思わず買っていたのは小さな緑色の宝石。フォルト様からもらったイヤリングに付いていた宝石に似てると思い、つい衝動《しょうどう》買いをしていたのだ。

「そっか、街に出ている時に事件に巻き込まれたんだもんな。じゃあ折角《せっかく》だし、研究所にも金属加工場があるから、そこでアクセサリーパーツを譲《ゆず》ってもらおう」

「えぇ……そんな、悪いよ」

「いいのいいの。なんならパーツデザインもしてったら？　うちの研究員は優秀だから、あっという間に形に出来ると思うよ？」

グイグイと押し切られ、結局金属加工場でオリジナルパーツを作ってもらってしまった。二つのシンプルなシルバーのイヤーカフを、同じくシルバーの細い二連チェーンで繋《つな》いであるというデザインだ。

「ふぅん？　アリスの事だから、可愛《かわい》い感じの作るのかと思ったら……意外とシンプルだね？」

ぎく。

「どちらかというと、男向けのデザインじゃない？」

ぎくぎく。クリス兄様の顔にはカルセルク様にあげるんでしょ？　と明らかに書いてある……気がする。私はスッと視線を逸らして魔法石作りに専念する事にした。

入れたい魔法は、実はもう決めてある。

貰《もら》ったイヤリングにも込めた、浮遊《ふゆう》の魔法だ。風魔法《かざまほう》の中でも便利なものだし、何かあった時に空に浮けるのって魔法使《まほうつか》いっぽい……！　と思い、私のお気に入りの魔法でもあるのだ。

『柔《やわ》らかな風纏え　空中浮遊《レビテーション》』

魔力を注ぎ終え、ホッと小さく息を吐《は》いた。うん、上手《うま》く出来たと思う。私は満足げにイヤーカフを撫《な》でたのだった。

「お迎えありがとうございます……って、あれ？　先程の騎士様は交代されたんですか？」

夕方、研究所の玄関《げんかん》ホールで待機してくれていた騎士様は、ナイスミドルなおじ様だった。ガタイがいいけれど、物腰《ものごし》のやわらかそうな、優《やさ》しい感じが滲《にじ》み出ている。

「アイツは訓練の時間と運悪く重なりましてな。私が代わりにやって来た次第《しだい》であります。アリスティア様に余計な虫が付かないように、キチンと護衛させていただきますよ」

ハッハッハと軽快に笑うおじ様に、私は余計な虫って何だろう……と、頭にハテナを浮かべたのだった。

帰り道の途中《とちゅう》にある王宮庭園の横の小道を歩いていると、つい綺麗《きれい》な花々に誘われてしまう。チラリと護衛の方を見ると、ニコニコ顔で頷いてくれたので、少しだけなら寄り道しても大丈夫なのだろう。お言葉に甘《あま》えて、ちょこっとだけ、庭園にお邪魔します……！

「わぁ……これはアガパンサスですね」

庭園に咲《さ》いていた沢山《たくさん》のアガパンサスに目を留めた。爽《さわ》やかな淡《あわ》い紫色《むらさきいろ》の花が咲き誇っており、夏にピッタリの、とても涼しげな花である。前にシェリとこの花を見た時に、花言葉を教えてくれたっけ。

「たしか、《恋《こい》の訪《おとず》れ》……？」

「おや。お嬢様《じょうさま》、アガパンサスの花言葉をよくご存知《ぞんじ》ですねぇ」

すぐ近くで作業をされていた庭師の方が、少し驚《おどろ》いた様子で私を振《ふ》り返った。

「いえ、私自身は全然詳《くわ》しくないんです。友人がよく教えてくれるので」

私は慌てて顔の前で、パタパタと手を横に振った。

「そうでしたか。物知りなご友人なんですなぁ」

そうニコニコと話され、私もシェリが褒《ほ》められて嬉《うれ》しくなり、つられて微笑んだ。

「はい。とても自慢の友人なんです」

私が庭師の方とハーブの話などをしていると、少し遠くで白くて小さな日傘《ひがさ》が二本、くるくると回っているのが目に入った。

「あぁ、双子《ふたご》の王女様方ですね」

私の視線に気が付いたのか、王宮騎士様が教えてくれる。

「あの方達が、噂《うわさ》の王宮のアイドル……！」

王宮のアイドルという異名で有名な、ユーグ殿下の歳《とし》の離れた双子の妹君だ。遠目で、尚且《なおか》つ日傘の隙間《すきま》から見え隠《かく》れする程度なのに、その可愛らしさに、思わず私は頬《ほお》を緩《ゆる》めてしまった。

「おや。アリスティア様も王宮内で専《もっぱ》らの噂ですぞ？　メイドは部屋担当になれて嬉しいだとか、料理人たちはいつも食事を美味《おい》しそうに召《め》し上がってくださって感動してるとか」

「へっ⁉」

「王宮騎士達《きしたち》も、今日は護衛争奪戦とやらを大盛り上がりでやってましたな。全く……氷の騎士が休みなのをいい事に、暫《しばら》くの間白熱しておりましたよ」

あぁ、争奪戦！　メイドさんが言ってたのはその事だったのか……！

「な、なんか恥《は》ずかしいですね……」

「はは。王宮が賑《にぎ》やかになって皆、癒《い》やされております故《ゆえ》、アリスティア様はどうぞそのまま、自由にお過ごしください」

私達の元に、楽しげな幼い笑い声が、風に乗ってやって来る。二人は、ぴょんっと足取り軽く、ステップを踏《ふ》みながら庭園を駆《か》けているようだった。それを追いかけるメイドさんも、どこか楽しそうである。

小さな花の妖精《ようせい》が、クルクルと踊《おど》りながら喜んでいるように見えた、夏の王宮庭園。

「まるでダンスを踊っているみたい……」

二人を見て微笑ましい気持ちになっていた私は、すっかり忘れていた夏の恒例《こうれい》行事をポンッと思い出した。

ダンス……ダンスっ……!?

……夏季休暇中に、王宮舞踏会《ぶとうかい》があるじゃないか！

なんなら休みに入ってすぐに、家で新しい夏のドレスの試着をしたし、調整もしっかり済ませてたよ私……！

尚《なお》、私はデザインの流行や、何が自分に似合うのかをよく分かっていないので、ほとんどが母様とメイド達の見立てである。派手なのは好きじゃないって事だけは伝えてあるけれど、いつも似合う物を選んでくれるので、大変感謝しているのです。

まぁお任せにしすぎたせいで、私の頭の中から舞踏会がすっかり抜《ぬ》けてしまっていたんですけどね……！　あ、でも魔獣事件のせいでもあると思うけども！

その後も庭園を見学させてもらってから、客室へと戻った。戻ってきて早々に、メイドさんから「早急《さっきゅう》にお返事を書かれた方がよろしいかと思い、待機しておりましたっ」と、一通の手紙を渡《わた》された。貰った手紙をくるりと裏返すと、差出人はフォルト様であった。

「わざわざお手紙なんて、どうしたんだろう……？」

レターナイフで開封《かいふう》してもらった手紙をピラッとめくる。内容は、前に約束した休暇中の実技試験の特訓についてだった。

なんでも、王宮の魔法特別室という場所を、明後日の午後に使用する許可が下りたらしい。

許可……というと、ユーグ殿下《でんか》に許可をもらったのかな？　つまるところ、魔法特訓のお誘いだ。

「もう夕方になっちゃったけど、今日中に届くかな……」

私は急いでペンとレターセットを取り出すと、サラサラと了承《りょうしょう》した旨《むね》を書き、手紙に封《ふう》をして、メイドさんに託《たく》したのだった。

第三十二章　疾風のイヤーカフ

chapter. 32

「こんにちは、フォルト様」

　約束の日になり、フォルト様は私の客室まで迎えに来てくれた。ペコリとし、併《あわ》せてお礼も告げる。

「あぁ。王宮で不便な事はないか？」

「全くないですよ？　逆に快適すぎて、困るくらいです。そろそろ帰宅命令が下るんじゃないかなって勝手に思ってるんですけど、ユーグ殿下はどうお考えなんでしょう……」

　あれこれ王宮での近況《きんきよう》を話している内に、私達は魔法特別室に辿《たど》り着いていた。パタンと扉《とびら》を閉めると、フォルト様が口を開く。

「魔石《ませき》の方は、保管まで問題なくスムーズに進んだとアリスティアの兄上からも伺《うかが》っているから、心配ないだろうな。後は、もう一つの方の件だが……」

「もう一つ……？　あ、強化土魔法の件ですか？」

「そうだ。その時アリスティアの目は、いつもと違って見えたんだよな？」

そう言いながらフォルト様は、ズイっと距離を詰《つ》めてきて、真っ直《す》ぐに私の目を見つめて観察し始めた。

こ、これは中々、にらめっこ以上に辛《つら》い……！

「う、ぁ、ちょ、フォルト様？　あんまりマジマジと見つめられてもですねっ……！」

「……ただアリスティアは、その時に放った言葉を覚えていないんだったか？」

ようやく私から目線を外しながら呟《つぶや》く。

「は、はひ。ソウ、デス」

返事をしながら、ちょっと息絶え絶えになる私。いくら少しはキラキラ耐性《たいせい》がついたと言えど、至近距離はそうそう慣れるものじゃなかった……！

「えと、この前サラにも分かる範囲《はんい》で思い出してもらって、断片的《だんぺんてき》にこうじゃないかっていうのは書き出したんです。でもそれを唱えたり、単語を自分の考えた通りに繋げてみても、特に何も起こらなくて……」

そう。サラがまだ王宮に滞在していた際に、私が魔獣に使った強化土魔法の謎《なぞ》を解こうと、あーでもないこーでもないと、サラと頭を捻りながら考えていたのである。

結論から言うと、分からずじまいだったのだが。

「別に分からない事が悪い訳じゃない。現に、アリスティアはその強化魔法を使えたのだからな。また使うべき時が来たら、その時は問題なく発動出来るだろう」

ユーグは勿論《もちろん》、国王陛下も皆分かってくれているから安心しろ、と励《はげ》まされてホッとする。本当、皆さん優しいな……

「その謎を解くのも大切だけどな？　アリスティアは休み明けの、実技試験の心配をした方がいいと思うぞ」

「うっ……！」

「森での実技試験では、何を求められるか分からないからな。念《ねん》の為《ため》、自分の身を守るものとして、攻撃魔法と防御魔法《ぼうぎょまほう》は、すぐに発動出来るようにしておいた方がいい。威力《いりょく》が弱いなら、それこそテンポよく発動出来るようにな。……そうだな、風の攻撃魔法を練習してみるか？」

「風のですか？　学園でも使った事はほとんどないですけれど……確か風圧とかでしたっけ……？」

「風の攻撃魔法は、対象者がいないと分かりにくいものが多いが、風圧で対象者を撥《は》ね飛ばしたり、あとは葉などを風速で飛ばして、刃《やいば》のように切り刻んだり、見た目に反して効果は強いな」

「きっ……切り刻むっ……!?　あ、あの！　順番に頑張るので、せめて初心者向けからでお願いします……！」

ちょっとグロい想像をしてしまい、泣きそうになった私を見て、クスリとしたフォルト様。

「それなら今日は初級の風圧の魔法にしよう」

ご配慮《はいりよ》いただき、誠《まこと》にありがとうございます……！

フォルト様は防御壁《ぼうぎょへき》の前に丸太を一本立てる。これを分かりやすく的にするそうだ。

「怖《こわ》かったら、前回みたいに魔力量《まりよく》をなるべく抑《おさ》える事を意識して発動させるといい」

フォルト様からのアドバイスに、こくりと頷いた。

魔法古語に疾風《はやて》が使われているのだから、つまりこの魔法は、速く激しく吹《ふ》く風を生み出すって事だよね。

私は杖《つえ》のおかげで威力が出ないと分かっていたけど、それでも怖いものは怖いので、フォルト様のアドバイス通りに魔法を発動させる事にした。たとえひょろひょろの風魔法だったとしても、フォルト様は馬鹿にしたりしないって分かってるから。

『撥ね飛ばせ　疾風の唸り《ハウルオブゲイル》』

杖から小さな疾風が巻き起こった。ヒュンッと真《ま》っ直ぐに、私の巻き起こした風は丸太へと向かっていく。丸太にスコンッと小さな音を立てたかと思うと、風は消滅《しょうめつ》した。

よしっ、イメージ通りに出来た……！　相変わらず攻撃魔法とは到底《とうてい》呼べないレベルの威力だけど、初めて発動させた割には、まぁまぁの出来なのでは。

「うん、アリスティアはやっぱり想像力があるな。一度で成功出来てるのはすごいぞ。案外、風魔法が一番向いてるんじゃないか？」

「あ、ありがとうございます……！」

「この魔法は攻撃魔法でもあり、且《か》つ相手を寄せ付けないといった点でも、自分の身を守る防御魔法にもなりうるから、練習しとくといい。威力がないなら数で補ってもいいから」

「はいっ！　それにしても風って、攻撃魔法もしっかりとあるんですね。何だか意外で」

「風は目に見えない分、他の属性よりも魔法イメージが少し難しいとされているが、その分、洗練させれば威力は火や水よりも強いと言われているな」

なるほど、イメージが大切になってくるのか……怖がってばかりじゃ分からない事も沢山あるんだと、色々と勉強になった。

そうして特訓が終わりに近づいた頃《ころ》。私は「あの、これ」と切り出した。

いつものお礼です、と告げた自分の声は、思ったよりもずっと小さくて。じわじわと羞《しゅう》恥心《ちしん》が込《こ》み上げてくる。フォルト様は私から不思議そうに小箱を受け取ると、その場で開けてくれた。

「イヤーカフ、か？」

「はい。先日いただいたイヤリングに似た宝石を見つけて、えと、思わず買ってしまいまして！　じ、自分で宝石を魔法石にしてから、初めてイヤーカフの加工をしたので、ちょっと自信はないんですけど、付けられる物にはなったかなと……！」

お手製の魔法石アクセサリーを男の人にあげるのって、初めてだし、なんか気恥《きは》ずかしい……！　私は自分が早口になっているのを自覚しつつも、言い訳じみた説明をしていた。

フォルト様は私の説明を聞くや否《いな》や、イヤーカフを自分の目の高さまで持ち上げて、私が止めたくなるくらい、じっと観察している。

そんなにじっくり見ないでほしい……！

「ああ、あのっ！　素人《しろうと》クオリティですので、あんまり細かい所は見ないでいただけると……！」

「アリスティアお手製の魔法石アクセサリー、か。……参ったな、想像以上に嬉しい」

「……っ！」

フォルト様の声がいつもより弾《はず》んでいて、嬉しそうな表情を浮かべているのは、夢じゃないよね？

自己満足だし、受け取ってもらえるだけでも御《おん》の字《じ》だと思っていたから、そんなフォルト様を見て、胸がきゅんと苦しくなった気がした。

んんん？　嬉しいのに苦しいって、何？

自分の心の変化に首を傾《かし》げている内に、私の手のひらには、渡したばかりのイヤーカフが乗せられていた。はて？　フォルト様を見上げた。

「イヤーカフは付けた事がないんだ。アリスティアが付けてくれないか？」

「なんと……!?」

暫くの葛藤《かっとう》の末、椅子《いす》に座《すわ》ったフォルト様の横に立ち、私は意を決して耳に触《ふ》れた。

「失礼します……い、痛くないですか？」

「問題ない。……うん。すごく気に入った、ありがとう」

フォルト様の耳に、私の贈《おく》ったイヤーカフ。イヤーカフに付けた飾りの銀チェーンが、シャラリと小さく揺《ゆ》れている。

「疾風のイヤーカフ……」

「疾風の？」

「あっ、この石には風の浮遊魔法《ふゆうまほう》を入れてるんですけど、今日は風の攻撃魔法の疾風を教えてもらったから、何となく……です」

勝手に変な名前を付けてすみません、と、たははと笑うと、フォルト様から意外な言葉が返ってきた。

「いいな、疾風のイヤーカフ。アリスティアと特訓した思い出付きって事だろう?」

フォルト様は自身の耳に触れ、そのままそっとイヤーカフを撫でて、口角を少し上げて笑った。

「大事にする」

「ひゃいっ、ありがとうございますっ!」

思わずお礼を言ってしまった。氷の騎士様の、レアな微笑みをまたしてもいただいてしまったので。なんかもう、お礼を言わないとやってられない荒《あら》ぶる感情、致し方《かた》なし。


そうこうしているうちに、部屋の貸し出し時間が終了《しゅうりょう》となった。部屋の片づけをしないとだ。手分けをして片付けていると、丸太を運んでいたフォルト様が、何やら物騒《ぶっそう》な事を言い出した。

「――そうだ。この後ユーグから、アリスティアを執務《しつむ》室《しつ》に連れてくるようにと言われているんだが、時間は大丈夫か?」

「は、はい、大丈夫です」

殿下からの呼び出しと聞いて、ひぇっと背筋が伸《の》びる。王家からの呼び出しは、いつまで経《た》っても慣れないものである。

「心配するな。恐《おそ》らくだが、アリスティアがさっき予想していた通り、帰宅の許可が下りるという話だと思う」

緊張《きんちょう》した私に、フォルト様は安心させるかのように笑って、そう教えてくれた。

ついに帰宅命令が……！　王宮滞在も勿論すごく快適だったけれど、やっぱり我《わ》が家《や》が一番だから嬉しいなぁ。

「やぁ、アリスティア嬢《じょう》」

執務室に入室すると、ソファーに座って肘《ひじ》をつき、珍《めずら》しくグッタリとした様子のユーグ殿下がいた。先日見た殿下は元気そうだったのにな？

「ご機嫌《きげん》よう、殿下……って、なんだかお疲《つか》れですね……？」

「あぁ、ちょっと野暮用《やぼよう》が僕《ぼく》のメンタルをガリガリと削《そ》いできてね……」

そう言って、殿下はハァ……とため息をついた。殿下のメンタルを削《けず》るなんて、すごい野暮用もあるものだと、変なところで感心してしまう私である。

「簡潔に言うと、アリスティア嬢の魔石関連の諸々《もろもろ》は、無事に終える事が出来たよ。したがって、君が望むならば明日にでもすぐ帰宅してもらって構わないし、王宮から馬車も出すから。当初の予定よりも長く滞在させてしまって悪かったね」

「いえっ、とんでもないです。私は不自由なく快適な滞在をさせていただきました！　ありがとうございました」

私は慌《あわ》てて淑女《しゅくじょ》の礼をとり、ペコリと頭を下げたのだった。

「ふぃー……」

殿下の執務室から退室した私は、テクテクと王宮の来客フロアに移動し、客室に向かって歩いていた。

その時、何となく見た事のある令嬢《れいじょう》の姿が、向こう側から歩いてくるのが視界に入る。

側には王宮騎士様を二人従えて、自分の家かのように王宮内を堂々と歩いているようだ。

ちなみに私は殿下の執務室からの帰りだったので、特にどなたも連れていない。フォルト様はそのまま殿下に捕《つか》まり、執務《しつむ》の手伝いをする事になってしまったのである。

令嬢も私と目が合い、ようやく気づいたようだった。

「あら、マークさんじゃない」

あぁ……まさかこの方に、こんな所でまたバッタリ会うとはね。

レベッカ・ルグダン公爵令嬢《こうしゃくれいじょう》、再登場である。夏季休暇中にも会うなんて、ぶっちゃけかなりツイてない。そういえばこの方、殿下の婚約者候補だけど、フォルト様にも割とぐいぐいアピールしてるのを学園でも見かけた事があるんだよね。イケメンに目がないのかなぁ……？

「レベッカ様、ご機嫌よう」

私は貴族社会に下克上《げこくじょう》をしている訳ではないので、郷《ごう》に入れば郷に従え、という事でペコリと淑女の礼をする。

「ご機嫌よう。私《わたくし》、先程《さきほど》までユーグ殿下と二人きりのお茶会でしたの。貴方《あなた》は王宮に何しにいらして？」

会って早々に、殿下と仲良しアピールをされるとは。私は思わず目が点になった。殿下のメンタルを削ったのって……レベッカ様か。

でもレベッカ様も、中々鋭《するど》い所を突《つ》いてくるなぁ。まぁ、事情を知らない人から何か聞かれたらこう答えるようにと、もう予習済みなのだけども。

「父に急な用事がありまして、たまたま来ていました」

そう言って、愛想《あいそ》笑《わら》いで誤魔化《ごまか》す私。私が殿下と何かある訳ではないけど、王宮に何日も泊《と》まってるなんて口が裂《さ》けても言えない。シェリが帰《かえ》り際に言わんとしていた事が、身に染《し》みて分かった気がする。

ふうん……、とレベッカ様に、品定めするようにジロジロと上から下まで見られた。

「ねぇ、今度の夏の王宮舞踏会、貴方も参加されるんですって？　あんまり社交界でお見かけしないけど、ダンスは踊れるのかしら？」

「あぁ、そうですねぇ……」

これまであんまり社交の場に進んで出る事はなかったから、レベッカ様が（皮肉だろうけど）そう聞いてくるのが分からなくもない。

前世の記憶《きおく》を思い出す前から、もう庶民的《しょみんてき》な性格は形成されていたんだなぁ……としみじみしてしまう。

「まぁ、大丈夫……だと思いたいです」

そもそも絶対出なきゃいけない夜会は、参加してもすぐ帰っていたから、あんまり目撃《もくげき》されていないのだろう。それにダンスなんて、最後に人前で踊ったのはいつだったたっけ……。

でも何で私が参加する事が噂になっているんだろうか。

むしろレベッカ様のそっちの発言に気を取られた私は、小首を傾げてフワッと曖昧《あいまい》に答えたのだった。

「……？　マークさん、ちなみに貴方は何色のドレスを着る予定でして？」

「えーっと、何色かはちょっと覚えてないですね……」

「は？」

言いたくないとかじゃなくて、本気で覚えてないのだ。何パターンか試着したけれど、結局何色のやつにしたんだろう？　母様とメイド達の議論が白熱してた事だけは覚えてるけど……

私の気の抜けた返事に嫌気《いやけ》がさしたのか、嫌味《いやみ》を言うのに疲れたのか。レベッカ様はこれ見よがしに溜《た》め息《いき》をついた。

「ま、何かあって恥《はじ》をかくのは貴方ですから、別に構いませんけれど」

そう捨て台詞《ぜりふ》を言うと、挨拶《あいさつ》もなくツンッとして去って行く。騎士様は申し訳なさそうな表情で、私に礼をとってからレベッカ様の後をついて行かれた。

ポツンと廊下《ろうか》で佇《たたず》む私、いとシュールなりけり。

うぅん……レベッカ様も見た目は美人なんだけど、こう、シェリとは根本が違うんだよなぁ……

私だってバカじゃないので、レベッカ様から嫌味を言われているのは百も承知だ。そもそも今までに、他のご令嬢からのそういった妬《ねた》みがなかった訳でもないし。ただ、いちいち相手にしてもキリがないので、程《ほど》よいスルースキルを身につけているのである。

前世日本人はメンタルが強いんだぞ……

レベッカ様は殿下の婚約者候補なのだから、私まで目の敵《かたき》にしなくてもいいのに……でも、フォルト様の事も狙《ねら》ってるっぽいから、よく一緒《いっしょ》にいる私の事も気に入らないのだろう。

「あ～……そう考えると、殿下とフォルト様と一緒にいる所を見られなくてよかったかも……」

さて、レベッカ様はさておき、明日は家に帰るし荷物をまとめないとな。

私はさくっと気持ちを切り替《か》えて、フンフンフンと足取り軽く客室へと向かったのだった。


「母様。私って夏のドレス、結局どの色になったんだっけ？」

翌日マーク家に帰ってきた私は、ドレスの件を母様に尋《たず》ねてみた。

「アリスがドレスの事を気にするなんて珍しいじゃない。母様は青がいいと思ったのよ？でもメイド達が譲らなくてね……淡いラベンダー色になったわ」

涼しげでいいとは思うけれど、と言いながらも口を尖《とが》らせている。

「そっか、ラベンダーね。でも母様の提案した青ってさ、普段《ふだん》着ない色だからちょっと私にとっては冒険《ぼうけん》色じゃない？」

「ふふ。アリスだってもう十五歳になるんだから。深みのある青色も似合うわよ、きっと」

ニコニコと母様に薦《すす》められ、そうかなぁと不思議に思った私なのだった。

第三十四章

夏の校外学習

chapter. 34

夏季休暇《きゆうか》も半ば、本日は自由参加の校外学習デー。半日程、郊外《こうがい》にある巨大《きよだい》な鍾乳洞《しようにゆうどう》の見学と、採集をするのだ。

鍾乳洞を傷つけて採掘するのは禁止とされているのだけど、落ちている小さな石や破片《はへん》など、生態を壊《こわ》さない程度の採集は許可されているんだよね。

私はワクワクしながら、無意識に自分の耳元にそっと触れた。今日はちゃんと付いているか、つい何度も確認《かくにん》してしまう。というのも、フォルト様から貰ったあの鳥の羽モチーフが付いたイヤリングを付けてきていたからだ。

宝石は、結局フォルト様へ作ったのと同じ、浮遊の魔法石《まほうせき》にしてしまった。べ、別に、似てる色の宝石だったたから、たまたま同じ魔法石になっただけだし。誰《だれ》に聞かれたわけでもないのに、一人で言い訳をして自分を納得《なつとく》させる。

集合場所へと向かえば、見慣れた顔の友人がこっちに向かって手をブンブンと振っていた。

「アリス様！　こんにちは、お久しぶりですねっ」

「久しぶり～！　ラウル君のお家《うち》って遠いんじゃなかったっけ？　校外学習に合わせて、もうこっちに戻《もど》ってきたの？」

キャッキャとお互《たが》いに手を合わせたところで、私ははて、と小首を傾げた。

まだ夏季休暇が始まって一ヶ月程である。あともう一ヶ月は、休暇があるぞ？

「あのですねっ？　あんまり大っぴらにしてないらしいんですけど、実は平民特待生優遇《ゆうぐう》というものがありまして。希望者は寮《りょう》に残ったり、僕みたいに休みの途中から、寮を利用する事が出来るんです」

ラウル君からのコソコソ話に、ほうほう、と耳を傾《かたむ》けながら頷《うなず》く私。

「そうだったんだ。確かにその制度、初めて聞いたかも。貴族の子まで寮で過ごしたいなんて言い出したら、キリがなくなっちゃうもんね」

「僕みたいに家が首都から遠いと、魔法関連の調べ物をしたりするのも、結構一苦労なので有難《ありがた》い限りです」

ラウル君、さすがは特待生だ。勉強の事とか色々考えてて、偉《えら》いなぁ……。

「しかもですねっ？　アリス様、すごいんですよっ！　学園内のお仕事を手伝うと、ちょっとだけ賃金をいただけるんですけど、尚且つ食事まで提供していただけるんですっ！」

途端《とたん》に目をキラキラとさせて、熱く語るラウル君である。

待て待て。これ、内緒話《ないしょばなし》なんじゃないのか。心なしかテンションも高いし、声も大きくなってるぞ。それって所謂《いわゆる》、賄《まかな》い付きのすごくいいアルバイト先って事だね？

「じゃあラウル君は、飼育場のお手伝いをしてる感じなんだ？」

「主にはそうですね。僕の場合は、先生から指示をいただいているので。あとは、ハーブ園のお世話もしてますよ」

「そかそか。夏季休暇の最初にお家の方に帰って、少し過ごしてからこっちに戻ってきたんだね」

「はい、そんな感じです。大方、家では手伝いしかする事がなくて、ちょっと暇《ひま》でした。あとは課題も出来るところまでは、進めておいたりですかね？」

「ええぇ……偉すぎる。ラウル君って意外としっかり者だよね……」

「えへへ。アリス様は何して過ごされてたんですか？」

「サラと一緒にシェリの家にお泊まりに行ったり、チャリティーバザーに参加したりしたよ。それからサラに首都を案内してたんだけど、その時ま……」

そう言いかけて、ピタッと止まる私。

……皆《みな》で魔獣《まじゅう》を捕獲《ほかく》した件を、ラウル君に話してもいいのか……？

ハテナマークを浮《う》かべているラウル君をチラッと見て、私は言いかけた言葉を飲《の》み込んだ。ごめんよ、ラウル君。シェリ達《たち》にも話していいか聞いてから、きちんと報告するね……

「ま、魔法石に追々出来たらいいなって話になって、お揃《そろ》いで天然石の付いたバレッタを買ったんだっ」

「わ～！　それ素敵《すてき》ですね！」

ふぅ、上手くかわせた……

そもそもこの情報を知ったところで、いい事なんて今のところ何もないしね。危険な事件に、迂闊《うかつ》に友達を巻き込んじゃいかんのです。言うて、もうシェリたちは巻き込まれてますけど、まぁそれは偶然《ぐうぜん》だからもはや仕方ない……よね。

ラウル君はクラスの男の子達と回るらしく、私はシェリとサラと一緒に洞窟内《どうくつない》を歩いていた。ここには数種類の鉱物、岩石が露出《ろしゅつ》しており、歩いて回っていると、透明度《とうめいど》の高い天然石の破片が落ちていたりする。こういう場所が存在するのも、エタリオル王国が豊かな資源や鉱石に恵《めぐ》まれているとされる所以《ゆえん》だと思う。各々《おのおの》、厳選しながら気に入った物を拾って、布の小さな巾着《きんちゃく》へ入れていった。

「はわぁ……ここ、幻想的《げんそうてき》で凄《すご》く綺麗だね」

「見て歩いているだけでも、全然飽《あ》きないな」

ここの鍾乳洞はとにかく広い。それになんといっても、所々が青く光《ひか》り輝《かがや》いていて美しいのだ。

見学用に取り付けられた手摺《てす》りから地底湖を覗《のぞ》けば、ディープブルーに光る水にウットリとしてしまう。夏なのに鍾乳洞の中は気温もかなり低いようで、ヒンヤリと感じられた。

「そうだわ。もう少しすると王宮で、恒例行事の夏の舞踏会があるわよね」

シェリの話に耳を傾けていた私は、先日のレベッカ様とのあれこれを思い出した。

「夜会で着るドレスの色にも、何か決まりがあったんだっけか？」

「まずは主催《しゅさい》の方と色が被《かぶ》るのはダメだねぇ。あと高位貴族の方、えっと……位でいうと公爵家《こうしゃくけ》かな？　そこと被るのもちょっと怖いかも。本当は公爵家と被っちゃダメっていうルールなんてないんだけど、暗黙《あんもく》のルールみたいなところがあるんだよね」

私は指を折りながら、ドレスの色問題についてサラに話す。

「はぁ……聞いてるだけでも息が詰まりそうだ……」

「色だって限りがあるんだし、私はデザインが違《ちが》うなら、別に被っても全然気にならないと思うんだけどね……」

全く貴族の女性社会というものは、恐ろしいものだ。ふぅ……、と思わず溜め息が漏《も》れる。

「そうだな。でもアリスみたいに考えてる女性も、きっと沢山《たくさん》いると思うぞ」

うん、私みたいなゆるふわ頭脳が増えると、ドレスの事とか考えなさすぎて、逆に問題になるから要注意だけどね……！

サラは舞踏会で何色のドレスを着るの？　と問いかけようとした時、私達のいる足元から、地鳴りのような音が聞こえてきた。

「なんか……地鳴りって嫌《いや》な予感しかしないんだけど……？」

広場での魔獣の事件以来、正直地鳴りとか……もはやトラウマでしかない。

「しかも音が……なんだか大きくなってきていない……？」

足元の地面が割れて急降下したかと思ったら、私達はそのまま深い地底湖へとダイブしていた。落ちる瞬間《しゅんかん》、見覚えのある金髪《きんぱつ》縦ロールの毛先が、岩場の影《かげ》へと消えていったような気がしたけど……

バッシャーンと激しい水しぶきが上がる。

「っ……ぷはぁ！」

運動音痴《おんち》な事もあって、今世では泳いだ事なんてなかったけれど、前世の記憶を頼《たよ》りにして、とりあえず浮かべてよかった！　前世の私、ナイス！

シェリも水魔法《みずまほう》が使えるからか、自分に纏《まと》っている水を上手《うま》く扱《あつか》って浮かんでいるみたい。ただ、魔力量が多い訳ではないし、冷たい水の中にいさせるのは、体調面も含《ふく》めて心配だ。

「アリス……サラが、水面から上がって来ないわ……！」

「嘘《うそ》っ!?　サラって……もしかして泳げないとか……？」

火魔法の持ち主は水があまり得意ではないっていう勝手なイメージなんだけど、もしそれが当たってたら？　沈《しず》んでしまったままだったら……と思うとゾッとする。

どうしよう。何を、誰を優先したらいいの？　不安がどんどん膨《ふく》らんでいく中で、無意識に自分の耳元に触れた時、この存在に気が付いた。

「そうだよ、これなら……！」

私には、頼りになる魔法石アイテムがあるじゃないか。

「シェリ、これを使って！」

私は素早《すばや》くイヤリングを片方外し、シェリに握《にぎ》らせて、そのまますぐに発動させた。驚《おどろ》いた表情のシェリの身体が、ふわりと浮かび上がる。

「浮遊《ふゆう》の魔法石なの！　私はサラを助けに行ってくるから、シェリは先に上がって、安全な場所で待っていて！」

私が作った魔法石は、無事に発動できているようだ。ゆっくりとではあるけど、安全に上昇《じょうしょう》している事を確認し、私はびしょ濡《ぬ》れの制服から杖を取り出して自分に向けた。

『淡《あわ》く柔《やわ》く包み込め　アクアシャボン』

水魔法を唱えて、全身に水の膜《まく》を纏う。ポンコツ魔法でも、サラの所に辿り着くまではお願いだから持っててよね……！

魔力を纏ったまま、杖で地底湖の底を指し示し、進んでいく。私とシェリの予想通り、湖の底には苦しそうな表情のサラがいた。

「サラ……！」

魔法の水の膜に包まれているからなのか、私の声はサラに届いたみたいだった。私の姿を認識《にんしき》したサラが驚き、目を大きく見開く。

私はもう一度、今度はサラに向かって水魔法を唱えた。シャボン玉のような水の膜は、無事にサラの身体を包み込む。酷《ひど》くむせ込んでいる様子だったけれど、それはサラが呼吸できる空間を確保できたという事を、同時に意味していた。

「……ッハァ！　アリス、助かった……ありがとう……！　泳げない事に焦《あせ》って、運悪く足まで攣《つ》ってしまったんだ。騎士《きし》を目指している身で、情けない」

悔《くや》し気《げ》に唇《くちびる》を噛《か》むサラに、私はぶんぶんと首を横に振《ふ》って、間に合ってよかったと伝えた。

でも、のんびりはしてられない。こうしている間にも、自分にかけた水魔法の効果が切れそうになっていた事に気づき、慌ててかけ直した。

つまり、地上まで戻るのには、私の魔法一回分だとギリギリなのか……

私は耳に残っていたもう片方のイヤリングを外して、シェリにしたのと同じ説明をしながら、サラに手渡《てわた》した。

「でも、私までこれを使ってしまったら……アリスは大丈夫《だいじょうぶ》なのか？」

「私は自力で風魔法《かぜまほう》が使えるし、全然問題ないよっ！」

サラにもう一度水魔法《みずまほう》をかけ直して、私は有無《うむ》を言わさず、サラを先に送り出した。

さ、私も後を追いかけよう。そう思った時、ゴポゴポと鈍《にぶ》い音とともに、水中が激しく波をうち、揺れ動いた。

「アリスッ……！！」

サラの焦った声が聞こえる。見上げると、自分の頭上に複数の岩が、まるで降り注ぐかのように落ちてきていた。どうやら先程の崩落《ほうらく》の余波で、岩が更《さら》に崩《くず》れてきたようだ。

「っ……!?　サラ！　私の事は構わずに行って！　魔法がもたないから！」

サラとの距離《きょり》がどんどん空いていく。岩は絶えず沈んできて、私の上る道を阻《はば》んでいった。

『魔法防御《まほうぼうぎょ》・土の護《まも》り！』

私は咄嗟《とっさ》に、自分へ防御魔法をかけた。そのおかげで、岩が直撃《ちょくげき》する事はなく、怪我《けが》もなかった……のだが。

「うわぁ……いわゆる八方塞《ふさ》がりってやつ……？」

私の防御魔法の範囲が狭《せま》かった為か、大小様々な岩に囲まれてしまい、地底湖の底で身動きが取れなくなってしまった。

「どうしたらいいんだろう……岩を一個ずつ退《ど》かす？　それとも岩を粉砕《ふんさい》する、とか？」

いくら私の魔力が規格外といえど、ここは湖の奥底《おくそこ》だ。そんなに悠長《ゆうちょう》な事も言ってられない。

「うぅ～……あったかな……岩にも負けないくらいの、大量の水を持ち上げて、自分も浮遊できる力のある魔法……」

思い出せ、自分。教科書や図書館の本に載《の》っていた魔法を頭に浮かべては、これも違う、あれも違うと消去していく。そもそも、そんな都合がよくて、変わった魔法が存在するのだろうか。

「変わった魔法……そっか！　ご先祖様の作った四属性魔法……！」

古書に載っていたご先祖様の生み出した四属性魔法は、どれも不思議で興味深かった。

いや、ぶっちゃけ「この魔法どこで使うの⁉」みたいなやつもあったけど、一つずつ解読していって理解できた時は、その分すごく達成感もあったんだよね。だからこそ、ご先祖様の魔法は、よく覚えているのだ。

「……確か、水竜《すいりゅう》の魔法だっけ……？」

その魔法の原理は、前世の知識もあったおかげで、何となく理解できていた。だからイメージもしやすいはず。

火属性で温めた水と、水属性で冷やした水で上昇気流を作り、風属性で、渦《うず》から竜巻《たつまき》を発生させる。その水の竜巻に、土属性の動物創造魔法を重ねて、竜の姿へと形を変えるという魔法。ご先祖様いわく、四属性魔法をお披露目《ひろめ》する機会があった時に、どうせなら巨大でかっこいい魔法にしたくて生み出したそうだ。

……まさかのエンターテインメント用。ご先祖様も、こんな状況《じょうきょう》で使おうとするとは、予想してなかったと思うけど。

「でも……四属性の巨大な魔法なんて唱えた事がないのに、成功するのかな……」

新しくなったこの杖が、もしもまた暴発してしまったら？　魔法が使えない状態になったら、この後どうなるの……？

最悪の事態を考えると、私はどうしてもあと一歩が踏《ふ》み出せなかった。

不安がって、立ち止まっている時間なんてないのに……！

震《ふる》える自分の足元を見つめた時、青く光り輝いていた地底湖の正体に、今頃《いまごろ》になって気が付いた。

「地底湖の光の正体は、宝石だったんだ……」

これだけの光を放つ大きさの宝石を、今まで見た事がなかった。明らかに貴重な宝石を足で踏んでいるっていう事実、冷静になって考えたらちょっと恐ろしい。

「……綺麗《きれい》」

こんな状況下なのに、私は巨大な宝石から目が離《はな》せなかった。宝石の上にしゃがみ込むと、崩落した岩が当たった衝撃《しょうげき》のせいか、一部分に小さな亀裂《きれつ》が入っている。指先でそっと触れれば、それは欠片《かけら》となって、ホロリと簡単に取れてしまった。

「わっ、えっ、どうしよう!?」

思いがけず手にしてしまった宝石を、ええいままよと、とりあえず制服のポケットに入れておく。……証拠隠滅《しょうこいんめつ》ともいう。

でも、なんだか逆に落ち着いたかも。私は自分の頬《ほお》を両手で思いっきり叩《たた》いた。

「……ダメで元々だもん」

いくら魔法があっても、ここは深い水の中。助けが来るまでの間、ポンコツ魔法で自分を守り続けるのは、正直怖《こわ》い。だけど、自分でこの状況を打破したいのなら、やってみるしかないのだ。

魔法を紡《つむ》ぐ言葉は覚えている。問題は、私の杖《つえ》だ。魔力《まりょく》を多く消費するであろう巨大魔《きょだいま》法《ほう》を、杖を暴発させずに成功させる事ができるのか……。しかも複数の属性を併《あわ》せた魔法は、属性魔力を上手くコントロールし、各々の属性の最適な魔力量を混ぜ合わせなければならないのだ。

私は瞼《まぶた》を閉じて、呼吸を整えた。身体に魔力を巡《めぐ》らせて、杖へと四つの属性魔力を送る。両手で握りしめていた杖は、震えているような気がした。

「お願い……まだ、まだ壊れないで……！」

私、もっと魔力コントロールを頑張《がんば》るから。だからどうか今だけは、もう少しだけ力を貸してほしいの……！

私の願いに呼応するかのように、杖の先端《せんたん》にある魔石《ませき》から、半透明《はんとうめい》に光る魔力回路盤《かいろばん》が浮かび上がっていた。

「……魔力回路盤が……出せた……？」

それは間違《まちが》いなく、以前脳内で一度だけ見たのと同じものだった。

六角形のレーダーチャートの、四つの基礎《きそ》属性を表しているであろう色の部分が、ここまで魔力を注げと言わんばかりに、チカチカと光って指し示す。

私はその指し示している位置まで、とにかく慎重《しんちょう》に、だけどなるべく急いで魔力を注ぐ事に集中した。

四つの属性魔力がお互いに馴染《なじ》み、そして自然と溶《と》け込《こ》むように。

ただ魔力を注ぐだけでは、互いの属性が反発し、上手く混ざり合わずに魔法が失敗してしまう。私はこめかみから頬にかけて、汗《あせ》や水が滴《したた》っていくのも拭《ぬぐ》わずに没頭《ぼっとう》した。

魔力が満タンになった合図を送るかのように、魔力回路盤の指し示していた四つの光が、最後の仕上げといわんばかりに、勢いよく混ざり合う。そして、カッと強く光り輝いた瞬間。私は今が魔法を紡ぐ時なのだと、感じ取った。

『滝《たき》登るは、烈火《れっか》真水流れのごとし　水竜よ、天高く舞《ま》い上がれ！』

地底湖を埋《う》め尽《つ》くしていた大量の水は、私を起点として、上昇気流と小さな渦から生まれた竜巻と一体化し、瞬《また》く間《ま》に竜の形へと変化を遂《と》げていく。

「うそっ……成功っ⁉」

想像するのと、実際にやってみるのとではわけが違う。達成感もあるけれど、今まで見た事のない光景に、つい目を奪《うば》われ、茫然《ぼうぜん》としてしまった。

「はっ……！　私もこの竜に乗らないと、脱出《だっしゅつ》できないよねっ⁉」

ていうかこれ、本当に乗れるんですよね、ご先祖様……？　慌てて水竜の角の部分を掴《つか》むと、水で生み出した竜なのに、何とも不思議な感触《かんしょく》があった。スライムともまた違うし、氷みたいに冷たいわけでもないのだ。神秘的なものに明確な答えはないのかもしれない。

私を頭頂部に乗せたまま、水竜はぐんぐんと昇《のぼ》っていった。地底湖の穴も無事に抜《ぬ》けて、ちょっと昇りすぎでは？　とも思ったけれど、更に上の、天井《てんじょう》の岩に頭頂部が付きそうになったところで、ようやく水竜の動きが止まった。

地上から地底湖を覗き込んでいたシェリとサラが、今度は私を見上げている。すごく驚いた顔で、水竜に乗っている私を見つめているのが分かった。

そんな中、私はというと、ホッと安堵《あんど》の溜《た》め息《いき》をついていた。こんなに魔法を連続して使う事なんてなかったし、ましてや初めての四属性魔法の発動・成功である。流石《さすが》に心臓がバクバクしていた。

「よし、ひとまずここから降りないと……」

浮遊魔法《ふゆうまほう》をかけて、水竜から身体を離して脱出しようとした時、突然水竜魔法《とつぜんすいりゅうまほう》の効果が切れた。水竜がぐにゃりと歪《ゆが》み出したかと思えば、瞬く間に大量の水へと形を戻し、ザババババッと、勢いよく音を立てて、穴底へと流れ落ちていく。

「や、やば……！　すぐ浮遊の魔法をかけなきゃ……って、あれ？」

そう思ったのに、身体がいう事をきかない。

ぐわんと視界が揺《ゆ》れる。自分の身体が、貧血《ひんけつ》のような症状《しょうじょう》を起こしているのを感じ取った。

「嘘《うそ》でしょ、これが魔力切れってやつ……!?」

私は魔法を紡ぐ事ができなくなり、水竜だった水とともに、再び穴へと真っ逆さまに落ちていった。

「キャアアァァァッ!?　アリス――――ッ！」

シェリの悲鳴が聞こえる。あぁ……これは確実にまずい。折角《せっかく》上がって来たのに、また地底湖に逆戻《ぎゃくもど》りだ。この状態で水に浮かんでいられる元気、あるかなぁ……そう思っていたのだけど。

「……んん？」

身構えていた私の身体は、空中に浮いたままだった。しかも、暖かくてしっかりとした人の腕《うで》の中。

腕の中……？　はて、と思いながら見上げれば、風魔法を纏って宙に浮いているフォルト様によって、私はギュッと抱《かか》えられていたのだった。

「～～～っ⁉」

「落ち着け。ここで暴れられたら落としかねない」

私はビックリして叫《さけ》びたい衝動《しょうどう》を抑《おさ》える為《ため》、慌てて自分の口を両手で塞いだ。フォルト様は、うん、と微笑《ほほえ》むと、シェリ達のいる位置にスッと視点を定める。

「じっとしていろよ」

フォルト様は器用に私を片手で抱えたまま、ブワッと一気に上がっていく。ゆらゆらする事もなく、安定した状態で自分の身体を操作しているのが伝わって来た。

「あ……」

そっか、私が贈《おく》ったイヤーカフ、付けて来てくれてたんだ。私の視線を感じたのか、フォルト様は小さく笑った。

「さっそく大活躍《だいかつやく》したな。これ」

ん？　浮遊の魔法石って、一人分の効果しかないはずだけど、なんで私もちゃんと浮けてるんだろう……？　抱《だ》っこされてるとセーフとか？

回らない頭でぼんやりとしている内に、地上に戻って来た。

「あっ、ありがとうございました……」

「怪我《けが》がないならいい」

ふわっと優《やさ》しく下ろされ、地面に足が付く感覚で、ようやく戻って来られたんだとホッとする。貧血のような立ちくらみも一瞬《いっしゅん》だったようで、今はふらつく事もなさそうだ。

「フォルト様もここに来ていたんですか？」

「一年生の初めての校外学習だからね。顔を出しておこうかなと思って」

フォルト様が口を開くよりも先に、ニッコリと笑ったユーグ殿下《でんか》が私とフォルト様の間に現れた。

「あぁ、二人とも風邪《かぜ》を引いちゃうといけないから」

殿下はテキパキと風魔法を唱え、私達をすっかり乾《かわ》かしてくれた。

「ユーグ……」

「まぁまぁ、これくらいは僕《ぼく》に任せてよ」

「俺《おれ》が言いたいのは後輩《こうはい》の様子を見に、なんていうのは口実で、シェリに会いたくてここまで来たんだろって話だ」

「折角の夏季休暇なんだから、少しくらい羽を伸《の》ばしてもいいだろう？　それに、結果的に来て正解だったじゃない？　僕達《ぼくたち》が駆《か》けつけた時、ちょうどアリスティア嬢《じょう》が落下していくのが見えたんだよ。フォルトがあんなに焦った顔して飛び出していくのは初めて見たな」

「ひぇっ……お騒《さわ》がせしました……！」

「いやいや、アリスティア嬢、いつもシェリを守ってくれてありがとう。勿論《もちろん》、自分の身も大切にしてほしいけどね？　君に何かあったらシェリが酷く悲しむだろうし、フォルトには僕がボコボコにされる未来しかないと思うし」

「はぁ……」

なんで私の事で、カルセルク兄妹《きょうだい》による殿下への大ダメージに繋《つな》がるんだろう……？

小首を傾《かし》げていると、後ろから勢いよく抱き着かれて、身体が揺れた。

「アリス……！　無事でよかったわ……！」

「本当にアリスのおかげだ。ありがとうな。それにお前はまーたすごい事をやってのけて……！」

今にも泣きそうなシェリと、満面の笑《え》みのサラからそう言われ、私はちょっとだけ困ったように笑って頷いた。

「その代わり杖は瀕死《ひんし》寸前な気がするけどね……」

壊れなくて本当によかった。へにゃりと力なく笑えば、二人にはぎゅむぎゅむと、更に強く抱きしめられてしまった。

「あの水で出来た竜が四属性魔法だったんだな……初めて見たけど、すっごく綺麗だった」

「うん。初めて四属性魔法を使ったけど、成功してよかったよ……！」

ご先祖様のチートな力をお借りしてだけど、無事に成功した事だし、終わりよければ全てよしだ！　うんうん一人頷いていると、サラが一人息をのんだ。

「ん？　どうしたの？」

「うわぁ……氷の騎士様より先に、アリスの歴史的瞬間を見てしまったのか……」

サラは一体何を気にしているのだ。

「そうだわ。アリス、これ」

そう言って、シェリは手にしているハンカチの中から、貸していたイヤリングを取り出して、私の手のひらに乗せた。サラに渡《わた》した分も、シェリが一緒に持っていてくれたようだ。

耳元に付け直すと、心がほっこり温まり、なんだか落ち着いたような気がした。

おかえり、二人を助けてくれてありがとう。そんな想《おも》いを込めて、私はイヤリングを優しく揺らしたのだった。

第三十六章 地底湖に眠るタンザナイト

chapter. 36

「えぇ!?　アリスティア嬢、それ本当!?」

殿下の珍《めずら》しく大きな声が、鍾乳洞内に響《ひび》き渡った。

地底湖の底で四属性魔法を使った事を、こっそり殿下とフォルト様に話せば、大層驚かれてしまったのだ。

「すごいな。成功したのか」

「ユーグ様、フォルトお兄様！　アリス、すっごくかっこよかったんですよ！　水を浮かせて竜巻のようにしたかと思ったら、巨大な竜に形を変えて……」

珍しく興奮気味のシェリを、可愛《かわい》くて仕方ないと言った様子で、頭を撫《な》でまわしている笑顔《えがお》の殿下が私は怖いです。

「その瞬間を私達しか見ていないのは、ちょっと勿体《もったい》ない気がするけどな。あんなに綺麗な魔法、初めて見た」

アリスの属性については内緒《ないしょ》だから、結果的にはよかったのかと、サラは少し複雑そうな表情を浮かべていた。

「成功するかは一《いち》か八《ばち》かって感じで挑戦《ちょうせん》したから……自分でもビックリしてる。難しかったし、もう一回は出来ないかも」

「それは残念だな。ぜひ僕もその瞬間に、今度はシェリと一緒《いっしょ》にその場に居合わせたいな」

「えっ？　ア、ハイ。ソウデスネ……？」

つまり、シェリと一緒に四属性魔法を見たいって事でオケ……？

「アリスティア、ユーグの言ってる事は気にしなくていい」

「はは、冗談《じょうだん》だよ。それにしても突然地面が崩れるなんてね。そんなに劣化《れっか》してたのかな……」

ここの点検はきちんと定期的に行っているはずなんだけど、と殿下は不思議そうにしていた。

「崩れる少し前に、地鳴りみたいな音が聞こえていました。何だか広場の時の事を思い出すようで、怖かったですね……」

「地鳴り？」

私が崩れ落ちる時の事をかいつまんで説明すると、フォルト様と殿下の顔は段々と険しいものへと変わっていく。

「自然に発生したのなら災害として事故判定をするが……もし誰かが、シェリ達がいると分かっていながら故意に地面の崩落を発生させたというのなら、これはれっきとした事件だ」

「……すこーし調査が必要みたいだね？」

ニッコリ笑っているのに、黒いオーラが隠《かく》し切れていない不穏《ふおん》な殿下、ものすっごく怖すぎる。

これで私が更に、実は落ちる直前、レベッカ様らしき人の姿を見かけたかもしれない……なんてポロッと話したら、一体どうなるんだろうか。

うぅむ……言うべきか、言わないべきか。でもなぁ……見かけたのが本当にレベッカ様だったとしたら、それは重大な罪になりかねない事だし、逆に言えば、冤罪《えんざい》は避《さ》けないといけない。

……そもそも一瞬の事だったし、あの時は自分も混乱してただろうから、断言はできないもんな……私はそう判断して、胸の内に秘《ひ》めておく事にしたのだった。

その後は崩れた箇所《かしょ》の調査や修復についての確認作業を行うとの事で、一気に騒がしくなった。しっかりとした明かりも点《つ》き、視界が開ければ、こんな空間だったのかとちょっと驚いた。ちなみに私達は被害者《ひがいしゃ》なので、離れた安全な場所で絶賛待機中である。

「私達、お喋《しゃべ》りしながら結構奥深《おくぶか》くまで進んで来てしまっていたのね」

「みたいだね。ここって全体的にほの暗いから、案外気が付かなかったのかも」

「皆が無事で、怪我もなかったからよかったが……あまり採集が出来なかったのは残念だったな」

確かに、と私とシェリは、サラの言葉に大きく頷いた。

でもまぁ、鍾乳洞の中は神秘的で綺麗だったし、それだけでも満足って事にしよう。

美しい地底湖に落っこちちゃったのは想定外だけどね……苦笑いを浮かべながら、何の気なしに制服に触《ふ》れた時、ポケットに入れてあった宝石の存在にようやく気が付いた。

「ねぇ、シェリ、サラ。これってなんていう宝石か知ってる？」

「すごい輝きね……こんなに純度が高い宝石、中々出会えないと思うわ。うぅん……恐《おそ》らくだけど、タンザナイトじゃないかしら」

「へぇ、深い青色の綺麗な宝石だな。ここの鍾乳洞って、こんな宝石まで落ちているのか？」

私は二人に、地底湖での宝石を手にした経緯《けいい》を話した。地底湖に戻した方がいいかなと相談すると、意外にも二人からは、宝石のヒビ割れはアリスのせいじゃないし、記念に持って帰ってもいいんじゃないかと言われたのだった。

「地底湖が青く光っていたのは、この宝石が埋まっているからだったのね」

「とりあえず家に着くまでは、しっかりしまっておいた方がいいんじゃないか？　それ」

「う、うん」

サラから助言を受け、あわあわと宝石をポケットに戻す。とりあえず大事に保管しておこう。家に着くまで、何だかソワソワしてしまったのは言うまでもない。

「久しぶりの舞踏会……腕がなりますっ……！」

「控《ひか》えめでいいの、控えめで。謙虚《けんきょ》に。私はあわよくば壁《かべ》の花になりたいんだから」

興奮気味のメイド達にそう告げると、じとっと恨《うら》めしい顔で見つめられる。な、なにさ……

「アリスお嬢様《じょうさま》が壁の花になってしまったら、逆に目立って仕方ないと思うんですけれど……」

「うぐ……」

そう言われると辛《つら》い。私もなんだかんだ、腐《くさ》っても侯爵令嬢《こうしゃくれいじょう》なもので。ささっと帰るにしても、挨拶《あいさつ》回りとか、やるべき事はやらないとな。久しぶりのご令嬢《れいじょう》モード、キチンとやり切れるだろうか……

あれこれ考えている私をよそに、メイドの一人がパンッと手を叩いて、他のメイド達にも声をかけた。

「さっ！　時間がないので、そろそろお嬢様を磨《みが》き上げますよ！」

「「「はいっ！！！」」」

「ひょわぁぁぁ…………」

あれよあれよという間に、バスルームへ連行され、身体中《からだじゅう》を磨き上げられた私。舞踏会前から、既《すで》に満身創痍《まんしんそうい》でございます……。

そこに追い討《う》ちをかけるかの如《ごと》く、コルセットでウエストを絞《しぼ》られて、もう瀕死状態である。

「あ、あんまり締《し》めすぎないでね？　私、舞踏会のビュッフェを楽しみに、乗り切ろうと思ってるからっ、こ、これだけは譲《ゆず》れないっ……！」

そんな切実な私の訴《うった》えに、皆《みな》はちょっと不服そうな顔をしていたけれど、少しだけコルセットを緩《ゆる》めてくれた。

今年の夏のドレスは、話に聞いていた通り、淡いラベンダー色の涼《すず》しげな装《よそお》いだった。

袖《そで》のないタイプだが、薄《うす》いレース編みとシフォンを組み合わせたドレスとセットになっている手袋《てぶくろ》が、二《に》の腕の半分程《ほど》までを隠している。手袋は薄手《うすで》なので、全然暑くないのだから驚きだ。ドレス自体はシンプルなAラインの形で、胸元《むなもと》から腹部まで、同系色の小花のモチーフが沢山付いている。

ドレスの裾《すそ》には、小さなクリスタルガラスが沢山ちりばめられて、縫《ぬ》いとめられており、私がその場でクルクル回ると、光の加減でキラキラと光って見えた。

おぉ、派手すぎず、かつ可愛くて落ち着いた感じのデザインだ。私も思わず、自然と顔が綻《ほころ》ぶ。

「今回は皆がドレスの色を推《お》してくれたんだって？　可愛いのを選んでくれてありがとう」

「メイドを代表して奥様《おくさま》と戦った甲斐《かい》がありました……！　とてもよくお似合いです」

毎回毎回、戦《いくさ》をしなくてもいいと思うのだけどね？　平和的な解決は出来ないものなのか。

「そうだ。ねぇねぇ、レベッカ様のドレスの色の情報って、今回入ってきてる？」

「ルグダン公爵家のレベッカ様ですか？　あの方はいつも赤を好まれてるご様子でしたけれど……」

メイドの一人が頬に手を当てて、思い返しながらそう話してくれる。

「そっか。じゃあ今回も赤なのかな？」

「ええ、恐らくはそうかなと……ただ、あの方はユーグ殿下の婚約者《こんやくしゃ》候補でもありますから、どこかに殿下のお色を入れてくるかもしれませんね」

ほうほう、殿下の色となると髪《かみ》の色の黒か、瞳《ひとみ》の色の金か。黒のドレスはちょっと難しいから、刺繍《ししゅう》か差し色として持ってくる感じかなぁ……？

「さ、アリスお嬢様。髪を結《ゆ》いますよ」

「はーい。……あ、シェリにどんなドレスにしたのか聞くの、すっかり忘れてた」

鏡台の前に座《すわ》った私がそう思い出して呟《つぶや》くと、鏡越《ご》しで見たメイド達《たち》は、何故《なぜ》か満面の笑みであった。思わずビクッとなる私。

「ウフフフフ。それはそれは、王宮に行ったらのお楽しみですね。ウフフ……」

「こ、怖いんですけど……？」

何だろう、その含みのある微笑み……

今日の舞踏会は王宮主催《しゅさい》、尚且《なおか》つ行事という名目で、家族総出で参加する事になっている。

なので、母様のエスコートは父様。私のエスコートはクリス兄様がしてくれているのだ。爵位《しゃくい》の低い順に入場なので、マーク侯爵家《こうしゃくけ》は後ろから数えた方が早い。つまりは名前を呼ばれるまで、少し時間があるので、馬車で待機中なのだ。

「さて、そろそろ侯爵家の入場が始まるから、皆行くぞ」

よーし、ご令嬢モード頑張りますか……！

私はそんな意気込《いきご》みを顔には出さずに、スッと姿勢を正して、軽く微笑みを作って馬車を降りたのだった。

私達一家が王宮の会場内に入場すると、一気に周囲からザワっと声が上がり、沢山《たくさん》の視線を感じる。

「おぉ……見ろよ、マーク侯爵家だ」

「ここの家も迫力《はくりょく》があるよな。美形揃《ぞろ》いだし」

「まぁ、アリスティア様もご参加されるって本当だったのね」

「今日のアリスティア様のドレスを見て？　妖精みたいに可愛らしいわ……！　マーク侯爵家の宝と言われているだけの事があるわよね」

会場内では、そんな言葉がヒソヒソと交《か》わされていて、ちょっと照れる。ご令嬢モードに集中している私は、頑張って聞こえないフリをするのだけども。

王家の方々への挨拶が済み、私達一家は会場内の空いている歓談《かんだん》ブースにひとまず落ち着いた。

「くっ……皆様《みなさま》の反応を見る限り、アリスのドレスはやっぱりこの色で正解だったかもしれないわ……」

母様は前を向きながら、微笑んだ表情を変える事なく、声だけは悔しそうに小声で呟いた。

……すごい技ですね、母様。

「そ、そうかな？　まぁこのドレスは確かに可愛いけど……」

私は小首を傾げて、ドレスの裾をふんわりと揺らす。

「そうよぉ。それに、もうそろそろシェリちゃんの入場じゃない？　は～、楽しみね～」

「母様もメイド達も、何か意味深な発言するよね？　シェリが一体どうしたの……」

そう私が呟いた時、会場案内の騎士様の「カルセルク公爵家《こうしやくけ》のご入場です」という声が響いたのだった。

「あれ？」

私は瞬《まばた》きをして、入場してきたシェリのドレスを何度も見て確認した。

「え……？　このドレスって、シェリと色違《ちが》いっ⁉」

シェリのドレスは、ほとんど私と同じデザインで、色がトパーズ色だった。よくよく考えたら、私がラベンダーでシェリがトパーズって、お互《たが》いの目の色じゃないか。

「いいわねぇ～、シェリちゃんも結局トパーズ色にしたのね。アリスとちょうど対《つい》になっている感じが、尚更可愛《なおさらかわい》いわ～」

そう母様が呑気《のんき》に話している横で、私は何とかご令嬢スマイルを保つ。心の中は早くシエリと話したいという気持ちでいっぱいだった。うぅ～、ソワソワしてしまう。

招待された貴族全員の入場も済み、国王陛下のご挨拶をもって、舞踏会は無事に開幕した。

尚《なお》、この舞踏会を開催《かいさい》するにあたり、首都魔獣《まじゅう》出現の一件も加味されていて、今まで以上に王宮警備は手厚くなっているそうだ。魔法《まほう》師の方も来ているとの話らしい。

「アリス！」

シェリがニコニコとしながら、こちらに歩いてきた。

「シェリ！　ドレスの事、知ってたの？　私、何にも知らなくてすごいビックリしたんだけど」

「もう。アリスったら、普段《ふだん》からドレスの事は全然気にしないものね。私はお母様から聞いていたわよ？」

どうやら母様とシェリの母様が、同じタイミングでドレスを作るなら、お揃いのデザインにしようと提案し始めたらしい。母様とデイジー達の意味深な発言が、ようやく腑《ふ》に落ちた私なのだった。

「ね、でも色はトパーズでよかったの？　殿下の色を入れた方がよかったんじゃない？」

私はコソコソとシェリに小声で問い掛《か》けた。

「私はいいのよ。この色、アリスの瞳の色にそっくりでしょう？　今まであんまり試《ため》した事のない色だったけれど、すごく気に入ってるの。それに……今日はあの方もいらしてるし、なるべく火種は撒《ま》きたくなくて」

「おぅ……」

あの方ってレベッカ様の事だよね。

もう一人の婚約者候補の方はすごく大人しいとの噂《うわさ》で、あまりお見かけしないしね……

そんな話をしている内に、ダンス用の音楽が流れ始め、会場の中心となっているダンスホールに少しずつ人が集まり始めた。

「いい夜だね、シェリ、アリスティア嬢」

夏仕様の正装に身を包んだユーグ殿下が、私達の所へ歩み寄ってきた。私とシェリはお辞儀《じぎ》をして、挨拶を返す。

「こうして二人が並んでいると、本当に花の妖精みたいだね。きっとフォルトも早く見たがってると思うよ」

殿下はそう言いながら、感心したように私達の格好を眺《なが》めた。

「そういえばフォルト様って、今日は殿下のお側《そば》にいらっしゃらないんですね？」

「王宮警備が増えたという話があっただろう？　その関係で、ちょくちょく現場に駆り出されちゃってね。交代制だから、また後で会場に戻《もど》って来たら、その時には会えると思うけど……そうだ、アリスティア嬢はフォルトが来るまで、ダンスは踊《おど》らない方がいいと思うよ」

殿下のアドバイスに疑問を感じつつも、とりあえず分かりましたと返事をする。フォルト様も大変なんだなぁ……せめて美味《おい》しい料理をチェックしておいて、戻って来た時にオススメしてあげよう。

私がビュッフェを見つめながら、そんな事を考えている間に、殿下はやっぱり最初のダンスのパートナーに、シェリを選んだ様子であった。

それは勿論、当然の流れだとは思うけれど、そんな二人の様子を見て、レベッカ様はどんな表情をしてるんだろうか……そう考えると、かなり恐ろしい。

「火種はたしかに撒きたくないだろうけど、シェリの場合は火そのもの《殿下》が自らやってくるからなぁ……」

殿下にエスコートされて、ダンスホールへ向かうシェリに笑顔で手を振《ふ》り、私はそう小さく呟いたのだった。

二人を見送ったあと、周りから何となくチラチラと、遠慮《えんりょ》がちな視線を感じる。

あ、分かります、分かりますとも。滅多《めった》に夜会に来ないお前は踊らないのか、何なら踊れるのかって話ですよね？

実際のところ、舞踏会といえど必ずしも全員が踊らなくてはいけない、というルールはない。基本的には男性の方から女性を誘《さそ》い、了承《りょうしょう》を得るとダンスへ、という流れになるのである。

今までの私はというと……誘われる前にそそくさと帰っていたのがほとんどで。誘われても何かと理由をつけて、お断りしてたんだよね。

そんな事を繰《く》り返していたら、そりゃ私のダンスの腕前《うでまえ》なんて、誰《だれ》も知らないに等しいだろうなぁ……もしかしたら、どうしようもない位に下手だと思われている可能性大だ。

「う～ん……まぁ、ひとまずフォルト様を待ちつつ、ビュッフェに勤《いそ》しんでよっと」

王宮ビュッフェ、楽しみすぎる……！

「な～に一人で楽しそうな顔してるの～？」

横からピョコッと手を振って現れたのは、お久しぶりのルネ様である。今日は夜会仕様なのか、いつもの一つ結びではなく三つ編みにして、光沢《こうたく》のあるリボンを一緒に編《あ》み込んでいる。

「わ～アリスちゃん、夜会のドレススタイルも超可愛いじゃん。今日の舞踏会は、紫《むらさき》とトパーズの妖精がいるって噂で持ちきりだよ～？」

「あ、ありがとう？　というか、もう帝国《ていこく》での用事は終わったんだね」

「うん。休み中ずっと帝国にいても、課題が終わらなくて困るからね。向こうでの用事はさっさと終わらせて、昨日こっちに戻ってきたとこ～」

「うわぁ、それはお疲《つか》れ様《さま》。じゃ、久しぶりのエタリオル料理を一緒に食べよう！」

偶然《ぐうぜん》にも仲間を見つけた私は、ルネ様と意気《いき》揚々《ようよう》に飲食ブースへと移動したのだった。

第三十八章　貴方の瞳は藍色

chapter. 38

　夜会の飲食ブースは、毎度の事ながらほとんど人がいない。こんなに美味しそうな食べ物が沢山あるのに、なぜ皆食べないのか……本当に勿体ないと思う……

　まずは、プレートに少しずつ載《の》せてもらったピンチョスや、サーモンのマリネなどの前菜を頂く。んんん、やっぱり王宮の料理はどれも格段に美味しい。

「そうだ。同級生の子たちも参加してると思うんだけど、もう誰かに会った？」

　コクンとリンゴジュースを飲《の》み込んだところで、私はルネ様に問い掛けた。

「あ～、男子は分かんないけど、女子は何人か見かけたよ？　俺は綺麗《きれい》なご令嬢達《れいじょうたち》とお喋りしてたんだけど、男に狙《ねら》われてるアリスちゃんをたまたま見つけたから、こっちに来ちゃった」

「へ？　誰も私の事なんて狙ってないと思うけど……？　てかルネ様はその内また、すぐご令嬢に捕《つか》まると思うよ？　それまでの猶予《ゆうよ》時間で、ご飯を食べといた方が賢明《けんめい》だと思う」

　はい、と私は前菜のプレートを渡す。ちなみに私はローストビーフに進んでおります。

「あ、俺が捕まるのはもう確定なのね……？　まぁ可愛い子は大歓迎《だいかんげい》なんだけどさ、パワフルな子はちょっとねぇ～」

「パワフル……物理的に強いって事？」

「サラ嬢みたいな強さじゃなくてだよ～？　こう、恋愛《れんあい》気質って感じの、グイグイ強気で来る子って意味なんだけど……って、そういえばサラ嬢は？」

「サラは実家に帰ったから、舞踏会には参加してないの。実家が遠いからね……って、ん？　もしかしてサラ、舞踏会に参加したくなくて、その前に実家に帰った……？」

ただでさえサラはドレスも帯剣《たいけん》出来ないからって理由で、あまり着たがらないし。可能性、あるなぁ……と思わず遠い目になる。たはっと笑ったサラが目に浮《う》かんだ。

「そっかそっか。あ、ほらあの子がパワフル女子のいい例だよ～。前にカフェテリアでアリスちゃん達に絡《から》んできた子だよね。ユーグ殿下の婚約者候補なんでしょ～？」

ルネ様の視線の先には、金髪《きんぱつ》の髪を豪華《ごうか》に巻いて、普段以上に華美《かび》なドレスアップをした、レベッカ様がいた。わぁ、いつも以上にギラギラしてて眩《まぶ》しい。

「んん？　レベッカ様、珍しく赤のドレスじゃなくて青のドレスだ。でも、やっぱり要所要所は金色で刺繍してる……」

「あの子、原色好きそうだもんねぇ」

妙《みょう》なところで納得《なっとく》するルネ様である。というかそれ、偏見《へんけん》なのでは……？

「レベッカ様と目が合うと、取って食べられる恐れがあるから、私はご飯に集中するね？」

「なになに？　蛇《へび》とカエルみたいな感じ？」

「私、つい最近もレベッカ様に出会う機会がありまして、冷たい視線をいただいたもので……わ、この鴨《かも》のコンフィすごく美味しい。食べやすくカットもしてくださってるから、いくらでも食べれちゃうな……」

私がニコニコと料理の感想を告げると、ありがとうございます、と料理人の方も微笑んでくれた。

暫《しばら》くほのぼのと、ルネ様と一緒にビュッフェを楽しんでいたのだが、少し離《はな》れたところから、よく通る声でレベッカ様に名指しを受ける。

「あらマークさんたら、こんな人気《ひとけ》のない場所にいらしたの？　ダンスの一つくらい、そろそろ踊られたらいかがかしら？」

「え、ちょ、まだデザートに進んでないんですけど……」

ここからが大事な局面なのに……？

「アリスちゃん、気にする所はそこなの？　あんな強い言葉遣《ことばづか》いで声掛けてくるなんて、カフェテリアの時も思ったけど、やっぱり常識ないのかな～」

女の子には優しいと定評のあるルネ様が、珍しく顔をしかめている。

「ん～、遅《おく》れてきたんじゃない？　ならレベッカ様は殿下とシェリのダンスも見てないって事だから、火種は少なくて済みそう……」

よしよし、と一人頷《うなず》く私を、ルネ様は横目で見つめながら「本当変わってるんだよねぇ、アリスちゃんって」と、割と真剣《しんけん》な様子で呟くのだった。

「じゃ、折角だし俺と踊ろうよ～」

「え？　ルネ様と？」

「そそ。俺、言っとくけどリード上手《うま》いよ？」

ありがたい話だが、殿下に、フォルト様が来るまでは、ダンスを控えておいた方がいいと、謎《なぞ》のアドバイスを貰《もら》ってるからなぁ……

でも今踊らないと、レベッカ様の気も済まないだろうし、どうしよう……

「アリスティア」

悩《なや》んでいた私の後ろから、聞き慣れた声が響いた。

声のする方向を振り返ると、王宮騎士《きし》服に身を包んだフォルト様が、すぐそこまでやって来ていた。

夜会というか行事の警備スタイルだからか、普段の騎士服とはデザインも違い、服にも少し装飾《そうしょく》が施《ほどこ》されている。い、いつにも増してかっこいいな……!?

「こんばんは、お疲れ様で……」

「フォルト様っ!? お姿をお見かけしないと思っていたんですのよっ？ お仕事をされてらして？」

私の言葉に被《かぶ》せながら、レベッカ様がこちらにズカズカとやって来た。その勢いに圧倒《あっとう》されていた私を、スッとさりげなく、フォルト様が後ろに庇《かば》ってくれる。

「……貴方に名前で呼ばれる事を、許可した覚えはないが」

フォルト様は、氷の眼差《まなざ》しでレベッカ様を一瞥《いちべつ》すると、そう一言だけ発した。

ひぃっ……レベッカ様の問いかけをフルで無視して、尚且つ火に油を注いでいる……！

「わぁ～、氷の騎士様なのに、水じゃなくて油注いでるね～」

私の斜《なな》め後《うし》ろで、呑気に爆弾《ばくだん》発言をかますルネ様である。私ですら心の中に留《とど》めていたのに、口に出すなんて強者だな……！

「……っ！ 嫌《いや》ですわ、そんなつれない事おっしゃらないで？ それより、今夜のドレスは青にしましたの。どうかしら……」

レベッカ様は、チラチラと上目遣《うわめづか》いでフォルト様を見ながら、これ見よがしにドレスをたなびかせる。

「あ、なるほど。だから今日は青のドレスだったんだ」

レベッカ様の言わんとする事は、恐らくフォルト様の瞳の色にドレスを合わせたんですよ、という事だろう。

「この子、殿下と氷の騎士様を同時進行で狙ってるって事？　二兎《にと》追うものは一兎《いっと》も得ずって話知らないの？」

うぇぇ、俺そんな無謀《むぼう》な事しなーい……と、ルネ様はウンザリした顔をしている。

「そこまではどうだろう……？　でも今まで赤のドレスばっかり着てたって噂だから、見た目が変わっていいんじゃない？　ほら、イメチェン的な」

「そーお？　俺的には赤でも青でも、あんまりこの子の印象変わんないよ？　アリスちゃん」

「ルネ様はさっきから、公爵令嬢《こうしゃくれいじょう》に対する言葉じゃなくなってきてるよ……⁉」

不敬罪に注意ですよ……と思いながら、小声でルネ様をたしなめる。

「え〜爵位でいったら俺、あの子と対等なのにぃ〜」

「……⁉」

こんなところで、初耳な情報をサラッと告げるルネ様を、私は目をまんまるくしながら凝視《ぎょうし》した。な、なんだって⁉

「え、ちょ、って事はルネ様って、帝国の公爵家の人なのっ⁉　全然気にしてなかった……もう少し早くに教えてよ……」

「いやいや、クラスの人は皆、普通《ふつう》に知ってると思うけど？　アリスちゃん程、人の爵位を気にしない人って、この貴族社会で中々いないよねぇ」

「ぐぅ……」

そう言われると何とも言えない私である。何ならサラの家の爵位だって、キチンと覚えてない……かもしれない。フォルト様を盾《たて》にして、後ろでコソコソと、なんだかんだ言いたい事を話す私達であった。

ふむ、と私は気を取り直して、フォルト様の背中からちょこっとだけ顔を覗《のぞ》かせると、レベッカ様のドレスの色をもう一度眺《なが》めた。

鮮《あざ》やかで綺麗な青色。……でも何か、しっくり来ないんだよなぁ。上手く言い表せないのだけど……

「フォルト様の瞳の色は、もっと透明《とうめい》感のある藍色……？」

ポツリと呟くと、ギロッとレベッカ様が私を睨《にら》みつける。わー、地獄耳《じごくみみ》ですねー⁉

「あらあら？　青色にしなかったのを今更後悔《いまさらこうかい》なさっていらっしゃるの？　マークさんのドレスは、よくあるラベンダー色ですものねぇ」

ウフフ、と口元に手を添《そ》えて、意地悪く笑うレベッカ様である。

なるほど、この前私にドレスの色を聞いてきたのは、私が青色を取らないように牽制《けんせい》しようとしてたのか。ようやく納得がいきました。

「確かに、フォルト様みたいな藍色もいいですよね。でも私、これはシェリの瞳の色にそっくりで綺麗だから、すごく気に入ってるんです」

今回のドレスは本当にお気に入りなので、これは私の本心だ。えへ、とレベッカ様に向かって微笑《ほほえ》んだ。

フォルト様は、すぐ後ろにいた私を視線に捉《とら》えると、私のドレスを見つめて、ふぅんと呟く。

「このドレス、シェリとデザインも揃いなんだろう？　よく似合ってる」

「ありがとうございます。シェリはトパーズ色でいつもと違う雰囲気《ふんいき》なんですけど、すっごく可愛いんですよ！」

私達の会話を、引き攣《つ》った笑《え》みを浮かべたまま聞いていたレベッカ様に、フォルト様はこう切り出した。

「先程《さきほど》の会話は何となく聞こえていたが、そんなにアリスティアのダンスの腕前が気になるなら、そこで見てるといい」

クイッと手を引かれ、その反動で足が前に進む。自然と私がフォルト様の横に立つと、フォルト様は私の腰《こし》に手を添えた。

「ほぇっ？」

な、何が起きているんだ……⁉

腰、というかこんなの、恋人《こいびと》の距離《きょり》感になっちゃうんじゃないですかね……⁉

私は慌《あわ》てながらも、ちょっと距離を取らねば、と思い腰を引こうとした。が、フォルト様にホールドされて、そのままの距離感で見下ろされる。私は、ぴぇっと思わず固まった。

「……俺《おれ》と踊るのは不満か？」

「い、いいえっ⁉　滅相《めっそう》もないです！　喜んで！」

「よし、いくぞ」

曲が終わり、入れ替《か》わりのタイミングになったのを確認《かくにん》し、フォルト様は私の腰を抱《だ》いたまま、ダンスホールにエスコートしたのだった。

尚、私はその間、澄《す》ました顔を取り繕《つくろ》っていたが、ものすっごく心臓がバクバクしていた。

第三十九章

最後の一人

chapter.39

「どうした？」

「す、すみません。なんだか緊張《きんちょう》しちゃって」

ダンスホールに立っていざ踊り始めたが、いつもより自分の心臓の音がうるさい。緊張しているのが、自分でもよく分かった。

そんな私を見つめて、フォルト様はふ、と小さく笑うと、グイッと私の手を引く。そして突然《とつぜん》曲に合わせて私をターンさせた。フワッとドレスが花のように舞《ま》う。

「わ、わ!?　フォルト様っ？　ビックリしたんですけどっ……」

私はムムッとフォルト様を恨めしげに見上げて、小声で呟く。

「驚《おどろ》けば、少しは緊張も解けるだろ？　アリスティアらしく、いつも通りでいいんだ。夜会なんて煩《わずら》わしいと思っていたが……お前と踊れるなら、夜会の参加も悪くない」

そう言って、フォルト様は藍色の瞳を細めて、優《やさ》しく微笑んだ。

尚、私の後ろで、レアなフォルト様の微笑みを直視したご令嬢達が、次々と気を失っていたようである。

「っ、はい！　私もフォルト様と踊れて楽しいですっ」

フォルト様の言葉と微笑みにつられて、私はパァッと笑顔《えがお》になった。

そうだよね、折角《せっかく》なら楽しまなきゃ損だ。ゆったりとした曲調のワルツに合わせて、フォルト様のリードに身を委ねる。ふわりふわりとドレスの裾を揺《ゆ》らし、ターンの時は足取りを軽く、舞うように心がける。

一つ一つの所作を丁寧《ていねい》に、柔《やわ》らかく行うのが私のダンスのモットーだ。ガチガチにポーズを決めるより、自然体が一番だと思うから。

会場内で至るところから、ほぅ……と感嘆《かんたん》のため息が漏《も》れていた。私達のダンスを見た人々は、どうやらかなり見入ってくれているようで、そんな周囲の評価に内心ホッとする。

私はご令嬢の微笑みを崩《くず》す事なく、ターンを繰り返す。殿下《でんか》とシェリのダンスに華《はな》を添えられたら、今日のダンスミッションは、クリアといっても過言ではない……！

……驚く事なかれ。運動音痴《おんち》で鈍臭《どんくさ》い私だけど、ダンスはそこそこ得意分野なのである。

まぁ、段々疲れてくると元々の鈍臭さが出てくるという問題点が、実はあるのだけども。

なので終盤《しゅうばん》では足を踏《ふ》み外《はず》さないように注意が必要なのは、ここだけの話である。

曲が緩やかに終わりを迎《むか》え、私とフォルト様は、お互いに向かい合ってお辞儀をした。

周囲からは、割れんばかりの拍手《はくしゅ》が鳴り響《ひび》く。すっかり緊張はほぐれたけれど、よく分からない胸の高鳴りと高揚感《こうよう》は残したままだった。

「っそうだ、フォルト様と一緒《いっしょ》にご飯を食べたいなって思ってたんです！　オススメを紹介《しょうかい》しますね」

「ありがとうな。アリスティアのオススメなら間違《まちが》いなさそうだ」

「なるほどなぁ。氷の騎士様の氷を溶《と》かすのは、花の妖精だったんだなぁ……」

「氷の騎士様の微笑みなんて、何年ぶりに見たか分からないわ……舞踏会に参加してよかった……」

思い思いに呟かれている周囲からの賞賛の言葉に、こそばゆい気持ちになりながら、フォルト様に手を引かれてダンスホールを出た。

「なっ……どういう事ですのっ……!?」

そんなに私がダンスを踊れる事が意外だったのか、レベッカ様は驚愕《きょうがく》の表情を浮かべて叫《さけ》んだ。

「ほ～んと、表面上でしかアリスちゃんの事を知らないんだねぇ、キミ。今日の夜会での令嬢としての振る舞い方、アリスちゃんは完璧《かんぺき》だったよ？　ていうか、ダンスを見れば一目瞭然《りょうぜん》だったでしょ」

ルネ様は冷めた目でレベッカ様を見下ろしながら、悪魔《あくま》のように微笑んだ。

「う、嘘《うそ》よ……」

「才能や家柄《いえがら》は、ひけらかすものじゃないよね？　ここぞというときに、自然と滲《にじ》み出るものなんだから、ねぇ？」

顎《あご》に手を当てながら、そう言ってクスクスと妖艶《ようえん》に笑ったルネ様は、なんだかゾッとする程の綺麗さだった。

「……っ！」

ルネ様の言葉を聞いて、レベッカ様は何も言い返せなかった。行き場のない怒《いか》りの感情からか、カッと顔を真っ赤にする。私とルネ様をキッと睨み、何も言わずに勢いよく方向転換《てんかん》し、足早に去って行ってしまった。

「え～挨拶もなし？　あの子、まじ超怖《ちようこわ》い」

言葉とは裏腹に、とても楽しそうな表情のルネ様である。私とフォルト様が口を挟《はさ》む間もなく、対レベッカ様戦が終わってしまった。

「ルネ様も大概毒舌《たいがいどくぜつ》だよね……」

「可愛《かわい》い女の子には優しいよ～？　さ～てと、アリスちゃんのダンスも見れた事だし、俺もちょっとここから離れさせてもらうね？　氷の騎士様、アリスちゃんの事よろしくお願いしま〜す」

そう言うと、私達の返事も聞かずに、フラッと人混みに紛《まぎ》れていったのだった。

私は一度、メイク直しとお手洗いに、パウダールームへやって来ていた。

諸々《もろもろ》が済んで出てきた私は、突然《とつぜん》肩《かた》をポン、と触《さわ》られ、背筋が一気にピーンと伸《の》びる。

さっきフォルト様ファンに後ろから刺《さ》されるかも、なんて物騒《ぶっそう》な事を考えてたので、尚更《なおさら》驚《おどろ》いたのだ。

「ひょわー⁉」

「あっ……ご、ごめんなさい……驚かせてしまいました……」

「はわ、いえっ、こちらこそ、変な声をあげてすみません」

……あれ？

この方、シェリとレベッカ様に続く、三人目の殿下の婚約者候補のステファニー・フィゾー様だ。

「あの、賑《にぎ》やかな場所はあまり得意ではないと伺《うかが》った事があるのですが……大丈夫《だいじょうぶ》ですか？」

ステファニー様は引っ込《こ》み思案《じあん》で、とても大人しいご令嬢《れいじょう》だって有名なんだよね。人混みに酔《よ》ったり、具合が悪くなったりしてないだろうか。そっとステファニー様の様子を見つめると、青白い肌《はだ》をしているし、顔色もよさそうではないので、心配である。

「……はい。今日はどうしてもお会いしたい方がいて、少し無理を承知で来たのですが、体調はあまりよくなくて……」

「会いたい方……ユーグ殿下ですか？」

フルフルと軽く首を横に振ると、「もう済んだのでいいんです」と、ほんの少しだけ微笑んだ。

私が小首を傾《かし》げていると、そっとステファニー様が近くに寄り、私の耳元でこう囁《ささや》いた。

「……森に気をつけて……」

「え？」

「すみません。もう迎えが来ているので、お先に失礼しますね」

私がポカンとしている内に、ステファニー様はペコリと頭を下げて、足早に出口へと向かってしまった。

「どういう事……？　ステファニー様って、もしかして預言者……？」

「そんな奴《やつ》いる訳ねーだろ？」

「え？」

横から呆《あき》れた声が聞こえて、私は顔を向けた。

「ニャ、ニャーさん……ですよね？　潜入捜査《せんにゅうそうさ》でもしてるんですか、その格好」

よう、と軽く手を挙げて私の声に答えたのは、ウェイター姿の（恐《おそ》らく）ニャーさんだった。

そもそも私は、普段フードですっぽり顔を隠《かく》しているニャーさんの素顔《すがお》を、ちゃんと見た事がない。今は黒髪《くろかみ》黒目で、あまり特徴《とくちょう》のないウェイターになっているけど、これもきっと変装をしてるだろうから、素顔という訳でもないのだろう。

「舞踏会《ぶとうかい》の特別警備っつー事で、特殊《とくしゅ》メイクも使ってがっつり変装中なんだよ」

「なるほど……お疲れ様です。でも何で皆《みな》、気配を消してこっちに近づくんでしょうかね……」

「あの女の気配は、別に普通に分かったけど？　あーさんが鈍《どん》ちんなだけじゃねぇの？」

「それは否《いな》めないですけどね……！　それより、ステファニー様の不思議な発言の方が気になります……『森に気をつけて』なんて、わざわざコッソリ伝える意味があったのかな……」

「何かあの女、やけに距離が近いなと思ってたけど、あーさんそんな事言われてたのか」

少し思案したニャーさんは「あーさんに関係した森っつったら、実技試験で行く森くらいしかなくねぇか？」と、呟く。

「確かにステファニー様は私の一個上の先輩《せんぱい》ですし、実技試験で森に行く事もご存知《ぞんじ》だとは思いますけど……じゃあ、たまたま後輩《こうはい》に会ったからアドバイスをくれたって事ですかね？」

「にしては、なーんか意味深な感じなんだよな……具体的な訳でもねぇし。とりあえずあーさんは、気にしすぎない程度に気にしとけ」

「……どっち⁉」

ニャーさんとのコントのような会話を終えて、会場に戻って来た。

適当に案内をしてるように見えたニャーさんだけど、会場までさり気なく私の護衛をしてくれていたっぽいので、いやはや感謝しております。私はフォルト様との待ち合わせ場所の飲食ブースへ、いそいそと足を運んだ。

「お待たせしました……って、皆どうしたの？」

飲食ブースには、挨拶《あいさつ》回りを終えたのかシェリと殿下も、フォルト様の所にいた。でもなぜか皆、三者三様の表情である。

個人的には、片手で口元を押さえて震《ふる》えている殿下が気になる。この御方《おかた》、確実に笑っているよね……？

「アリスったら。そんなにニコニコしながら歩いたら、また注目を集めちゃうわよ？」

「やだなぁ、シェリ。私に注目する人なんてそうそういないよ。会場入りした時は珍《めずら》しがられただけだし」

「ふくく……だってさ、フォルト。妖精《ようせい》は無自覚でフラフラしてるみたいだから、牽制役も大変だね」

そういえば、なんでフォルト様は会場内に冷えた目線を送ってるんだろう？

殿下の護衛も気が抜《ぬ》けないって事かな。

「フォルト様……？」

私が心配になって見上げれば、こっちに向けられた表情は、いつもと変わらない柔らかなものだったので安心した。

「……今日の舞踏会は、私史上一番楽しくて有意義かもしれません……」

私はプチスイーツが綺麗に盛られたプレートを見つめて、はわぁ……と感嘆のため息をつく。

「アリスティアの満足度のほとんどを占《し》めているのは、王宮料理だろうな」

フォルト様は、ちょっと揶揄《からか》うようにそう言うと、プレートに乗っていた小さなショコラを、喋《しゃべ》ろうとした私の口にヒョイと入れた。

「んむ⁉」

「美味《うま》いか？」

飲み込むまで喋れないので、コクコクと頷いた。そりゃ王宮スイーツは、流石《さすが》の美味しさですけどもね？　私は自分の口元に手を添えながら、もぐもぐもぐもぐ……何とも言えない表情でフォルト様を見た。

「……んぐ。ちょ、こんなところでっ……！」

……しかもこれはあーんという行為《こうい》で、普通は公共の場でやらないものなんですけど、氷の騎士様はご存知ですかね……⁉

「皆、ダンスや会話に夢中だと思うぞ。誰も見てないなら、問題ない」

涼《すず》しい顔で私が勧《すす》めたマカロンを食べようとするフォルト様に、悪戯《いたずら》心が湧《わ》いたのは、私もちょっとばかし会場の雰囲気に酔っていたのかもしれない。

私はえいやっと、そのマカロンを奪《うば》って、フォルト様の薄《うす》く開いた口元に押《お》し込んだ。

「っ！」

「美味しいですか？」

にんまりと笑って尋《たず》ねれば、驚いた顔のフォルト様の耳が、ほんのりと赤くなっていた。

ふふん、たまには反撃《はんげき》しちゃうもんね。

「うーん……僕《ぼく》の目には、食べさせ合いをしてる、ただのいちゃつきカップルにしか見えないんだけどな……？」

「ふふ、アリスは無自覚な妖精ですから。妖精の悪戯は、フォルトお兄様に効果抜群《ばつぐん》みたいですね？」

二人に生暖かい目で一部始終を見られていたのに気づき、私がとんでもない行為をしていたと赤面するのは、わりとこの後すぐの事である。

でも、今はもう少しだけ、華やかな舞踏会に酔いしれて、ふわふわとした気持ちのままでいたいかも、なんて。

夏季休暇《きゅうか》が終わればすぐに実技試験が待っているし、自分の魔力《まりょく》コントロールに対しても不安は沢山《たくさん》ある。でも、魔法石アクセサリーや、シェリ専用の回復アイテムを作ったり、それから事件に巻き込まれて、新魔法や四属性魔法を成功させちゃったりもした。

そうやって少しずつだけど、自分が一歩一歩前に進んでいるって実感しているのも本当だから、また明日も頑張《がんば》ろうって思えるんだ。

私はグッと小さく拳《こぶし》を作って、天井《てんじょう》に煌《きら》めくシャンデリアを見上げた。

ぽんこつ杖《つえ》と一緒に四属性魔法を極《きわ》めて、目指すはシェリの病気完治！　大好きな人達《ひとたち》の為《ため》に、まだまだ頑張りますっ！

あとがき

こんにちは、希結です。この度は本作をお手に取っていただき、誠にありがとうございます！　自分の生み出した物語が一冊の本として形に出来た事、とても嬉しく、日々幸せを感じております。作中では様々なキャラが登場しましたが、皆様の推しキャラはいましたか？

イラストは雲屋ゆきお様に担当していただきました。アリスをはじめ、沢山の登場人物たちを生き生きと可愛く、そしてキラキラと美麗に描いてくださり、本当にありがとうございます。イラストはどれも素敵で、ラフの段階から完成に至るまで感動しきりでした……！

また初の出版作業ということで、担当編集者様には沢山の温かいご指導をいただきました。長い年月をかけて素敵な作品を一緒に作り上げていただき、本当に感謝しかありません。

本作に携わっていただきました出版社様、全ての関係者様。見守ってくれた家族や友人。デビュー前からこの作品を応援してくださった皆様。そして読者の皆様に、この場をお借りして、心より感謝申し上げます。

アリス達の物語はまだまだ始まったばかり。また皆様とお会いできる日を願っています。

HJ NOVELS
HJN81-01

万能魔力の愛され令嬢は、魔法石細工を極めたいっ！ 1
～こっそり魔道具作りに励んでいたら、なぜか氷の騎士様が寄ってくるのですが？～

2023年11月19日　初版発行

著者——希結

発行者—松下大介
発行所—株式会社ホビージャパン
〒151-0053
東京都渋谷区代々木2-15-8
電話　03(5304)7604（編集）
　　　03(5304)9112（営業）

印刷所——大日本印刷株式会社
装丁——AFTERGLOW／株式会社エストール

定価はカバーに明記してあります。

Printed in Japan

ISBN978-4-7986-3346-6　C0076

ファンレター、作品のご感想お待ちしております
〒151－0053　東京都渋谷区代々木2－15－8
(株)ホビージャパン HJノベルス編集部 気付
希結 先生／雲屋ゆきお 先生

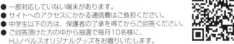